ぼくはなにいろ

黒田小暑
Shosho Kuroda

小学館

ぼくはなにいろ

二〇一九年九月
！

服の下で化け物の右足が疼いていた。

祥司《しょうじ》は少し踵《かかと》を浮かせて、慎重に、最初の小便器の前にしゃがんだ。

崎田《さきた》は、体よりワンサイズ大きい制服のスラックスのポケットに両手を突っこんで、「休め」の体勢で、祥司の背後に立っている。髪を切ってこい、と現場リーダーである鮫島《さめじま》に何度も言われているはずだが、その前髪は今日も、両目をほとんど覆い隠している。

「……まず、トイレキャップを外して、この穴にトイレ用ブリーチを注ぐ」

祥司はしゃがんだまま、カートに積んだ清掃用具の中から白いラベルのボトルをとった。

「――このまま五分放置。待ってる間に、便器の外側とか、この、上のセンサー周りを拭く。便器には、この、青いボトルの洗剤を使う。これは普通の洗剤」

便器にスプレーを吹きかけ、雑巾で拭く。雑巾はいつも、あらかじめ、用具庫の水道で何枚か濡《ぬ》らしてくる。

「……センサー周りにはこっちのボトル。これは、次亜塩素酸《じあえんそさん》ナトリウムを薄めたやつ」

祥司は、ぼそぼそと喋《しゃべ》りながら作業を進めた。背後の崎田にその内容が聞こえているかは怪しかったが、祥司はまるで気にしていなかった。どんなに丁寧に教えたところで、崎田はどうせ聞かない。覚えようという気もないはずだ。

ほら、そっち。祥司が別の雑巾を差し出すと、崎田は長いため息をつき、かったるそうに隣の小便器の前にしゃがんだ。乱暴にトイレキャップを抜き、トイレ用ブリーチをどぼどぼと注ぐ。

平日十五時過ぎの3F西男子トイレには、清掃員の祥司と崎田の他には誰もいなかった。天井近くに窓が並んでいるために、晴れた昼間のトイレはいつも、必要以上の明るさと開放感に満ちている。ガラス一枚を隔ててもなお、九月の陽光が首の後ろをじりじりと焼く。黙々と手を動かしていると、どこからかツクツクボウシの声さえ聞こえてきた。野っ原で用を足しているみたいで落ち着かないだろうな、と、祥司は清掃に入るたびに思う。

「……清掃中は必ずゴム手袋をして、って前に言ったと思うけど、トイレ清掃も同じ。あと、それぞれ使う洗剤を間違えないこと。たとえば、センサー周りにブリーチを使うと、お客さまが手をかざしたときに」

「あーくだらねえ」

日溜《ひだ》まりを裂くように声が響いた。十分ほど前、形ばかりの挨拶を交わして以来の崎田の声だ。

「毎日毎日、ごみ箱に頭突っこんで、便器に腕突っこんで、ほんとにクソみたいな仕事だな」

「……付着すると危険だから、洗剤を使うときは十分に注意して。それから、当然だけど、便器を拭く雑巾とセンサー周りを拭く雑巾は替えること。衛生面もそうだし、別の洗剤が」

「煙草《タバコ》」

便器を撫《な》でるように拭いていた崎田が、その手を止め、雑巾をカートに投げた。ゴム手袋を毟《むし》るように外し、祥司に背を向ける。

おい、待て。口にした瞬間、頭の後ろに衝撃があった。

視界が真っ白になる。小便器に顔を突っこまれたのだ。ぎりぎりのところで小便器の縁を摑《つか》んだ。目の前に便器が迫っている。内側は未清掃だ。顔を背けようとするが、頭を鷲摑《わしづか》みにしている手がそれを許してくれない。また少し、便器に顔が近づく。祥司は両手に力をこめた。

「おい、待て、だと？」

静かな、しかし震えがくるような崎田の声。

「俺に命令してんじゃねえよ！」

いつもと言い方を変えたつもりはないが、虫の居所が悪かったのだろうか。鼻先が水滴に触れる。手よりも足が、しゃがんだ体勢が限界だった。床も未清掃。だが、仕方ない。祥司は、顔と両手から力が抜けないよう気をつけながら、ゆっくりと、片足ずつ膝を立てた。

「……人が来る」

「だからどうした」

強がっているふうではない。本当に、人が来ても構わず続けるのだろう。崎田が、摑んだ頭を揺さぶった。

「そんな口のきき方してなかっただろ、昔は」

硬い床。膝が痛い。

「舐《な》めろよ」

右の耳に生ぬるい息がかかる。

「舐めろ。舐めたら、便所掃除、続けてやる」

明るく開放的なショッピングモールのトイレで、同僚に脅されている。場所と状況がちぐはぐだ。

「……分かった。行っていい。行っていいから」

入口に清掃中の札は立てているが、使用禁止というわけではない。本当に人が来るかもしれない。こんなところを一般客に見られたら、自分も崎田もただでは済まない。

ふいに楽になった。力が抜けて、その場に尻をついた。大きく息を吸い、吐く。振り向くと、すでに崎田はいなくなっていた。心臓の音が徐々に正しいリズムを取り戻す。首の後ろを触ると、じっとりと汗をかいていた。掻き毟るようにして髪を整える。

祥司は床に落ちた雑巾を拾い、一人、再び便器を拭きはじめた。

――そんな口のきき方してなかっただろ、昔は。

「……こっちの台詞《せりふ》だよ」

呟《つぶや》いた自分の声がいやに大きく聞こえた。


ドアが開く音。続いて、足音。従業員控室のロッカールーム側から休憩スペースのほうに出ようとしていた祥司は、咄嗟《とっさ》に近くのロッカーの陰に身を隠した。息を詰め、パーテーションの向こうから聞こえてくる声に耳を澄ませる。

「――って鮫島さんに言われたんですけど、俺、ほんとに無理なんすよね、あいつ」

「はっきり言うねえ」

「だって実際、誰もいないでしょ、あいつとまともにコミュニケーションとれるやつなんて。沼田《ぬまた》さん、できますか？」

「まあ、無理だけど」

いくつかの笑い声が重なる。岩村《いわむら》、沼田――と、竹森《たけもり》だろうか。今日、遅番の三人だ。

「俺も無理っす」

竹森の声。やはり。

「話しかけても返事しないし、そもそもこっちを向きもしないし。しかもあいつって、なんか挙動不審ですよね、全体的に。へんなとこ見てたり、なんか頑《かたく》なに手ぇ隠してたり」

「あ、それ」

岩村が声を高くする。

「おまえさ、あいつの右手、見たことあるか？」

沈黙。きっと二人は首を振っているのだろう。

「俺、あいつの手袋なしの右手、ちらっとだけ見たことあるんだけどさ」

声が低くなる。

「——あいつの右手、普通じゃないんだ」

「普通じゃない？　どういうことっすか？」

「なんか、手の甲がぼこっとなってて、指も曲がってて、とにかくすげえ変な形なんだよ。手っていうか、岩みたいだったな、あれは」

祥司は、右手をそっとポケットから出した。ロッカールームのほうの電気は消してしまった。パーテーション越しのぼんやりとした明るさに拳をかざしてみる。岩、か——。

そのまま腕時計を見る。十六時三十二分。早く帰って、汗を流し、なにか腹に入れたい。だが、いま、このタイミングで出ていく勇気はない。

「沼田さん、夜、ラーメン行きましょうよ。竹森も」

「またかよ。一昨日《おととい》行ったばっかだろ」

「いいじゃないすか。じゃ、俺、先に行ってます。店、上がりの時間までに決めといてくださいね」

「行くって、着替えは？」

「この下、もう制服っす。入る前に一本吸っときたいんで。着替える時間、もったいないでしょ」

「あ、岩村さん、煙草、俺も行きます」

ドアが開く音。二人分の足音が遠ざかる。

――助かった。

沼田一人なら。意を決し、パーテーションを開ける。

沼田が、目だけを上げて祥司を見た。

「――いたのかよ」

靴を脱ぎ、椅子の上で胡坐《あぐら》をかいて、充電器につないだスマートフォンをいじっている。会話を聞かれていたことに焦っている様子はない。

「お疲れ」

「……お疲れさまです」

「上がりか？」

「はい」

「崎田は？」

「……さあ」

返事はした。だが、目は見ることができなかった。

なにも言わず、沼田がスマートフォンに目を戻す。その前を、うつむいたまま、足早に通り過ぎる。静かに、薄くドアを開け、すり抜けるようにして清掃員控室を出る。ドアが閉まる。そこでようやく、祥司は体の力を抜いた。

それは、どこにでもあるような小さな飲み屋だった。褪《あ》せた紺の暖簾《のれん》をくぐり、滑りのいい引き戸を引くと、無垢材《むくざい》で統一された店内を電球色の明かりが照らしている。決して広くはないが、簡素かつ機能的な内装は、まるで熊が冬眠のために掘った穴蔵のようだ。

表に看板すら出していないこの店のことを、客は太呂《たろ》さんの店と呼んでいる。祥司の食生活は、この店に丸ごと支えられていた。毎日、仕事を終え、帰宅してシャワーを浴びてから、財布とスマートフォンだけを持って再び部屋を出る。アパートの三階。階段を下りて少し歩けば、店はすぐに見えてくる。

祥司が顔を出すのは決まって開店直後だ。まだ他に客はいない。祥司が、カウンターの一番奥の、いつもの席に腰を下ろすと、待ち構えていたように若い男がやってきた。

「今日はどうしましょう」

「任せます」

祥司は密《ひそ》かに、この若い男にジロと名づけていた。太呂さんの店の店員だから、ジロ。ジロが大きくうなずき、厨房《ちゅうぼう》に戻っていく。太呂さんはもうコンロに火を点《つ》けている。

ほどなく白飯と味噌汁《みそしる》が、続けておかずが運ばれてくる。ジロが祥司の前に皿を置いた。

「茄子《なす》と挽肉《ひきにく》のはさみ揚げ、だし巻きオムレツです」

料理はいつも二品だ。お通しと合わせて一汁三菜、ということだろうか。太呂さんのほうを見ると、彼はすでに別の作業に取りかかっている。祥司は静かに手を合わせ、左手で箸をとった。

一日働いて空っぽになった体にエネルギーが行きわたる。決して消えることのない心の皺《しわ》が、それでも少しずつ伸ばされていく。

自分は掃除や洗濯、料理が嫌いではない。長い間祥司はそう思っていたが、もともと病気がちだった母親が死んで、一人になって分かった。自分がそういったことをこなせていたのは母親がいたからなのだ、と。祥司は、自分一人のためにはなにもやる気が起きなかった。母親の遺品を整理し、家を手放し、単身者用のアパートに移った。同じ服を何着も揃《そろ》え、いつも決まった格好で過ごした。問題は食事だ。買い物に行き、料理をし、食べ、片付ける。一連の作業がこのうえなく面倒だった。一日一食、ファストフードで腹を満たす生活を続けていたが、すぐに体調を崩した。このままではいけない。そう思っていた矢先に、太呂さんの店を見つけたのだった。

出されたものをあらかた平らげ、水を飲み干す。一杯やろうとジロを呼ぼうとしたとき、ようやく、店内が賑《にぎ》やかになっていることに気づいた。三席あるテーブル席のうち二つが埋まっている。祥司の左隣でも、女性の一人客がハイボールのジョッキを傾けている。祥司は、心持ち右向きに角度を変えて座り直した。

だし巻きオムレツの残りを肴《さかな》にウーロンハイをちびちびとやりながら、祥司は、軽快に華麗に、かつ無駄なく働くジロを目で追った。滑らかなふくらはぎ、引き締まった腕、幼さの残る顔、綺麗《きれい》な二重瞼《まぶた》の目。彼はきっと、自分の体を、自分が入っている入れ物のことを疑ったことなどないのだろう。

祥司は、カウンターに置いた自分の腕、着ているオックスフォードシャツの袖に目を落とした。真っ白な生地を見つめていると、その下に隠れた生身の腕が透けて見える気がした。汚い腕だ。醜い腕だ。ジロの健康的なそれとは比べようもない。腕だけではない。足も、腹も、背中も、自分の体はどこもかしこも汚くて醜いのだ。壊れた入れ物。これが機械なら、修理に出すことも、新しいものに換えることもできるだろう。だが、人の場合はそうはいかない。祥司は、思うままに動いてくれない入れ物を、それでも騙《だま》し騙し使い続けてきた。途中で直すことも棄《す》てることもできずに、今日まで、引きずるようにして生きてきた。

二度と戻ってこられないくらい深くまで沈んでしまう直前で、祥司は考えるのをやめた。なりふり構わず泣き叫びたいような気持ちが、ぎりぎりのところで踏み止《とど》まっていた。それをアルコールでもっと奥まで押しこもうとして、祥司は伸ばした手をはたと止めた。グラスが二つ。ほとんど同じ減り具合のウーロンハイが、前後に近い形で並んでいる。

「奥のほうです」

左隣の、一人酒の女性だった。

「奥があなたので、手前がわたしの」

祥司はうなずくように顎を引いて、奥のグラスに手を伸ばし、口につけただけで戻した。ずっとそこにいたその女性のことが、そのときふと、「他人」ではなく「隣の客」として認識されて、祥司は、自分の手もとのあたりで意味もなく視線をさまよわせた。隣の女性はまだこちらを見ていた。

「大丈夫ですか？」

急に動かした首の骨が、祥司の体内でぎい、と鳴った。

「思いつめたような顔をしてたから、大丈夫かな、と思って」

考えすぎはよくないですよ。女性はそう言って、ウーロンハイのグラスを祥司のほうに少しだけ動かした。祥司は思わず女性の顔を見た。あ、余計なお世話ですよね。すみません、ちょっと酔ってるみたいで。申し訳なさそうに言ったその顔は、頬がほんのり赤く、目も潤んでいて、確かに少し酔っているようだった。

　ごく薄い化粧をした華やかな顔立ちに、濃い茶色のセミロングの髪。秋らしい、髪に似た色のカーディガンがよく似合っていた。身なりは洗練されているが、その表情には幼さもあり、そのアンバランスさが目を引いた。祥司は、だだっ広い展示室の中央に恭《うやうや》しく配置された美術品を見るように、その女性のことを眺めた。ふと我に返り、寄せられたグラスをとって、喉を鳴らして飲む。

「ここにはよくいらっしゃるんですか？」

　祥司の返事を待たずに、女性は再び話しはじめた。

「わたしは今日で二度目なんです。八月の初めに、地元の先輩と一緒に来て。ああ、わたし、出身は福岡なんですけど、高校を出てすぐこっちで働きはじめたんです。その先輩は、こっちの大学を出て、そのままこっちで就職した人で、こういう、雰囲気のいいお店をたくさん知ってるんですよ。やっぱり、きちんとした大きな会社で働いてると、自然と詳しくなるものなんでしょうか。歳《とし》は四つしか違わないんですけど、ずいぶん環境が違っちゃったな、と思ったりして。どっちがいい、悪いってことじゃないんでしょうけどね――。はい、それで、帰り際に急にそのときのことを思い出して、今度は一人で来てみたんです。家とは逆方向なんですけど、今日は、なんというか、まっすぐ帰りたくない気分だったので」

　視界の端に、てきぱきと動くジロの姿があった。祥司は自分のグラスを見て、それから女性のグラスに目をやった。いまの話になにか気の利いた言葉を返し、一息に飲み干して席を立つにはちょうどいい量の酒が残っている。だが、その気の利いた言葉というのを祥司は知らない。

　女性が、少し上半身を引くようにして、じっくりと祥司を捉えた。祥司はその間、ウーロンハイのグラスを両手で包むようにして持ち、その薄茶色の水面《すいめん》に自らの顔を映し続けていた。女性が美人だからというわけではない。そんなこととは関係なく、祥司は他人の顔を直視することができない。

「学生さんですか?」

下を向いたまま、祥司はかぶりを振った。首のあたりが、また、ぎい、と鳴った。社会人です、一応。乾いた唇を引き剝がすようにし、またすぐに貼り合わせた。

その女性は千尋《ちひろ》と名乗った。そうしなければならない気がして、祥司も下の名前を言った。新しいウーロンハイのグラスに手をかけながら、千尋は小首を傾《かし》げた。

「ショウジ? それって、苗字《みようじ》ですか、名前ですか?」

そう言われて初めて、祥司は、自分の名が苗字にも名前にもとられうるものだということに気づいた。学校に通っていたときも、職場でも、祥司はずっと苗字で呼ばれていた。祥司を名前で呼ぶのは家族くらいだが、その家族は、もう誰も生きていない。

「下の名前です。吉祥寺《きちじようじ》のジョウに、寿司《すし》のシ」

祥司は言いながら、カウンターに指で字を書いた。祥司の左手がライトに照らされて、影が踊るように動いた。見られていると思うと、自分の名前を書くだけにもかかわらず、指先が震えた。

千尋が、祥司のほうに目を戻した。

「祥司さんはよく来るんですか、このお店?」

「まあ……はい。ほぼ毎日」

「へえ、毎日! すごい、常連さんなんですね。そうだ、おすすめとかありますか? わたし、まだ、お通しと酢もつしか食べてなくて」

おすすめ……。祥司は、深爪ぎみの人差し指で、これまで太呂さんが出してくれた中で特においしかったものを差していった。千尋はジロを呼び、そのうちのいくつかを実際に注文した。

ジロが厨房に下がると、二人の間には二杯のウーロンハイと沈黙だけが残った。今度は自分のほうから会話を始めるべきだ、という焦りに突かれるようにして、お酒、という言葉が飛び出した。まだなんとなしにメニューを行き来していた千尋の視線が、祥司のほうを向いた。

「お酒、強いんですね。食べてないのに、あんなに」

先ほどより浅くなったグラスの水面に向かって、ぎこちなく言葉をつなぐ。千尋は恥ずかしそうに笑った。

「今日はとにかく早く酔ってしまいたかったので」

今日は、なんというか、まっすぐ帰りたくない気分だったので。先ほどの千尋の言葉を思い出す。繰り返し唇を舐め、声の乗らない息を吐いているうちに、千尋が注文した料理が次々と運ばれてきた。地鶏《じどり》のタタキ、明太《めんたい》チーズスティック、一口餃子《ギョーザ》、豚チヂミ。千尋はウーロンハイをごくごく飲みながら、それらを勢いよく食べはじめた。祥司さんもどうぞ、と勧められたが、すでに定食を平らげている祥司の腹には、もう入りそうになかった。地鶏のタタキの皿に残った玉ねぎスライスを摘《つ》まみながら、まだずいぶんと残っている二杯目のウーロンハイを傾ける。

「いまの店員さんも、同じくらいですかね、わたしたちと」

空いた皿を下げにきたジロの背中を見送りながら、千尋が言った。

ああ、ジロ。祥司の言葉に、千尋が眉を上げた。

「ジロ？　彼、そういう名前なんですか？」

「いや、違います、たぶん」

「違うんですか」

「自分が勝手に、そう」

「祥司さんが勝手に呼んでるんですね」

「太呂さんの店だから、弟子はジロ……」

ワンテンポ遅れて、千尋が噴き出した。

「確かにあの二人、師匠と弟子って感じですね。強面《こわもて》の師匠の太呂さんと、気さくな弟子のジロ。うん、ぴったりかも」

会話をした、という以上の意味のない、口にしたそばからアルコールに搦《から》めとられていくような会話を、二人は続けた。千尋がなにか言い、祥司が相槌《あいづち》とも呼べないような反応をする。奇妙なテンポの会話だったが、千尋は気にしていないようだった。祥司はもう一杯、ウーロンハイを追加した。こんなに飲むのは久しぶりだった。料理のほとんどが千尋の腹におさまり、カウンターの上が再び二つのグラスだけになった頃、祥司はすっかり酔ってしまっていた。千尋については言うまでもなかった。

「どうして」

酒が入っているおかげか、口は滑らかに動いてくれた。

「まっすぐ帰りたくなかったんですか、今日は」

ややあって、千尋が熱い息を漏らした。上半身がかすかに揺れていた。

「昼に、妹と電話して」

千尋がグラスを置いた。グラスと木のカウンターとがぶつかり、こん、という控えめな音を立てた。

「六つ下の妹がいるんです。うちは母親が早くに亡くなってるので、妹はいま、実家に父親と二人で暮らしてるんですけど、いまでも週に一度は電話するんですよ。いつもは父親の話とか勉強の質問とかで終わるんですけど、今日は急に、お姉ちゃんって彼氏とかいるの、って訊《き》かれて。それでわたし、ぴんときたんです。これは恋バナだな、って。なに、好きな子でもできたの、って訊いてみたら、図星でした。クラスに気になる男の子がいるらしいんです」

千尋は、はあーっ、と息を吐き、首をかくんと折るようにした。

「しょっちゅう電話するとはいえ、離れて暮らしてるので、全部を把握できてるとは思ってなかったですけど……。やっぱりちょっとショックでした。そういう話って、いままでは全然したことなかったんですよね。うちの妹、いま中二なんですけど、中学に入ってからはあんまり学校にも行ってないみたいで、男子どころか女子の友達の話も聞いたことなかったし。昔から内向的だしインドア派だし、いまも一人で絵ばっかり描いてるんだと思ってたら、急に恋バナですよ。でも、中二にもなれば普通ですよね、それくらい。分かってはいるんですけど、自分がこの間別れたばっかりっていうのもあって、思いっきりセンチメンタルな気分になっちゃって」

千尋は、ぐい、とグラスを傾け、がん、と置いた。

「すみません、いきなり、長々と」

いえ。祥司は口の中で言った。祥司にはよく分からない話だった。

「別れちゃったんですね」

その部分を拾うことが正解なのかも分からない。

「考え方の違い、って言えばいいんでしょうか。相手がしたいと思うことに、わたしが応《こた》えてあげられなかったんです。応えてあげたい、って気持ちはあるんですけど……ちょっと、いろいろあって、どうしても難しくて。だけど、これからも一緒にいるなら避けられないことだし、どうせ同じ結末になるなら早いほうがいいと思って。お互いのために」

いまひとつ要領を得ない話だ。千尋はさらになにか続けようとしたが、ぐっと口を閉じる。小さな口が横に伸び、頬に小鳥の足跡のような窪《くぼ》みができた。

「いまの、それを、相手の方には伝えたんですか？」

「……というと？」

「応えたい気持ちはあるんだけど、事情があって、どうしてもできないんだって。話したうえで、一緒に解決策を考えるとか」

千尋は、森の中で生きた魚に遭遇したかのような、突然の奇妙な取り合わせに面食らったような表情を見せた。そんな、と、突かれた拍子に飛び出したような声。

「そんなわがまま、言えません。わたしの、個人的な問題なので」

自分は見当違いなことを言ってしまったのだ、と祥司は悟った。これ以上、この件に踏みこむべきではない。

「千尋さん、お綺麗だから」

見た目の話は好きではなかったが、酒のせいで、よく考えるということが億劫《おっくう》になっていた。頭の中を脳みそが揺蕩《たゆた》っているような感覚だった。

「また、いい出会いがありますよ、きっと」

「でも、最後には絶対、うまくいかなくなる。分かってるんです」

吐き捨てるような口ぶりだ。戸惑う祥司に、千尋が冴《さ》えない表情を向けた。

「たまに考えるんですよね。いままで出会ってきた男性の中で、ほんとにわたしを、わたしっていう人間を見ようとしてくれた人って何人いるのかな、って」

「……千尋さんという、人間」

「つまり……中身と外身からできてるじゃないですか、人って。心と体、って言ってもいいですけど。で、外身のほうって、自分では選べないでしょう。美人だったりイケメンだったり、そうじゃなかったりっていうのは、生まれながらに決まってるものなので。もちろん、あとからよくなったり悪くなったりすることもありますけど、基本的には変わらないし、変えられない」

祥司は小さく唇を噛《か》んだ。そのとおりだ。たとえ入れ物が壊れてしまっても、それを取り換えることは、どうしたってできない。

「反対に、中身っていうのは、自分でつくっていくものです。人生の岐路で、どの道を選ぶかは自分次第。そして、その選択によって、中身はどんどん変化していく。よくも悪くもなる。だとすると、その人がどんな人かを決めるのって、外身じゃなくて中身のはずなんですよね。でも、他人には、自分の外身しか見えない。これってなんだか、神様の設計ミスって感じがしませんか？　人の中身が外から見えたらいいのに、っていつも思います」

それは祥司にも共感できる話だった。人は、人を見た目で判断する。だから、まだ夏と呼んでもいいような時期に、こんな格好で過ごしている。この汚くて醜い体が絶対に人の目に触れないよう、いつも細心の注意を払っている。千尋は間違いなく美しい女性だが、容姿が優れているということにもまた違った生きづらさがあるのかもしれない。

「人って、どうして見た目ばかり気にするんでしょうね。高校時代に付き合った男の子たちも、みんなそうでした」

アルコールによって丸みを帯びた声の中で、その言葉はまだ鋭さを保っていた。

オレンジがかった電球色が千尋を照らす。千尋がカウンターの上にのせた腕と腕の間に、千尋の形の影が落ちている。

「……難しい、ですよね、恋愛って」

店の客は一様に酔ってきて、どのグループも話し声が大きくなっていた。祥司は、その騒がしさに自分の言葉を紛れさせた。

「自分は、たぶん、まったく違うんですけど、千尋さんとは」

硬い素材のシャツの上から、そっと、自分の右腕に触れる。

「恋愛って、基本的には一人につき一人分しか枠がない、っていう、人間関係の中で一番ありそうにない形態じゃないですか。それなのに、恋愛そのものは社会にありふれてるから、恋人がいないと、自分は誰からも承認されない人間なんじゃないか、と思えてきて苦しくなります」

自分でも驚くほど、すらすらと言葉が出てきた。だから、と独り言のように続ける。

「だから、人生に合格、不合格があるとしたら、間違いなく不合格です、自分は」

この、壊れた入れ物のせいだ。

酒を飲んだ。

「あの、ちょっと、へんなことを訊いてもいいですか」

千尋はうなずいた。ふらついたのかもしれない。

「……千尋さんには、僕が何色に見えますか？」

なかなか返事がない、と思ったら、千尋はカウンターに突っ伏して寝息を立てていた。最後に頼んだ、甘くて強い酒がとどめを刺したようだ。

聞かれなくてよかったのかもしれない。祥司は長く息を吸い、千尋の肩を揺すった。千尋さん、と名前を呼ぶ。千尋さん、ここで寝たら駄目です。帰りましょう。

ジロにタクシーを呼んでもらい、半分寝かかっている千尋を背負って店を出る。転んでしまわないか不安だったが、なんとか無事に後部座席に押しこんだ。熱い手に五千円札を握らせ、運転手に小さく頭を下げて、走り去るタクシーを見送る。

店に戻り、二人分の会計を済ませて短い帰路につくと、すでに二十二時を回っていた。四時間近く店にいたことになる。普段ならとっくに床に就いている時間だ。明日が休みでよかった、と思いながら、祥司は手すりにしがみつくようにしてアパートの階段を上った。


うだるような暑さで目が覚めた。祥司は、昨晩出かけたときの服のまま、靴下まで履いて、ベッドに横たわっていた。普段は半袖のTシャツにボクサーパンツで寝るのだが、さすがに着替える気力は残っていなかったようだ。

時計を見ると九時過ぎだった。遮光カーテンと床の隙間から、朝の光が線のように差しこんでいた。右足だけスリッパを履く。カーテンと掃き出し窓を開け、テレビをつけてから、簡単にベッドを整える。ベッドの縁《へり》に腰かけ、見るともなく朝の情報番組を眺める。頭の芯が鈍く痛み、目の奥に不快な重さがあった。二日酔いだ。いつぶりだろうか。

窓を閉め、冷房をつける。九月も中旬に差し掛かっていたが、まだ真夏のような感覚だった。シャツの袖が肌にはりつく。鼻を近づけると、豚チヂミのたれの香りがした。シャワーを浴びようと立ち上がる。

姿見の前で、シャツのボタンを一つずつ外していく。一番下まで外したところで、祥司は目を閉じ、一気にシャツを脱いだ。目の前の大きな鏡に映っているはずの絶望を、見ないようにする。

化け物の肌をバスルームで執拗《しつよう》に洗いながら、祥司は、昨夜の千尋との会話を思い返していた。誰かと、しかも女性と出会い、会話をする。酔うほど酒を飲む。祥司の日常に鑑《かんが》みると、どちらも青天の霹靂《へきれき》と言っていい出来事だった。一連のやりとり、ひいては千尋という女性自体が幻のような気さえしたが、最後に千尋に話したことについてははっきりと覚えている。それは、数年前に母親を亡くして以来、受け入れることも追い出すこともできず、祥司の心の手前に常に居座っている思いだった。

壊れてしまった入れ物を棄てずにいられたのは母親のおかげだ。昨夜の千尋の言葉を借りるなら、母親はいつだって、祥司の中身を見ていてくれた。他になにがなくとも、「いまこの瞬間、自分は愛されている」という実感だけで、祥司は、壊れた入れ物に自分という中身を入れておけた。

母親がいなくなり、祥司にとって、愛は新たに獲得しなければならないものになった。祥司がこれからも壊れた入れ物で生きていくために、自分を愛してくれる、できれば自分だけを愛してくれる存在がほしかった。だが、一人につき一人分しか枠がない恋愛において、いったい誰が、自分の唯一の枠に故障品を入れようなどと思うだろう。入れてもらえたところで、それは同情であって愛ではない。だから、祥司はずっと独りだ。

ふとした瞬間に両親が遺《のこ》した愛の残り火が揺らめくと、孤独に気が狂いそうになる。押しこめた願いが溢《あふ》れてこぼれる。それでも、誰かの枠に入りたかった。人を愛したいし、愛されたい。なにより、自分自身を愛せるようになりたい。諦念と渇望とが激しくせめぎ合い、いつも祥司の心を爛《ただ》れるほどに焼く。

左手にボディソープを出したとき、その手のひらに、ふいに昨夜の千尋の感触がよみがえってきた。背負った体の柔らかさ。アルコールが回って高まった体温。首筋にかかる吐息。背中に当たっている乳房。太腿《ふともも》の滑らかさは、ストッキングの上からでも十分に伝わってきた。カウンターから店の前までの、ほんのわずかな距離。祥司は、ごめんなさい、ごめんなさい、と何度も心で謝りながら、しかし自分の体がいま女性の生身の体に包まれている、という事実を意識しないことはできなかった。

バスルームから出た祥司は、少しも薄まっていない化け物を覆い隠すようにシャツを着る。洗いたての、しかし先ほど脱いだものとまったく同じシャツだ。壁に手をついて体を支えながら、ボクサーパンツを片足ずつ穿《は》き、一気に引き上げる。だが、その途中で引っかかるものがあって手を止めた。それを見下ろして、ため息をつく。まったく、壊れているくせに、そういうことにはしっかり反応する体だ。きっと一生使うことのない機能。祥司は触りもせずにボクサーパンツを被《かぶ》せた。

10

二〇一九年十月

レジカウンターの右側に六枚のスクラッチくじを並べる。縦に三枚、二列の形だ。左下の一枚を自分の正面に置き、深呼吸をして、昨日の売上の中から見つけた新しいギザ十《じゅう》を右手に持つ。三段ピラミッドの一番上のワクと、上から二段目の二つのワク。まずは、そこを丁寧に削っていく。きた。

左列の絵柄が二つ揃った。いきなりチャンスだ。これは三等か。いいぞ。こい。息を止める。ギザ十を持つ二本の指に力が入る。一番下の段を、右端のワクから削っていく。真ん中、左端……。違った。ハズレだ。

孝志朗《こうしろう》は、止めていた息を吐きながら、椅子にしている二段の脚立の上で大きくのけぞった。力の抜けた指先から、ちゃりん、とギザ十が落ちた。

店の奥、筆記用具売り場のテーブルに向かっていた絵美《えみ》が、孝志朗のほうを見た。

「ハズレ？」

「ハズレ。当たってたら一万円だった」

「当たるわけないいんだって、宝くじなんて」

「分かんねえだろ。一等は無理でも、三等くらいなら当たるかもしれない」

「当たったことあるんだっけ、三等」

「ない。四等ならあるけど。二回だけ」

絵美は鼻で笑って、ノートに目を戻した。

「おい、ちょっと、いま馬鹿にしただろ？」

「いまに限ったことじゃなくて、ずっと馬鹿にしてるから。毎月いくら使ってるんだっけ、宝くじに」

「一日六枚だから、まあ、三万ちょっとくらいかな。これでも一応、スクラッチ代は給料の二割まで、って決めてんだぜ」

「自慢げに言ってるけど、三万円も相当な金額だよ。三万円あったらなんでもできるじゃん。コピックが何本買えることか」

絵美が売り場のコピックを一本抜き出して弄《もてあそ》びながら、高いんだよね、これ、とため息まじりに言った。

「なんで俺が買ってやらなくちゃいけねえんだよ。俺が稼いだ金だぞ。どう使っても俺の勝手だろうが」

「別に買ってくれなんて頼んでません。でも、そんな無駄遣いするくらいなら、彼女においしいものをご馳走《ちそう》するとか、温泉旅行をプレゼントするとか、そういう実のあることに使えばいいのに。ギャンブルに溺れる男なんて、絶対いつか捨てられるよ」

「間違いが二つある。一つ。スクラッチは無駄遣いじゃない。ロマンを買ってるんだ。ほんとなら買えねえもんを三万ぽっきりで買ってるんだから、むしろ、いい買い物だって褒めてほしいくらいだ。二つ。俺に彼女はいない。一緒になんか食ったりどっか行ったりするような女なんて端《はな》から存在しねえんだよ。強いて言うなら、スクラッチが俺の恋人だ」

えー、と絵美が大きな声を上げ、わざとらしく驚いてみせる。

「孝志朗、次、いくつになるんだっけ？」

「二十歳だよ」

「ハタチ！　ハタチって、大人の中で一番若くて、でも法律的には大人だからなんでもできて、女子高生に手を出してもそんなにやばいやつに見えなくて、年上のOLとか人妻からかわいがられてもおかしくない、最高にいいときじゃん。それなのに、イケメンで、背が高くて、脱いだらすごい孝志朗に彼女がいないなんて信じられない！　あ、そうだ、性格と経済力に問題があるんだった」

「おい、あんまり好き勝手言ってると出禁《できん》にするぞ」

「いいもん。孝志朗父に言いつけるから」

それを言われるとなにも言い返せない。孝志朗は、わざと大げさに音を立てながら、ただの紙切れと化したスクラッチでカウンターの上の削りかすを掃いた。

孝志朗が、実家であるこの店でアルバイトを始めたのは、父親にそうするよう言われたからだ。高校卒業後、進学した公務員専門学校を二ヶ月でやめてしまった。父親にこれからどうするんだ、と訊かれて、孝志朗は、まだ考えてない、と答えるしかなかった。とにかくいろいろなものに興味を持ち、次々に事業を始めては畳んできたが、それでもきちんと家族を食べさせてきた父親だ。無気力で、夢も展望もない、自分とは正反対の長男に、少なからずショックを受けたことだろう。だが、父親は声を荒らげることも、説教を始めることもなく、それならしばらく店番をしろ、とだけ言った。その語気とは正反対の、寂しそうな、悲しそうな表情だった。

孝志朗に従わない理由はなかった。不甲斐《ふがい》ない息子をゆるしてくれた父親に、孝志朗は深々と頭を下げた。父母を大切にし、志が高く、朗らかであること。父親がつけてくれた名がまったく体《たい》を表していないことを、孝志朗はそのとき初めて申し訳なく思った。

駅の正面口からまっすぐ伸びる大通りの一角に糸原《いとはら》文具店はある。父親が文房具に目をつけていたなんて、それまで家族の誰も知らなかった。どうせ流行《はや》らないだろう、とみなが思っていたが、好奇心旺盛なうえに凝り性な父親の性分が吉と出た。基本的な文房具や事務用品はもちろん、いわゆるアイデア文具やおもしろ文具、父親が子供の頃に流行ったという文具、さらには本格的な画材まで、豊富な品揃えを売りにした糸原文具店は、昨今の文房具ブームに乗って、八年間、安定した経営を続けている。

よくもまあこんなに、と呆《あき》れてしまうほど、なにからなにまで置いてある店だった。ジグソーパズルのようにきっちりと計算されたレイアウトで、大量の商品が隙間なく詰めこまれている。あまりに物が多くて、文具店としては広すぎるのではないか、と思われた店舗が手狭に感じられるほどだ。これだけの商品の種類と数を把握し、在庫の場所と管理の仕方を覚え、品出しやレジ打ちを練習し、接客や電話応対に慣れ、こまごまとした雑用をこなさなければならない。父親からは、一週間だけ一緒に入ってやる、その間に全部覚えろ、と言われていた。だが、勤務初日、糸原文具店のモスグリーンのエプロンを引っかけた孝志朗に父親がまず伝えたのは、店員としての心構えでも開店準備の手順でもなかった。

「開けてしばらくしたら女の子が来るからな」

濡らした雑巾で壁一面の木製の棚を一つひとつ拭きながら、父親が出し抜けに言った。

「女の子？」

書道用具と折り紙の売り場のあたりが軋《きし》む板張りの床にモップをかけながら、孝志朗は訊き返した。

「中学生の女の子だ。学校には行ってないみたいだけどな。ショートカットで、華奢《きゃしゃ》な、ものすごく大人しい子だよ。この春からほとんど毎日うちに来てるけど、あの子の声を聞いたこと、そういえば一度もないな」

「へえ。そいつ……その子はなんで毎日うちに来てんだろう？　まさか、毎日なんか買うわけじゃないだろうし」

「絵を描いてるんだ」

「絵？」

父親はうなずくと、筆記用具売り場の試し書きノートを手に取った。小さな紙に線を引いたくらいじゃ書き心地なんて分からない、という父親の考えで、糸原文具店の筆記用具売り場には、A5サイズのキャンパスノートが設置されていた。そばにはテーブルと丸椅子もある。実際にそれを使うときと同じ状況で試してほしい、ということのようだ。

表紙に大きく〈持出厳禁〉と書かれたそのノートを、父親がめくっていく。ほら、と示されたページを見て、孝志朗は目を見開いた。

いったいどれほどの時間をかけたのだろう。喫茶店と、そこから見える晩春の風景。それらが、糸のように細い線で描かれている。線の数は、数百本、数千本、いや数万本に及ぶかもしれない。それらを丁寧に積み重ねることで、精微で臨場感のある絵を織りなしているのだ。使っているのは黒一色。それなのに、テーブルの上にある二つのコーヒーカップも、店の内装も、窓の外の明るさも、窓際に見える満開のツツジも、眩《まぶ》しいほど色鮮やかに見える。陶器の質感、店内に満ちるコーヒーの匂い、降り注ぐ日差しの暖かさ、ツツジの色合い。そういったものが、紙を飛び出して、こちらに迫ってくるようだった。

「……これを、その子が？」

父親がうなずく。

「他にもいろんな絵を描いてる。いつも十一時前くらいに来て、四時には帰るかな。その間、ずっとここで描いてるんだ」

「なんでわざわざ。絵なんて家でも描けるのに」

「さあな。なにか事情があるんだろう」

「父さん、黙って見てないで注意したほうがいいんじゃないの？　試し書きコーナー、あんまり占領されたら他の客の迷惑になるだろ。ノートだってタダじゃないんだし。あ、まさかこのペン、買わないで使ってるのかよ」

「ペンは買ってくれてるよ。月に一本くらいのペースでレジに持ってくる。ノートも、週に見開き一ページだけ、って自分で決めてるみたいだし。それに、あの子が描いてるところとかノートの絵を見に来るお客もいるから、うちとしてもありがたいんだ。だからまあ、黙認だな、あの子については」

父親はノートをテーブルに戻すと、ぱんぱん、と手を叩《たた》いた。

「さあ、開店準備だ。教えることが山ほどある」

父親に倣って、床を磨いたモップの先をバケツに浸《つ》け、じゃぶじゃぶと洗う。黒く濁っていく水を眺めながら、孝志朗は、すでに絵描きの少女への関心を失っていた。


その日二枚目のスクラッチを削る孝志朗の視界に、ふとなにかが入りこんできた。

「なんだよ。いま、すげえ集中してたのに」

「ここはお店で、あなたは店員です。そしていまは営業時間です。くだらないロマンよりお客さんを優先してください」

目の前に立つ絵美が、持っていたペンをずいと差し出す。孝志朗は舌打ちをし、それを奪いとるようにした。コピックのマルチライナー、〇・〇三ミリ、ブラック。いつものペンだ。

「二二〇円でーす」

カルトンにはすでにちょうどの小銭が置かれている。孝志朗はもう一度舌打ちをしてそれをレジにおさめた。さっさと筆記用具売り場のテーブルに戻っていく薄い背中を睨《にら》みつけ、ふん、と聞こえよがしに鼻を鳴らす。気を取り直して、再びスクラッチにギザ十を当てる。

ペン先が紙の上を滑る音。コインがスクラッチとその下のカウンターを擦る音。二つの音は、まったく別の種類のものでありながら、まるで、糸原文具店そのものの呼吸のように調和していた。大きな窓から差しこむ昼の陽光。雑然とした、それでいて整然とした陳列棚。客が出入りするたびに形を変える店内の空気。そういったものの中に、二つの音はごく自然に溶けこんでいた。

「ああ、また駄目だ……」

レジの液晶画面を見ると、時刻はもうすぐ正午を回ろうとしていた。正午から午後一時までの一時間は、昼休憩のため、いったん店を閉めることになっている。孝志朗が立ち上がって大きく伸びをするのを見て、絵美が荷物をまとめはじめた。目が合う。

——おまえもなんか食うか？

孝志朗は、出かかった言葉を飲みこんだ。

誰とも目を合わせず、会話せず、いつも暗い顔をうつむけていた絵美。それがなぜ変わったのか、はっきりとは分からない。昼になったからといってなんか食うか、などと気安く口にしない、そういうことの積み重ねが信頼につながったのかもしれない。

先に目を逸《そ》らした絵美は、じゃあまたあとで、と言って、さっさと店を出ていった。

絵美についてなにも知らないわけではなかった。孝志朗が生まれ育ったのは、場所としては政令指定都市の一部、しかし性質的には、いまにもそこからこぼれ落ちそうなしがない小さな街だ。住みやすさだけが売りの、どこにでもあるような高齢化地域。そして、そういう土地では、玉石混交のさまざまな情報が飛び交う。

絵美の家は、母親が早くに亡くなっている。歳の離れた彼女の姉は高校卒業までこちらにいたが、いまは東京で一人暮らしをしている。妹の絵美は、商店街の脇のマンションに父親と二人で暮らしているが、大手の自動車メーカーに勤めている父親は家にいないことが多い。そのため、家事全般を絵美が一人でこなしており、中学の教師たちは、絵美が学校に来ない理由はそこにあるのではないかと噂《うわさ》している――。

この町に戻ってきて一年と少し。その間に孝志朗が耳にした情報をつなぎ合わせると、そんな内容になった。さまざまな人たちが店に置いていく噂に形だけは耳を傾けながら、孝志朗はその実、あまり関心を持たなかった。もともと他人に興味のない性分であることを抜きにしても、それが面白い話だとは思えなかったからだ。自分が店番をしている文具店に毎日やってくる、絵を描くのが好きな少女。孝志朗にとって絵美は、それ以上でもそれ以下でもなかった。最初は。

レジカウンターの上に菓子パンとパックジュースを広げて食べながら、孝志朗は、前に絵美と交わした会話を思い出していた。「おまえ、昼飯はいつもどうしてるんだ」「食べない」「なんで。腹減るだろ」「いいの。最近、また太ったから」

絵美は太ってなどいない。痩せているとは言い切れないが、中二の女子としては標準の範囲内だろう。体型を気にする年頃なのか、それとも本当の理由を言いたくないのか。孝志朗は後者ではないかと踏んでいる。つまり、昼食を買う金がないのではないか、と。昼食を抜き、生活を切り詰め、そうやって、ここでペンを買うための金を捻出しているのだろうか。そう思うと、孝志朗の胸は締めつけられた。

昼飯くらい、ペンくらい、いくらでも買ってやるのに。しがないフリーターだってそれくらいの金は持っている。毎日のスクラッチが六枚から五枚に減ったところで少しも困らない。当たりもしない宝くじに現《うつつ》を抜かすより有用な金の使い道であるはずだ。だがきっと、絵美はそうしてもらうことを望んでいない。

干渉しないでくれ。構わないでくれ。孝志朗が初めて店に出た日、体全体でドアを押すようにして店に入ってきて、新しい店員に一瞥《いちべつ》をくれた絵美は、無言でそう語っていた。自分も似たような種類の人間だから分かった。父親が自分にそうしてくれたように、自分もこの子をそっとしておいてやるべきだ、と。あれから一年が経《た》つが、孝志朗があれこれと尋ねたり詮索したりすることはない。絵美が自分の話をすることもほとんどない。

店があり、孝志朗がいて、そこに絵美が来る。それが、二人の関係性のすべてだ。

——最近、ちょっと痩せたんじゃねえか？　飯、ちゃんと食ってるか？

もうずっと気になっていることも、だから、孝志朗は訊かないでいる。

脚立《きゃたつ》の上に膝を離して座り、左手のメロンパンをかじりながら、右手はポケットの中のギザ十をもてあそんでいた。

どっちを取るも自分次第、というのがなにより苦手だった。正解のない問いについてあれこれ考えていると、無性にスクラッチを削りたくなる。事務作業をするときの父親が、いつもより頻繁に煙草を吸うのと同じようなものだろうか。

メロンパンの袋を丸めて捨て、裏の水場で口をゆすぐ。店を開ける前にもう一枚だけスクラッチを削ろう、と考える。

午後四時半。絵美が帰って一時間ほど経った頃、店のドアが開く気配がした。ちょうど、その日五枚目のスクラッチを削り終えたところだった。

「おう、少年」

立っていたのは、近くの中学の制服に身を包んだ、小柄な少年だ。前髪は目にかかるほど長く、なにかの意志表明のように口を真一文字に結んでいる。子犬を連想させるかわいらしい顔立ちに、いつもふてくされたような表情を浮かべていた。

少年が、赤いファスナーのついたA４サイズのクリアケースをカウンターに出した。背負っていた通学カバンを下ろして底のほうを探る。やっと引き抜いた右手には、少し角の折れた手紙が握られていた。少年はそれをクリアケースの中に入れ、うやうやしく孝志朗に渡すと、神妙な面持ちでうなずいてみせた。

「確かに」

孝志朗が受けとると、少年はもう一度うなずいた。通学カバンのファスナーを閉め、背負い直す。

「それにしても、毎日、よくそんなに書くことがあるよな。いったいなにを書いてんだよ」

孝志朗が言うと、少年は困ったように目を伏せた。答えたくないのか、答えたいが答えられないのか。どちらともとれる身振りだ。

「なあ、あのさ、手紙、俺も読んでいい？　あいつがいいって言ったら」

ややあって、少年がゆっくりとうなずく。いつものふてくされたような表情に、ほんの少し照れが混じっていた。ラブレターだな。店を出ていく少年の背中を見送りながら、孝志朗は確信した。


少年が初めて店にやってきたのは三ヶ月ほど前、梅雨のさなかのことだった。少年は、店に入ってくるなり、「店員さんへ」と宛名の書かれたアニメキャラクターの封筒を、孝志朗に突き出してきた。クレームだろうか、それとも――。身を硬くしながら受けとる。封筒と揃いの便せんに、中学生男子が書いたとは思えない綺麗な文字が並んでいた。

自分は絵美の連絡係である。ほとんど学校に来ない絵美に、その日の宿題や翌日の持ち物、提出物の期限、保護者へのお知らせ、配布物などを届けるのが連絡係だ。四月から新しく絵美の担任になった女教師が発案し、絵美と同じマンションに住んでいる自分がその役に抜擢《ばってき》された。自分は最初、絵美の家のポストに連絡用のクリアケースを入れていたが、先日、自分の家のポストに、「学校からの諸々《もろもろ》は糸原文具店の店員に渡しておいてほしい」というメモが入っていた。大人の字ではなかったので、クリアケースを戻す際に絵美が入れたのだと思う。クリアケースは必ず絵美か家族に渡すよう言われているので、きちんと家に届けていないことが知られれば自分は先生に叱られるだろう。だが、当の絵美の指示なのだから仕方ない。糸原文具店の店員というのはきっと信用できる人物なのだと信じて、言われたとおりにしようと決めた。というわけで、これから自分は、このクリアケースを毎日ここに持ってくる。あなたはそれを、責任をもって絵美に渡してほしい。

手紙の内容は、おおよそこんなふうだった。なぜわざわざ手紙で、と不思議に思ったが、追伸を読んで納得した。少年は話すことができないのだった。生まれつきらしい。

手紙の最後には署名があったが、以降、孝志朗は少年を「少年」と呼ぶことにした。毎日きっかり午後四時半にやってきて、孝志朗にクリアケースを渡し、さっさと帰っていく。その、あくまでも「連絡係」という役割に徹する機械的な様子には、固有名詞よりも普通名詞のほうが合っている気がした。

摑みどころのない、不思議な少年。だが、最近、少年に対するそんな印象が変わってきていた。少年が、絵美に手紙を書いてくるようになったのだ。いつかと同じアニメキャラクターの封筒に、「鈴村《すずむら》さんへ」と書かれた手紙。学校の友達に見られたくないからなのか、いつも通学カバンの奥のほうにしまっていて、ここに着いてから引っぱり出している。あの少年は、クラスメイトの女の子に、どんなことを書くのだろう。気にならないわけがなかった。

「手紙？　ああ、別に読んでもいいけど」

絵美が、受けとったばかりのクリアケースに入っていたその日の手紙を孝志朗に突き出した。いや、さすがに俺が封を切るわけには、と言うと、貼られていたシールを無造作に剝がし、中身だけを差し出してくる。あまりにあっさりした絵美の反応に、孝志朗はすでに興ざめしはじめていた。

「あ、先に言っとくけど、ラブレターとかじゃないからね」

孝志朗の心を読んだ絵美が先回りしてくる。

「……分かってるよ」

ラブレターでないのなら別に読まなくてもよかったが、せっかくなので目を通してみる。

――鈴村さんへ。こんにちは。今日はすごくいい天気でしたね。学校の裏山も紅葉が始まってきていて、もう秋なんだなあと感じました。僕はいま窓際の席なので、授業中とか、あの山をよく眺めています。たまに鳥が来ることもあって楽しいです。いつも窓をちょっとだけ開けているんだけど、今日は、風が吹くたびに焼き芋みたいな匂いがしました。たぶん、裏山の葉っぱの匂いだと思います。こんな日は、みんなで公園に行って、ビニールシートの上でお弁当を食べたら気持ちいいだろうなあ。

鈴村さんは今日も糸原文具店で絵を描いていたのでしょうか。店員さんから、鈴村さんはいつも奥のテーブルで描いていると聞いたのですが、今日みたいな天気のいい日は、外に出て描いてみるのもいい気がします。写生っていうのかな、僕はあんまり絵には詳しくないんだけど。

昨日に引き続き、また合唱コンクールの話です。課題曲の伴奏、今日も途中で止まりそうになりました。音楽の芳賀《はが》先生は、僕が間奏のところが苦手なことに気づいていて、その部分に来るとピアノのほうをギロリとにらんできます。みんなの歌はだんだんよくなってきていて——。

「へえー」

孝志朗は思わず声を漏らした。

「……これ、ほんとにあいつが？」

「うん、そうだよ。びっくりするくらい細かく書いてあるから、自分がそこにいたみたいな気分になる。たまに勘違いしちゃうもん。あれ、わたし、今日学校に行ったんだっけ、って」

少年は、まさにそれを願っているのだろう。学校での出来事を丸ごと便せんに移すことで、絵美が本当に学校にいるような気持ちになってくれることを。そして、できれば実際に学校に来てくれることを。見かけによらず優しいやつだ。孝志朗より五つも年下ではあるが、見上げるような気持ちだった。

「ねえ」

「ん？」

「どんな子なの？」

「あ、少年？」

「うん。かっこいい？」

「かっこいいだろ。おまえのために、こんな長文を毎日書いてくるんだから」

「そういうことじゃなくて、顔だよ、顔」

今年度はまだ一度も登校していない絵美は、少年の顔を知らない。

学校行けよ。行って、自分の目で確かめろ。そう言いかけて、寸前で思い直した。

「さあな。そういうのって人によるだろ」

「まあ、孝志朗からしたら全員ブサイクか」

「うるせえな」

「褒めてるのに」

「余計なお世話です」

絵美が大げさにため息をつく。

「あーあ。いつもきゃーきゃー言ってるマンションの奥様方に教えてあげたいよ。孝志朗って、イケメンだけど、性格と口は最悪なんですよ、って」

「そういうこと言いふらすやつのほうが最悪だと思うけど」

絵美は、くるりと踵《きびす》を返して筆記用具売り場のほうへ歩いていく。

孝志朗はその背中に投げかけた。

「返事くらい書いてやれば？」

絵美がにやりと笑った。いつもの試し書きノートを指でとんとん、と叩く。

「言われなくても、これから描くつもりだよ」

＊

孝志朗の家は町の外れの住宅地にある。もともとは店の二階に家族で住んでいたのだが、父方の祖父が亡くなり、祖母が同居することになったため、別に住居を構えようということになったのだ。郊外にバリアフリーの立派な一戸建てが完成したのは、孝志朗が高校二年生のときだった。

早朝。家から店まで、四季折々の景色の中を、高校時代から愛用しているジオスブルーのマウンテンバイクでかっとばす。気持ちがいいし、運動にもなる。それになにより、道すがらにチャンスセンターがある。悪くない時間だ、ただ一点を除いては。

いつものように駅前のロータリーに進入し、歩道の脇で停車しながら、孝志朗は深いため息をついた。マウンテンバイクのスタンドを立て、にこにことこちらを見ている前橋《まえばし》かすみに近づく。

「……だからさあ、なんでいんだよ」

「いちゃ駄目だった？」

「駄目じゃねえけど、ここんとこ毎朝じゃねえか」

「いとっちもそうじゃん」

「俺は用があって来てんだよ」

「わたしもだよ」

にこにこ笑う顔は少しも崩れない。それ以上なにか言い返すことを諦めて、孝志朗は小さく肩をすくめた。

前橋かすみは高校の同級生だ。高校時代は女子ソフトボール部のキャプテンを務めていた。部活動で鍛えた体力と持ち前の元気さを生かして、いまは近くのデイサービスセンターで働いている。高校三年の初めに孝志朗から告白したことがあり、かすみもそれをＯＫしたのだが、二人が付き合うことはなかった。孝志朗が交際を拒否したからだ。自分から告白して、ＯＫをもらったのに、付き合いはしない。わけが分からないよな、と自分でも思う。断ったほうがそうなのだから、断られたほうはなおさらだろう。だからいまも、成仏しきれない霊のごとく、ここで毎朝のように孝志朗を待ち構えているのだ。気持ちは分かる。だが、孝志朗にとっては迷惑以外の何物でもない。

「おばちゃん、六枚ね」

「はいよ」

すっかり馴染《なじ》みになった売り場の年配女性に声をかけ、ポケットから財布を取り出す。すると、横にいるかすみが顔を寄せてきた。

「買ってあげようか？」

「いいよ」

「買ってあげる」

「いいってば」

お構いなしに、孝志朗と競うようにして、財布から千円札を取り出す。叩きつけるようにカウンターに置く。

「残念でした」

孝志朗は、百円玉を二枚、自分の千円札の上にのせ、窓口の向こう側に滑らせた。

「千円じゃ足りないんだな」

かすみは悔しそうな顔をし、同じように財布から二百円を取り出した。

「おばちゃん、あたしにも六枚」

「ノリで金遣うと後悔するぜ」

「ノリで告白するような人に言われたくないな」

かすみが、手にした六枚のスクラッチをひらひらさせる。

「当たってたら教えてね。わたしも教えるから。じゃ、また明日《あした》」
なにも答えられないでいる孝志朗を置き去りにして、かすみは颯爽《さっそう》と去っていった。

洋食店の朝は早い。朝八時前には出勤し、掃除を終えたら、エプロンと三角巾を身に着けて仕込みに入る。店の厨房で料理の仕込みを始める店長と奥さんに声をかけ、千尋は一人、二階に上がる。夫妻の自宅である二階にも立派な設備の広いキッチンがあって、千尋はそこでデザートの仕込みをする。

一階のフロアの脇にひっそりと階段があり、その先に、縦に長いタイプの銀のノブがついたドアがある。よくマンションで見るようなタイプのドアだ。鍵のかかっていないそのドアの向こうには、まさに「家」といった様子の生活感あふれる空間が広がっている。ベランダに洗濯物が見えていることもあるし、朝食で使った食器がそのままになっていることもある。夫妻は揃って開けっ広げな性格なので気にしていないようだが、千尋のほうは、ここで働きはじめて一年以上が経ってもまだ慣れない。浅い玄関でいそいそと靴を脱いでいると、許可をもらっているのに不法侵入しているような気分になる。

デザートのラインナップは、材料の仕入れ状況によって週ごとに変わる。今週は、イーストドーナツ二種、ベリーソースのパンナコッタ、新作のチョコレートケーキだ。

三口あるコンロに三つの鍋を用意した。一つでパンナコッタを作り、もう一つでベリーソースを作る。残る一つはチョコレートとバターの湯煎に使う。パンナコッタをガラス瓶に移し、冷めるのを待つ間に、卵白と卵黄をそれぞれ泡立て、同時にドーナツにも着手する。パンナコッタを冷蔵庫に入れ、チョコレート、バター、卵白と卵黄を合わせ、時折ドーナツに戻る……。

店長と奥さん、裕子《ゆうこ》さん、千尋の四人で回している小さな洋食店では、とにかく「速さ」が最優先事項とされている。「手際よく、効率よく」が奥さんの口癖で、それに追い立てられるようにして手を動かしているうちに、初めの頃は一日一種類しか提供できなかったデザートメニューが、二種類、三種類と増えていった。

千尋がようやく一息ついた頃には、すでに開店時間の十一時を十分ほど過ぎていた。だが、急ぐ必要はない。店が混んでくるのは正午を過ぎてからで、デザートの注文が入りだすのはそれよりあとだ。週末などは千尋がホールに駆り出されることもあるが、今日は平日なので、千尋なしで問題なく回せるだろう。少し休憩しようと椅子に腰を下ろし、三角巾をとっていると、階段を上ってくる足音が聞こえた。ドアが開く。

「千尋ちゃん、おはよう」

千尋と同じエプロンを着け、大きな前ポケットから三角巾の角を覗《のぞ》かせた裕子さんが顔を見せた。彼女は、この店で千尋とともに働いている古株のパートさんだ。年齢は千尋より一回り上。同い年の旦那さんと小型犬とで暮らしていて、店には徒歩で通っている。慌てて立ち上がり、おはようございます、と返すと、裕子さんがにっと口角を上げた。

「いいよいいよ、休んでて。なにか手伝うことある？」

「うーん、あ、そうだ。昨日仕込んだ分、あとどのくらい残ってるか見てきてほしいです」

「あ、それなら見てきたよ。パンナコッタが四、ドーナツのプレーンが三、ハニーグレーズが三、ケーキが四」

「わ、さすが。ありがとうございます」

「パンナコッタがちょっと心配だけど、ドーナツとケーキは昼に間に合いそうだね。あとは大丈夫？」

「いまのところは。あと二、三十分したらドーナツ揚げるので、もし手が空いてたら成形手伝ってほしいです」

「オーケー。じゃあ、わたしはいったん下にいるね。パンナコッタの動き、気をつけとく」

くるり、という音が聞こえそうな動きで向きを変え、裕子さんが跳ねるように階段を下りていく。栗色《くりいろ》のショートボブが、一段下りるたびにふわりと揺れる。

どんなときも穏やかで、感じのいい笑みをたたえている裕子さん。踊っているようなその一挙手一投足を見ていると、思わず顔が綻《ほころ》んでしまう。

そんな裕子さんに、千尋は一度だけ怒られたことがある。千尋がここで働きはじめて間もない頃、自らの段取りと手際の悪さから、ランチタイムにもかかわらずデザートをすべて切らしてしまったときのことだ。

今日はもうババロアを追加するのは難しそうなので、夜はロールケーキだけに絞らせてほしい。消え入りそうな声で申し出た千尋に、裕子さんは綺麗な眉を吊《つ》り上げて言った。

「どうして早く言わなかったの？　さっきわたしが、ロールケーキとババロアどっちも残り二だって言いに来たとき、あのときに言ってくれてたら、少なくともロールケーキは切らさずに済んだはずでしょう。二人いれば、ババロアだって間に合ったかもしれないのに」

「……うまく回せなかったわたしが悪いのに、そんなわがまま言えません。デザートはできれば二品って店長に言われてるし、ランチタイムは下もみんな忙しいのに」

「でも、実際問題、どっちも切らしちゃってるじゃない！」

ぴしゃりと言われて、千尋はただ小さくなるしかなかった。それ以来、店頭の在庫の報告やデザートの進捗《しんちょく》の確認など、裕子さんはこまめに声をかけてくれるようになった。いまでも、もっと自分から発信してほしいと口を酸っぱくして言われているが、千尋としては、以前よりは伝えられるようになったと感じている。

裕子さんの足音が、階下からかすかに聞こえてくる店の喧騒《けんそう》に消える。再び一人になった千尋は、作業用のテーブルの足もとに置いていたハンドバッグを引き寄せた。家で作った試作品のクッキーを持ってきていた。出勤前は時間も食欲もない。そのため、朝の仕込みが一段落してから、前日に余った料理や試作品の菓子などを摘まむことにしているのだ。

ハンドバッグから、紙袋に入れたクッキーと温かい紅茶を入れた水筒を取り出す。そのとき、一緒に、くしゃくしゃに丸まった白い紙が落ちた。拾って広げてみる。タクシーの領収書だった。タクシーなんて普段は乗らないから、その日付と運賃を見てすぐに思い当たった。

——どうして、まっすぐ帰りたくなかったんですか、今日は。

祥司の顔は、なぜだか、夢で見た人のそれのようにぼんやりとしていた。だが、その声は、いまでもはっきりと再生することができる。小さいながら、まったく引っかかることなく耳に届く、とても聞きとりやすい声。あの日から今日まで、どうにも忘れられなくて、何度も反芻《はんすう》していた。あの声が、あの夜の千尋にべらべら喋らせ、がんがん酒を飲ませたのだ。あくる日、午後になってようやく目覚めた千尋は、いっそ気を失ってしまいたいと思うほど強烈な頭痛と吐き気に襲われた。トイレまで這《は》って行って思いきり吐き、くの字になって壁に手をつきながらシャワーを浴びると、ようやく頭と体がしゃんとした。五〇〇mlペットボトルのミネラルウォーターに直接口をつけながら、玄関と部屋とをつなぐ廊下に放り出されていたハンドバッグの中身を確認した。スマートフォンと財布、それから十円玉。もしや、と思い、バッグを逆さにしてみると、いくらかの小銭が、派手な音を立てて床に転がった。千円札も出てきた。それでやっと思い出した。前の晩に、自分がどうやって太呂さんの店を出て、どうやって帰ってきたのかを。慌ててスマートフォンを摑んだが、そこに祥司の連絡先が入っているはずもない。それなら太呂さんの店に、と思い、それもできないことに気づく。そういえば千尋は、連絡先どころか、店の本当の名前すらも知らないのだった。思わずベッドに倒れこんだ。

また近いうちに店に行けばいい。ベッドの上で再び目を閉じながら、千尋は、バッテリーの切れかけた頭でそう考えていた。祥司は毎日店に行くと言っていたし、もしいなくても、ジロにことづけておけばいい、と。あれからすでに一ヶ月近くが経っていた。祥司に返すつもりで新札の一万円札を仕事用のハンドバッグに入れていたが、あの夜に自分が晒《さら》した醜態を思うと、祥司と再び顔を合わせることに気後れしてしまうのだった。

今日、行っちゃうか。

ふと、気持ちに勢いがついた。一ヶ月近くカバンの底に埋もれていた紙屑《かみくず》がいまになって出てきたのは、今日行け、という神様のお告げなのかもしれない。

残っていたクッキーの欠片《かけら》を口に入れ、水筒の紅茶で流しこんだ。そうと決まれば、仕込みを急がなければならない。千尋は三角巾を締め直し、ドーナツ生地の発酵の具合を確かめるべく立ち上がった。

上京してからずっと、父親の帰りが特に遅い火曜日の夜は妹との時間と決めていた。いつもより早めに退勤して、まっすぐ帰宅し、入浴と洗濯を済ませ、晩酌の準備まで整えてからスマートフォンを手にとる。元気、とメッセージを送ると、待ち構えていたように電話がかかってきた。

(全然元気じゃないよー)

通話ボタンを押すなり、声が耳に飛びこんでくる。言葉のわりに張りのある声だ。

「なに、どうしたの？」

(あの人、昨日から出張でさ、わたし、今週、完全なる一人暮らしなんだよ)

「え、お父さん、一週間もいないの？」

(そう。なんか、本社で研修があるんだってさ。わたしが出かけてる間に行っちゃってた。テーブルの上に万札置いて)

「そうなんだ。……大丈夫？」

(大丈夫だよ、あんなの、いてもいなくても。いつも自分でやってるんだし。いま、一週間分のご飯を作り置きしてるんだ。わたし、ここのところダイエット中だから、あんまり量は作らないつもりなんだけど、それにしても超大変。全部できあがる頃には日付が変わってるんじゃないのって感じ。全然元気じゃない)

「ダイエット中？　あんた、そんなに太ってないでしょ」

(太ってるよ。お姉ちゃんがいなくなってから太ってきてるの)

予想外に強い口ぶりだ。中学二年生。自分の体のことが気になる時期だ。思えば、「あの一件」も、千尋が中学二年生のときのことだった。もしあのとき、あんな場面に遭遇していなければ、自分の人生はもっと違うものになっていたのかもしれない。

——え、なんで？　なんで駄目なの？

先月、祥司と出会う少し前に別れた男の顔がよみがえる。まったく理解できない、納得いかないといった表情だった。腹を立てているようにも見えた。

振り払うように明るい声を出す。

「でも、一人なのに作り置きするんだ」

（うん。野菜でもなんでも、大きいの買ったほうが安上がりでしょ。それで、一万円、できるだけ余らせて、お小遣いにしようと思って。あの人、どうせ、お釣り返してもらうことなんて覚えてないし。高いお肉買ったりピザとったりして、ぱーっと使っちゃうってのも考えたんだけどね。やっぱり現金よ、現金）

「さすが、わが妹。たくましい」

（そりゃ、たくましくもなるよ。こんな生活、一年以上もやってれば）

急に飛んできた棘《とげ》が千尋の心に突き刺さった。

（普通、中学生の娘を一週間も一人にする？　仕事だから仕方ないにしても、お姉ちゃんに電話を入れとくとか、同じ階の人たちに伝えとくとか、いろいろやりようあるよね。ていうか、そんだけ長いこと家を空けるんだったら、何日か前に顔を見て直接言わない？　それをメモと万札で済ませるなんて、まったく、信じらんないよ。なにかあったら連絡しろって、心配ならそっちから連絡してこいってての）

「そのとおりだ」

（「わがまま言わないでくれよ」って言うんだろうね、あの人、これ聞いたら）

「うん、絶対言うね」

まだ小さかった妹が、今日は父と一緒に寝たいと甘えたとき。妹にとって初めての小学校の運動会に来てほしいと頼んだとき。母が亡くなってすぐ、千尋が、お母さんに会いたいなあ、とこぼしたとき。父はいつも、その一言で片づけた。わがまま言わないでくれよ、と、こちらに体を向けることもなく、ため息に混ぜるようにして言うのだ。その台詞が出るたびに、千尋は、父の気持ちが自分たちから離れていく気がした。願いが聞き入れられないことよりも、そちらのほうがはるかに耐えがたかった。

（もし、この一週間で泥棒に入られて家をめちゃくちゃに荒らされてお金とか盗《と》られても、絶対に電話してやらないんだから。そうやってなにもかも失ったら、さすがのあの人も思い知るかもね。自分がいかに駄目親父《だめおやじ》かってこと）

それはさながら吹きこぼれる鍋のようだった。そんなこと言わないの、などとたしなめることはできない。

「――じゃあ、わたしに電話してよ、危ない目に遭いそうだったら」

（うん、そうする。お姉ちゃんから伝えてよ、あの人に）

くすんだ笑い声の後ろから、なにかを炒《いた》める音が聞こえてくる。

（お母さんがいなくなって、お姉ちゃんがいなくなって、あの人もいないようなもんで。だからもう、だいたいのことは自分でできるんだけどさ）

食材と一緒にフライパンに放りこむように、妹が言った。

（ときどき、虚《むな》しくなるよね、自分でなんでもできるってことがさ）

棘を、ぐっと押しこまれた気がした。その痛みを逃がすように、静かに、ゆっくりと息を吐く。

虚しい。その言葉は、もうずっと千尋の胸の中に留《とど》まり続けている感情の正体をも言い当てていた。

なんていうか、と妹は続けた。

（生活するだけだったら自力でできるし、どうせあの人は自分の娘がなにやってようと興味ないんだし、だったら自分の気の向くことだけ、自分の好きにやろう、と思ったんだよね。そうしてるうちに、心に、針でつついたみたいな小さい穴が空いて、それがだんだん大きくなってきて、そこからちょっとずつ気力が漏れていってる感じ）

「だから、学校、行くのやめちゃったんだ？」

返事はない。これまでも何度か不登校の理由を尋ねたことがあるが、妹から明確な答えが返ってきたことはない。理由がないのではなく、なにか、言えない、言いたくないことがあるように感じる。

千尋は新しい空気を吸う。

「――でも、大丈夫だよ、勉強はちゃんとやってるんだから。そういえば、今日は質問はなし？宿題は終わった？」

（終わったよ。数学は新しい単元に入ったばっかりだから、まだ簡単な問題しかなくて助かってる。でも、図形って特に苦手なんだよね。これから難しくなってきたら質問しまくると思うから、よろしく）

「はいはい。でも、ちょっとは自分で考えてからにしてね」

もとの速さで流れはじめた会話に胸をなでおろす。棘が抜けたわけではないが、痛みもない。

「でもさ、こうやって話だけ聞いてると、毎日ちゃんと学校に行ってる子みたいだね」

（いま授業でどこやってるか、クラスの男子が手紙で教えてくれるから）

「あ、例の、ちょっと気になってる子？　あれからなにか進展あった？」

(その子、毎日わたしに手紙をくれるんだけどさ、そこに書いてあることを絵にしてみてるんだよね。わたし、文章書くの苦手だし、すごく映像が見える手紙だからさ。一応、お返事のつもりなんだけど、気づいてないだろうなあ。孝志朗がうまく仕向けてくれてるといいんだけど。その子がノートを見るように)

孝志朗。妹が毎日のように通っている文具店の青年。妹の話に、もしかすると父親以上によく登場する人物だ。

「でも、孝志朗って、そういう気の利いたことできなさそうだよね」

(そうなんだよ。だから、あんまり期待はしてない。お姉ちゃん、さすが。分かってるね)

「散々聞いてるからね、孝志朗の話は」

そうだね、と妹がくすくす笑った。

(お姉ちゃんは？　そういう話ないの？)

「そういう話？」

(好きな人とか、気になってる人とか)

ぱっと浮かんだ顔があった。

「……んー、いないかな」

(あ、いまの間、怪しい)

「えー？　怪しくないよ、別に」

(この間孝志朗にも言ったんだけど、絶対、恋人は作ったほうがいいよ。せっかくのハタチなんだからさ)

「ハタチは特別なんだ？」

（そりゃそうだよ。なんてったって、大人の中で一番若いんだから）

なるほど、と思った。いまの自分の年齢をそんなふうに捉えたことはなかった。大人の中で一番若い。言われてみれば、確かにそのとおりだ。

「でも、別に恋愛じゃなくてもいいんじゃない？　仕事とか趣味とか友達とか、そういうのでも満喫できるんじゃない、ハタチは」

（いや、駄目だね）

「駄目なんだ」

思わず苦笑する。

「やっぱり、恋は特別だよ、お姉ちゃん」

まさか、恋愛について妹に教授される日が来るとは思わなかった。


絵に描いたような仕事人間。千尋と妹、二人の父親について説明するのに、これ以上の言葉はいらない。生活費、学費、保護者の承諾。こちらから求めれば応えてくれるが、それ以上のことはしない。そういう人だ。家事も育児も妻に任せきり。その妻ががんで亡くなってからも、十二歳と六歳というまだ幼い娘二人の父親であり、遺された子供たちの唯一の保護者であるという自覚は彼に芽生えなかった。わが子を大事に思っていない、というのではない。ただ、未熟で、不器用なのだ。千尋が諸々を把握し動いていなければ、妹は中学校に入りそびれるところだった。

だから二人は、自然と、なんでも自分たちでやるようになった。妹が買ってきた食材を、千尋が料理した。朝、千尋がばたばたと干していった洗濯物を、夜、妹がきちんと畳んでおいてくれた。手分けしてトイレと風呂を掃除した。週末には、当時二人してはまっていたアイドルの曲を父親のオーディオで流しながら、競うように家の床の拭き掃除をした。終わったら、一本の炭酸ジュースをグラスに分け合って飲んだ。できるかぎり父親には頼らない。わがままは言わない。そうやって、ずっと二人で生きてきた。

千尋が東京に行くと決めたとき、千尋は妹に大丈夫、と訊いた。料理も、洗濯物を干すのも、トイレ掃除も、家じゅうの床を拭くのだって、これからは妹一人でやらなければならない。妹も千尋に大丈夫、と訊いた。買い物も、洗濯物を畳むのも、風呂掃除も、これからは一人でやらなければならないから。炭酸ジュースだって、これからは一人で飲み切らなければならないのだ。

大丈夫、と二人ともが言った。だが、大丈夫であるはずがなかった。ずっと二人で生きてきたのだ。千尋は生活を疎《おろそ》かにするようになり、妹は学校に行かなくなった。

去年、三月の終わり。自分が家を出た日の妹の顔が忘れられない。あのとき、思いのままに妹を連れ出していれば。両目いっぱいに涙を溜めた妹を抱きしめていれば。なにかあったらいつでもおいで、の一言を添えていれば。ばたんとドアが閉まる前に、振り返り、笑顔の一つでも見せてやっていれば。そもそも、家を出ると決めなければ。何度も考えた。だが、結論は同じだった。

友人の親戚が経営している東京の洋食店でデザート担当として働く。それはこのうえなく魅力的な進路だった。十八歳の千尋は、その誘いに一も二もなく飛びついた。自分がいなくなったとたん妹が学校に行かなくなるなんて思いもしなかった。自分の力だけで生活することがこれほど厳しく味気ないものだなんて知る由もなかった。まだまだ子供で、目先のことしか見えていなかったから。千尋は今年成人を迎えたが、二十歳なんて単なる数字でしかない。家に戻ること、妹をこちらに呼び寄せること。幾度となく考えはするものの、実行に移すとなると二の足を踏んでしまう。結局、いまの状況に抗《あらが》えるような経済力も心の余裕も手に入れられないまま、千尋は一人、東京の下町で小さく息をしている。

いったいどうすれば自分をゆるせるのか分からなかった。家と職場とを往復する日々を積み重ねながら、千尋の心はまだ、あの日をさまよっている。上京の日、マンションのベランダから落ちそうなほど身を乗り出す妹に向かって、大きく、ちぎれそうなほど手を振った、あの長い一日を。


電話を切ったあとも、なんとなく、そのままスマートフォンを握っていた。妹が嘆いた虚しさに、千尋の中にある似た形のものが呼応していた。いま、祥司の声が聞きたい。そう思った。連絡先を画面に表示させる。先日、太呂さんの店で再会したときに交換したものだ。


今日、行っちゃうか。思いつきと勢いで訪れた太呂さんの店に、その日も祥司はいた。前回と同じ服装で、前回と同じ席に座り、前回と同じようにウーロンハイのグラスを傾けていた。声をかけたときの反応があまりによそよそしかったので、自分のことを覚えていないのかと思ったが、そうではなかった。あんなに思いきり潰れた人のこと、忘れられませんよ。ちゃんと帰れましたか。皮肉もからかいも混じっていないその口ぶりに、じわじわと恥ずかしさがこみ上げてくる。

「わたし、まったく記憶がないんですけど、お勘定、祥司さんが済ませてくださったんですよね？それから、あの五千円も」

「はい。千尋さん、寝ちゃったから、タクシーに乗せるのが大変でしたよ。僕が店の外まで背負って、なんとか」

「背負って？」

祥司の口から出た言葉に、千尋は耳を疑った。

「ちょっと待ってください。祥司さん、わたしをおんぶしたんですか？」

「あっ、あの……はい」

「ほんとに？　ほんとですか？」

「すみません……！」

千尋の顔色が変わったのを見て、祥司が跳ねるように立ち上がり、膝に手をついて深々と頭を下げた。

「ほんとにすみません。だけど、他に方法がなかったんです。千尋さん、かなり酔っていらっしゃって、自分では歩けないみたいだったので。あの……へんなことはしてません。ほんとに、なにも」

「いえ、それはいいんです、それは……」

顔を真っ赤にして弁明する祥司を、千尋は慌てて止めた。

「むしろありがとうございました。というか、わたしのほうが謝らないといけないですね。すみません、みっともないところを見せてしまって」

平身低頭して詫《わ》びながらも、千尋の頭の中は困惑と混乱に満ちていた。背負った？　祥司が、自分を？　そんなことありえないはずだ。いったいなにが起こったのだろう？

千尋が差し出した一万円を、祥司は頑として受けとろうとしなかった。しばらく押し問答が続いたが、結局、それはジロが千尋の注文をとりに来たことで収束した――収束させられた、と言ったほうがいいかもしれない。

謝罪し、金を返してすぐに帰るつもりだったが、ご注文は、とあの輝く笑顔で訊かれたら注文しないわけにはいかないし、注文したからには飲まないわけにはいかない。祥司に促されるまま、前回と同じように横並びで座り、前回とは違って一杯だけで切り上げた。渡すつもりだった一万円札は、結局、封筒ごとハンドバッグに逆戻りした。

連絡先の交換を申し出たのは千尋のほうだ。店を出て少し行ったところでスマートフォンを忘れてきたことに気づき、慌てて店に戻った。カウンターの上のスマートフォンを取り上げ、ハンドバッグに入れようとしたとき、頭の中でなにかが光った。そうだ、これもまた神様のお告げなのかもしれない。それなら、これきりにしてしまうべきではない。

祥司は快く自分のスマートフォンを出してくれた。名前と誕生日とを組み合わせただけの簡単な文字列。あれから数日が経つが、連絡をしたことも、連絡が来たこともまだない。

文具店の青年に、手紙の少年。妹にはすでに、千尋の知らない現在がある。同じように過去になりきらない過去を抱えたまま、それでも現在を生きている。

祥司が、自分の現在になるだろうか。東京で出会った祥司という男が、自分を過去から引っぱり上げてくれるだろうか。誰も知らない、自分だけの現在に。

画面がブラックアウトして、千尋はスマートフォンから手を離した。

二〇一九年十一月

同僚たちが出払っている時間を狙って出勤したつもりだったが、清掃員控室の中からは数人の話し声が聞こえてきた。

「――あー、まじでいらいらする」

「どうした？」

「あいつだよ、あいつ。あいつ見るとさあ、なんかいらいらすんだよね。忙しい日とか特に」

「あ、それ、すげえ分かる。やることなすこと、いちいち癇《かん》に障るっていうか」

「そうそう。顔を上げろ！　声を張れ！　返事はハイかイイエ！　もう、どやしつけたくて仕方ねえもん」

嫌な場面に出くわしてしまった。

ドアノブに手をかけたまま、祥司は小さく息を吐いた。この件については、つい数日前に鮫島と話をしたばかりだ。改善する努力が見えないと判断されれば、また呼び出しを食らうかもしれない。

「――不真面目《ふまじめ》なのか、人見知りなのか、仕事が嫌なのか、それとも俺らへの当てつけなのか……」

「分かんねえけどさ、とにかくいらいらするから、俺もう、できるだけ視界に入れないようにしてんだよ。ほんと、あれと組まされるやつはたまったもんじゃねえよな。同情するよ」

「でも、相棒のほうも負けず劣らず愛想ないからなあ。コミュ力が欠如してるもん同士、意外と仲良くやってんじゃねえの？」

「あいつら、同い年らしいしな」

「え、そうなんだ」

「うん。前に鮫島さんが言ってた。それもあってあいつらをペアにしたんだってさ」

「同い年って、そういやあいつらいくつなんだ？」

「知らね」

笑い声。祥司はそっとその場を離れ、従業員用トイレに逃げこんだ。個室の鍵をかけ、便座に腰かける。太腿の上で手を組み、考えた。

関係ない。気にするな。忘れろ。心の中で何度も唱え、深呼吸を繰り返して、トイレを出る。控室には、もう誰も残っていなかった。


煙草、と言ってどこかに消えた崎田を、祥司は今日も引き留めなかった。せめて終わる前に戻ってきてくれよ。そう願いながら、一人、専門店街2Fのフロア清掃を開始する。

祝福された人々。彼ら彼女らが通ったあとの絨毯《じゅうたん》に掃除機をかけながら、祥司はいつも、そんな言葉を頭に浮かべる。広く明るい館内。ここを堂々と歩けるのは、その命を、人生を祝福された人間だけだ。ここで働きはじめた当初は、そのことに対して卑屈な気持ちを抱いていたが、いまではむしろ心地よさすら感じる。誰かとともに生きている彼ら彼女らに紛れていると、まるで自分は一人ぼっちなのではなく、ただ一人であるというだけのように思えてくる。

あの頃「一人ぼっち」だった自分は、十年をかけて「一人」になれた。だが、当時から「一人」だったはずの崎田は、同じぶんだけの時間を経て、反対に「一人ぼっち」になってしまったように感じる。


祥司と崎田は同じ中学の出身だった。一年生のときはクラスメイトでもあった。

その当時、すでに入れ物が壊れていた祥司は、それを隠すように、息をひそめるようにして日々を過ごしていた。一方の崎田は、いわゆる一匹狼《いっぴきおおかみ》だった。優等生でも人気者でもない。だが、その異質な存在感と広い交友関係によって、その影響力を学年全体、ひいては他校にまで広げていた。祥司は入学初日から崎田を知っていたが、崎田は祥司を知らなかった。祥司が崎田に認識されたのは、中一の、夏に差しかかる頃のことだ。

中学一年生の祥司は、学校のあちこちに自分だけのシェルターを見つけ出していた。人と関わることなく、人に自分を晒すことなく一定の時間を凌《しの》ぐための隠れ場所。その一つ、プール脇の草むらに、あるとき先客がいた。それが崎田だった。

崎田はそこで、地面を蹴るような動きをしていた。だん、だん、だん。乱暴に、力任せに繰り返す。時折、動きを止め、周囲の土をスニーカーの爪先で器用に払う。穴を掘っているのだろうか。

ふいに、崎田がその場にしゃがみこんだ。いま足で抉《えぐ》ったあたりを見つめていたかと思うと、ぱっと両手を出してなにかを捕まえ、そのまま土ごと掬《すく》い上げた。指の隙間から土をこぼしながら、捕まえたなにかを握り潰す。思いきり、執拗に。教室での、靄《もや》がかかったような、無気力そうな目とはまったく違う。その目は大きく見開かれ、真っ黒な瞳は爛々《らんらん》と光っている。二つの目は崎田の顔の中で異様に際立ち、いまにも浮き上がってきそうに思えた。

「このあたりはさ、学校の中でも特にいいスポットなんだ」

すぐそばで崎田の声がした。その瞳の異様な輝きに吸い寄せられるようにして、いつの間にか崎田の近くまで来てしまっていたのだ。

崎田の吐息からは甘い匂いがした。飴玉《あめだま》を舐めているらしい。

「虫がうじゃうじゃいるんだよ。土に水分が多いからだろうな。ほら、ここ、プールのそばだろ」

「……虫？」

「見るか？」

崎田がにやりと笑い、握っていた両手を同時に開いた。

祥司は思わず息を呑《の》んだ。ミミズ、ダンゴムシ、クモ、ムカデ、カメムシ、たくさんのアリに、名前の分からない昆虫。その右手の中で、大量の虫が潰れ、ちぎれ、ぐちゃぐちゃに混ざり合って死んでいた。

「気持ち悪いか？」

飴玉が歯に当たる、かちかちかち、という音。慌てて首を横に振る。うなずいたら、自分もその右手の中で握り潰されてしまうのではないか、という恐怖があった。

崎田が満足げに笑う。上下の歯の間から、真っ赤な飴玉が覗いた。

「プール開きしたら、しばらくここには来られない。だから、いまのうちに全部やっとくんだ」

それは祥司にではなく、これから蹂躙《じゅうりん》されようとしている虫たちに宣言しているように聞こえた。

「好きなだけ人を殴りたくてボクシングを始めたんだ、俺」

崎田がボクシングをやっているというのは、校内では有名な話だった。小学五年生から——ボクシングの世界で言うところの「幼年」だ——ジムに通いはじめたというから、そのキャリアはすでに二年以上近くになる。格闘技の心得があるというのも、崎田が周囲から畏怖《いふ》され、一目置かれている要因なのだろう。

「だけど、実際にやってみるとさ、全力のパンチって試合でも何発かしか出せないんだよ。大半は、フットワークとか左のジャブで間合いとってるだけ。やっとチャンス来た、と思って右ストレートぶちこんだら、相手、すぐ倒れるしさ。弱すぎるんだよ、どいつもこいつも。ほんとつまんねえ」

立ち上がり、プールの更衣室のひび割れた外壁に手のひらを擦《こす》りつける。崎田の手の中で漏れ出した、黄色のような黄緑色のような虫たちの体液が外壁を汚す。

「その点、虫っていいよな。いくら殺したって誰にも怒られない」

崎田という人物に感じていた漠然とした気味の悪さの根源に辿《たど》り着いた気がした。絡まっていた糸がするりとほどけたような、霞《かす》んでいた視界が一気に開けたような、そんな感覚だった。

崎田はきっと、こうやって、自分の中で暴れまわる怒りや衝動をなだめているのだ。その怒りや衝動がなにに起因するものなのか、なにに対するものなのかは分からない。具体的な原因や対象などないのかもしれない。

狂気じみている。だが、嫌悪や恐怖はなかった。そのとき祥司を満たしていたのは、ただ、あるものの全貌が明らかになったときの爽快感だけだった。

普段は教室に大人しく収まっておいて、時々、プール脇で嬉々《きき》として虫を握り潰す。何十匹、何百匹と殺しまくる。まるでやじろべえのようなぎりぎりのバランスで、崎田という人間は成り立っていた。そこが自分と似ていると思った。なにもかもめちゃくちゃにしてしまいたい。そういう暴力的なエネルギーが、内に向かっているか外に向かっているかの違いだ。

「俺を殴ってみる？」

考えるより先に口が動いていた。

「いいよ。どうせ、俺、もう壊れちゃってるから」

外壁を触っていた崎田の手が止まった。その言葉の意味を考えるように、少し首を傾《かし》げて祥司を見つめる。爛々とした眼光は消え、いつもの靄が戻ってきている。

「いや、いいや」

だん、だん、だん。崎田が再び地面を蹴りはじめる。

「もう壊れてるもんなんて面白くねえよ」

祥司はそれ以上なにも言わず、崎田の手によって次々と虫が死んでいくさまを眺めていた。

口止め料のつもりなのか、それとも会員特典のつもりなのか、それ以来、祥司はさまざまな場面で崎田の影響力の恩恵を受けるようになった。

急に仲良く話すようになったとか、教室移動の際に一緒に行動するようになったとか、そういう分かりやすいものではない。崎田は、むしろかなり乱暴な方法で祥司をクラスのコミュニティに引きずりこんだ。

たとえば、給食を配膳するとき。そこにどれだけ皿が並んでいようと、祥司が配膳したものを持っていく者は誰一人いなかった。崎田は、その、ぽっかりと空いている祥司のところに悠々と歩いてきて、ただ一言「大盛りにしろ」と命令するのだ。

クラス全員に均等に行きわたらせるため、配膳係は、勝手に一食の量を増減させてはいけない。祥司の中学ではそういう決まりになっていた。当然、それは崎田だって分かっている。分かったうえで言っているのだ。

祥司は渋々、崎田がいいというまで盛る。幸か不幸か、祥司が担当する食缶の中身は、いつもほとんど減っていない。どうせ誰も持っていかないので、いつしか祥司のほうも手を動かすことをやめてしまったのだ。

これでもかというほど大盛りにした給食を祥司から受けとって、崎田は自分の席に戻る。他の列で延々と順番を待っている、しかし祥司のところには並ばないと決めている者たちは、一連の崎田の行動に臍《ほぞ》を嚙んだ。翌日には、大盛りの魅力に抗えなかった数人の男子が祥司のもとに集まり、そこからしだいに、みなが誰でも空《す》いている列に並ぶようになった。

さらに、宿泊研修の班分けのとき。一人あぶれた祥司をどの班が「引きとる」のか。誰も手を挙げず、誰も口を開かない。痛いほどの沈黙の中、クラス全員がうつむき、視線だけで押しつけ合いをする。そのとき、崎田が、自分と同じ班の「手下」の男子にこう言ったのだ。あいつ、こっちに入れといたほうがいいぜ。箱根《はこね》、詳しいらしいからな。二日目のフィールドワークで使える――。

祥司を含めた、近くの席の数人にしか聞こえないくらいの声。体から汗が吹き出す。箱根に詳しいなんて、そんなこと、一度だって言った覚えはない。

宿泊研修当日まで、チェックポイントに指定されそうな場所、そこに行くための交通手段や徒歩ルートを徹底的に調べ上げた。二日目のフィールドワークが、元箱根エリア、箱根町エリアで行われる、ということだけは分かっていた。その範囲内で〈箱根の歴史や自然を学ぼう〉という目的に当てはまる場所――まず、箱根関所は間違いなく入るだろう。それから、芦《あし》ノ湖、箱根神社、賽《さい》の河原、箱根旧街道。箱根旧街道が入るとしたら畑宿《はたじゆく》まで行かされるだろうか。それはさすがに遠いか。待てよ、芦之湯温泉のあたりも怪しいな……。

そして迎えたフィールドワーク当日。チェックポイントが発表されると、祥司は安堵《あんど》のあまり膝から崩れ落ちそうになった。よかった、予想どおりだ。これなら大丈夫、なんの心配もない。

支給された地図を見るまでもなかった。なにもかも完璧に頭に入っていた。祥司は、崎田とその仲間たちを引き連れてすべてのチェックポイントを回り、なおかつ学年で一番早く集合場所に辿り着いた。同じ班のメンバーは、不本意そうではあったが、みな祥司に対して感謝を口にした。崎田も一言、ありがとな、と言ってくれた。

優しさも思いやりもない。祥司に対する悪意を、さらなる悪意でなし崩しにし、結果的に「一人勝ち」の状況に持っていく。それに対して嚙みつく者などいるはずもない。あの崎田の命令なのだから、と、祥司が責められることもない。崎田は、自らの持つ力をよく理解し、それを存分に振りかざしていた。実のところ、祥司は崎田に助けられていたのではなく、単に利用されていただけなのかもしれない。

崎田のおかげで、中学三年間、祥司は誰にも邪魔されず、心地よい孤独に包《くる》まっていられた。教室では控えめに呼吸をし、時折、一人になって大きく息を吸う。例の場所に崎田がいれば、彼が自らの密やかな楽しみに興じている様子を眺める。祥司の前でも思いのまま虫を殺しまくる崎田の前でだけは、祥司も、自分の入れ物が壊れていることなど忘れていられた。隠すことも装うこともせず、そのままの自分でいられた。高校に崎田はいなかったが、崎田の「傘《かさ》」に護《まも》られていた三年の間に、祥司は自分で自分を覆い隠す術《すべ》を身に着けていた。祥司はそのとき、すでに剝《む》き出しの不良品ではなくなっていた。

中学を卒業して以降、祥司が崎田と関わることは一切なかった。崎田は高校でもボクシングを続けていて、プロテストに向けて準備を進めているらしい。風の噂にそう聞いて、自分たちが邂逅《かいこう》することは二度とないのだろうと思っていた。崎田と自分とは、やはりまったく違う世界の住人なのだ、と。だから、中学を卒業して八年後、清掃の新入りとして崎田が目の前に現れたときは、息が止まるほど驚いた。

崎田は、あの頃とは別人になっていた。その目は、鋭いというよりは陰険になり、まとっていた凄《すご》みは消え失《う》せていた。あの頃、クラスメイトたちに向けられていた陳腐で脆弱《ぜいじゃく》な悪意を、今度は崎田から向けられるようになった。

祥司は、八年ぶりの崎田に対し、台風の翌朝の街路樹のような印象を持った。八年前の、深い森で何十年も生き続ける大樹の面影はどこにもない。そのあまりの変わりようにまた驚いた。

どうして崎田がここにいるのか。プロボクサーを目指していたのではなかったのか。鮫島から説明はなかったし、崎田自身もなにも話さなかった。だから、祥司もなにも訊かなかった。胡散臭《うさんくさ》いところから金を借りて首が回らなくなったそうだ。悪い仲間とつるんで実家に連れ戻されたらしい。気に入らない上司を殴って前の仕事をクビになったってさ。同僚たちは好き勝手に噂しているが、本当のところはいまだに分からない。

当時から危うい男だとは思っていた。やじろべえは、少しの力で簡単にバランスを崩す。その後の道にはきっと、思いきり握り潰せる虫がいなかったのだ。

自分が崎田の虫になろう、と決めた。いくら罵倒されようが、業務中に逃亡しようが、自分さえ耐えればいい。自分さえ黙っていればいい。あの頃の、友情とも絆《きずな》とも違う自分たちの関係を、崎田は決して表に出さなかった。だから、祥司もそれに倣った。崎田の教育係に徹し、そこからはみださないよう気をつけた。自分がしてもらったようにする。それが筋だと思った。そうやって、大きく傾《かし》いでしまったやじろべえがバランスを取り戻すのを待っている。

二〇一九年十二月

ポケットに入れたスマートフォンが振動していた。いま電車に乗った、という千尋からのメッセージだった。汗ばむ指先で返信し、スマートフォンを右のポケットに戻す。左のポケットには左手を入れていて、やはり汗ばんだ指先が、さっきからずっと、そこに入っているものに触れていた。定期入れと同じくらいの大きさと厚さ。ビニールカバーのつるりとした手触り。長年持ち歩いているために折れてしまった角。

化け物の証明。祥司はそれを、心の中でそう呼んでいた。これは化け物の証明だから使わない、使ったら自分が化け物だって認めることになるから。これを与えられた当初は臆面もなくそんな台詞を放って、母親をひどく困惑させたものだった。だが、成長し、自分自身や世の中のいろいろなことを理解するようになると、徐々に物分かりがよくなっていった。これは化け物の証明には違いないが、自分が化け物だと認めてしまえば、ちょっとしたいいことだってある。たとえば、映画のチケットを割引料金で買える。

人と映画を観《み》るのは二度目だ。一度目は、いまの職場で正社員になって間もない頃のことだった。ロッカールームで、当時の同僚たちが、退勤後に映画を観に行こうという話をしているところに、たまたま祥司も居合わせた。別に行きたいわけではなかったが、流れに逆らうのも億劫で、なんとなくついていったのだ。

あのときは、化け物の証明を出さなかった。出せなかった。自動券売機から離れ、窓口のほうに並んでいると、一緒に来ていた同僚の一人に肩を叩かれた。なんでこっちいんの、あっちのほうが早いだろ。そう言われて従わざるをえなかった。肩を叩かれたときの驚き。見つかってしまったという絶望。化け物に気づかれたわけではないと分かったときの安堵。さまざまな感情をいちどきに噴出させた自分の心と、自らの正しさを欠片も疑っていない同僚の顔。ほどくことができないまま奥底にしまった気持ちの結び目は、いまでも容易に探し当てられる。

結局、みんなと一緒に、一般料金でチケットを買った。手にしたチケットの券面を、祥司はしばらく見つめていた。

壊れてしまって十年以上。その事実を少しずつ、本当に少しずつ受け入れ、これが自分なのだと、ようやく思えるようになってきたところだった。構築されつつあった新たな自我。まだ軟弱で頼りないそれは、同僚から肩を叩かれていとも簡単に揺らいだ。

金が惜しいわけではない。ただ、悔しかった。情けなかった。自分に腹が立った。抗うこと、受け入れること、貫くこと。なにもかもが中途半端だ。みんなと同じ一般料金のチケットを手にしたそのとき、祥司は、差額の五〇〇円以上に大きなものを失った気がした。

自分はこれから、誰かと関わるたびに、こんな気持ちになるのだろうか。こんなふうに、相手や自分のことが少しだけ嫌いになるのだろうか。果たして、そんなふうになってまで誰かといる意味はあるのだろうか。

答えが出ないうちに、二度目がやってきてしまった。ないと思っていた二度目だ。

今回は、化け物の証明を使う。それだけは決めていた。もう二度と自分で自分を否定しないために。あのときできた気持ちの結び目をほどくために。

祥司は、待ち合わせの時間より一時間早く映画館に到着していた。先に二人分のチケットを買ってしまうつもりだった。問題はそのあとだ。チケットには購入区分と料金が印刷されているから、まじまじと見られれば、それが一般料金のものではないことに気づかれてしまう。千尋が自分のチケットを見る機会を減らすしかない。スクリーンや座席の番号は口で言って伝えればいい。チケットを渡すのは入場の直前にしよう。鑑賞後はそのまま、レシートと一緒に丸めて捨ててくれれば安心なのだが、財布にでも入れるようだと一気に旗色が悪くなる。だからといってどうすることもできないから、その場合は、千尋が映画のチケットを写真に撮ったり手帳に貼ったりするタイプでないことを祈るしかない。

ごちゃごちゃと考えを巡らせているうちに、待ち合わせの時間が迫ってきていた。化け物の証明が左のポケットで湿っている。窓口の左端の女性スタッフと目が合った。ポケットから化け物の証明を取り出す。なぜだか悪いことをしているような気持ちで、祥司は窓口のほうへと足を踏み出した。

肩を叩かれて振り返ると、そこに千尋が立っていた。

「そんなにびっくりしました?」

千尋が、祥司の顔を覗きこむようにした。

「あ、いや……」

咄嗟に視線を外す。ロビーの時計は待ち合わせの時間を差し示している。

「ちょっと、考え事をしてて……すみません」

一瞬、あのときの同僚に肩を叩かれたように錯覚したのだった。

「祥司さんのこと、すぐ見つけられましたよ。その組み合わせ、お気に入りなんですか？」

そう言われて、祥司は自分のことを見た。白いオックスフォードシャツに黒のスラックス、濃紺の中綿ジャケット。いつもの服装だ。

ファスナーを端から開けていくように、上下の唇を剝がす。

「お気に入り、というか……毎日これなんです」

あまりにそっけない気がして、慌てて続けた。

「……同じ服を何着も持ってるんです。この上着は一つしかないですけど、他はちゃんと毎日洗ってます」

なんだか言い訳のようになってしまった。千尋も同じことを思ったようだ。その口もとが緩む。

「分かりますよ。柔軟剤かな、いい匂いがしてるので」

肩口に鼻を近づけてみるが、自分ではよく分からない。

「どうしていつも同じ服なんですか？」

「……違う服を着るのが面倒なので」

「太呂さんの店で隣になったとき、祥司さん、まだ暑いのに長袖だったので驚いたんです。もしかして、夏もこれで？」

「……これしかないので」

「暑かったり寒かったりしないんですか？」

「……もう慣れました」

まさか服装に注目されているとは思わなかった。落ち着かなくて視線をさまよわせた先に、祥司が先ほどチケットを買った窓口があった。祥司の応対をしてくれた女性スタッフのところに、いまは車椅子の老人がいる。

「そうだ」

千尋がぱっと顔を明るくした。

「夏になったら、服、一緒に買いに行きましょうよ。やっぱり夏は半袖がいいですよ。涼しいですよ、半袖」

「似合わないですよ、全然」

自分でも驚くほど冷たい声だった。千尋の顔がさっと強《こわ》ばった。なにか言わなければ、と焦るが、なにを言えばいいのか分からない。もっとまずいことを口にしてしまう予感もあった。

「あの」

表情以上に強ばった声だった。

「迷惑だったら言ってください。お店で話しかけるのとか、こうやって誘うのとか」

「いや、迷惑とかじゃなくて、全然」

祥司は頭の中で文章を組み立てた。

「人と話すの、あんまり得意じゃなくて。あと、普段、休みの日に人と出かけることなんてないので。自分がいつも同じ服装っていうのも、いま言われて、久しぶりに思い出して」

早口になっている。自分で気づき、息を吸う。

「なにか失礼なこと言ってたら教えてください、むしろ」

ほっとしたように千尋が笑った。

「迷惑じゃないならいいんです。それが分かってよかったです」

気にしないで、なんでも話してくださいね。祥司さんのこと、いろいろ知りたいので。そう微笑《ほほえ》みかけられて、祥司は思わずシャツの胸ポケットを摑んだ。そこに二人分のチケットが入っていた。化け物の証明で買ったチケットだ。

ポップコーンを買うために売店に並んだ。祥司は千尋の右に立ち、レジの上のメニューを見る千尋のことを横目に見た。キャメルのジャケットに、チャコールグレーの、ひざ丈のスカート。ジャケットの下にアイボリーのニットが覗いていた。黒い革のハンドバッグを提げている。祥司とは反対に、太呂さんの店で会うときとはずいぶん雰囲気が違う。

ふいに千尋が祥司を見て、祥司は咄嗟に目を逸らした。ポップコーンの味について訊かれ、あさってての方向を見ながらうなずく。まるで他人とエレベーターに乗り合わせたみたいなよそよそしさだ。話題の一つも提供できない自分が情けなくなる。

「そうだ」

しばらく沈黙が続いたあと、千尋が唐突に声を上げた。

「このシネコンって、スイートコーンチリドッグっていうのが人気なんですよ。祥司さん、食べたことあります？」

「いえ、ないです。映画館なんてめったに来ないので。ホットドッグみたいな感じですか？」

「そうですそうです。あ、ほら、あれ」

千尋がレジの上のメニューボードを指した。食欲を刺激する鮮やかな写真の上に、白抜きで「北海道産スイートコーンの旨辛《うまから》チリドッグ」の文字。最も目立つ位置で、最も広くスペースをとっている。一目で売れ筋と分かる。

「ソーセージとソースがちょっと辛めなんですけど、それにスイートコーンの甘さがすごく合うんです。わたし、ここで観るときは必ず食べるんです。辛いのが苦手じゃなかったらおすすめです」

「へえ、おいしそうですね。じゃあ、それも一つずつ頼みましょうか」

やがて順番がやってきた。それから、スイートコーンチリドッグを二つ。千尋の注文に、応対していた女性が分かりやすく眉を下げた。

「申し訳ございません、お客さま。ただいま、スイートコーンチリドッグが完売しておりまして……。そうですね……十五分ほどお待ちいただくことになってしまうのですが、いかがなさいますか？」

「十五分、ですか」

千尋が伺うように祥司を見た。

「――僕はポップコーンだけでもいいですよ。チリドッグはまたの機会に食べてみることにします」

休日の映画館。ロビーは家族連れやカップルであふれていて、腰を下ろせる場所はほとんど埋まっている。ここでポップコーンとドリンクを抱えて待っているより、スイートコーンチリドッグは諦めて中に入ってしまったほうがスマートだと判断した。それに、もともとはポップコーンとドリンクだけを買うつもりだったのだ。

「――いや」

千尋は、少しの間宙を見つめるようにして考え、それからわずかに視線を下げた。

「待ちましょう、十五分。チリドッグ、食べましょう」

「え、待つんですか？」

「待ちます。どうしても食べたいんです」

「あ、はい。分かりました……」

二人分のスイートコーンチリドッグとドリンク、ポップコーンは千尋が買った。二人分のチケットを先に買っておいたことを祥司が伝えると、じゃあここはわたしが、と有無を言わせず財布を取り出した。千尋の財布はハンドバッグと同じブランドのもので、色も同じ黒だった。大人びた人だな、と祥司は思った。話し方、振る舞い、雰囲気、持ち物。どれも落ち着いていて、ほどよく品がある。世の二十歳の女性というのはみんなそうなのだろうか、それとも千尋が特別なのだろうか。

千尋が注文と支払いを済ませている間、祥司はそんなことを考えていた。

先にポップコーンとドリンクを受けとり、列を外れたところで立ったままスイートコーンチリドッグを待った。十五分間、千尋は一度も祥司を見ず、また祥司に話しかけることもなかった。なぜだかむすりとして、コンセッションの内側で自分たちのチリドッグができていく様子をずっと目で追っていた。

少し奥まった場所にあるベンチが運よく空いていて、二人はそこに腰かけてチリドッグの包み紙を剝いだ。ふわふわの温かいパンに、水を切ったばかりのレタス、赤いソーセージ、たっぷりのソースととけたチーズ、そして大粒のスイートコーン。いただきます、と小さく呟き、千尋が待ちきれないといった様子でかぶりついた。それに続いて、祥司もパンの先を小さくかじる。

「――おいしいです。待ってよかったです。僕、太呂さんの店を見つける前は毎日こういうものばかり食べてたんです。それですっかり嫌になっちゃって、しばらく避けてたんですけど、なんだかすごくおいしいなあって感じてます。誰かと一緒に食べるからですかね」

「さっき」

喉をうねらせるようにして口の中のものを飲みこんだ千尋が、久しぶりに声を発した。

「ちょっと失礼なこと言ってたので、教えますね」

なにか失礼なこと言ってたら教えてください。祥司は、少し前の自らの言葉を思い出して、揃えた膝を千尋に向けた。

「チリドッグができるまで十五分かかるって言われたとき、『チリドッグはまたの機会に食べてみることにします』って、祥司さん、言いましたよね」

「あ、はい」

「あそこは、『次に来たときに食べましょう』って言ってほしかったです」

それは、どういうふうに違うのだろう。その反応を想定していたように、千尋はすぐに続けた。

「『次に来たときに食べましょう』だと、次があるんだ、また一緒に来られるんだ、って思えるじゃないですか。『またの機会に食べてみることにします』だと、祥司さんが一人で食べに来ることになりますよね。しかも祥司さん、映画館にはめったに来ないって言ってたから、きっと食べに来ないんだろうな、って分かっちゃいます」

「なるほど」

祥司は膝に額をつけるようにして頭を下げた。

「勉強になります」

むすりとしたまま口を動かしていた千尋が相好を崩した。

「はい。以後、気をつけてください」

祥司はほっとして、再び自分のチリドッグをかじりはじめた。

「ああ、だから待つことにしたんですか？」

「はい。これは絶対に、今日食べさせないといけないと思って。三十分でも一時間でも待ってやる、って」

祥司は思わず顔を緩めた。

「なんか、意外です」

「え？」

「千尋さんにも、意地っ張りというか、自分の意見を押し通すというか、そういうところがあるんですね」

千尋の表情が固まった。

「――すみません。わたし」

「いえ、いいんです、いいんです。全然、そういうことじゃなくて。千尋さん、年齢のわりに大人っぽい方だと感じてたので、なんというか――子供っぽい、かわいらしいところもあるんだなあ、と思って」

思わず笑みをこぼした祥司を、千尋が考えこむように見つめていた。

「――また、なにか失礼なこと言ってました？」

「――ああ、いえ」

漏らすように言うと、千尋はぐっと口を結んだ。まるで、そこからこぼれ落ちようとするなにかを押しとどめるかのように。

ペアサイズのポップコーンと二つのドリンクを運ぶのは、祥司には一苦労だった。トレイに固定されているので倒れることこそないものの、容器は絶えず危なっかしく揺れ、何度も中身がこぼれそうになる。座席を見つけてトレイを置くと、ようやく人心地がついた。ふう、と吐いた息が揃う。同時に噴き出した。

「……すごく苦手なんです、食べ物とか飲み物とか運ぶのが」

「そうみたいですね。祥司さんのシャツ、真っ白だから、中身がこぼれて汚れないかひやひやしました」

「すみませんでした」

「こちらこそすみません。わたしが代わればよかったですよね」

「いえ、やっぱり、そういうわけには」

女性と出かけた経験など皆無と言っていい祥司だが、大きなトレイを女性に持たせ、自分がハンドバッグを持って並んで歩くというのは、男として、やはりできそうにない。

上映開始時刻までは余裕があった。場内はまだはっきりと明るく、座席もちらほらと埋まっている程度だ。

「この席」

千尋が周囲を見回した。

「もしかして、わたしが言ったからですか？」

ええ、まあ、と祥司はうなずいた。半分のところから三つ後ろの列、中央の通路のすぐ右か左。映画館ではいつもその席を選ぶのだと、前に千尋が言っていたのだ。

「まさか、それで早めに？」

また、うなずく。今度は嘘《うそ》だ。千尋が、わざわざありがとうございます、と嬉《うれ》しそうな声を上げた。騙したような気持ちになる。

ポップコーン、どんどん食べてくださいね。千尋に勧められて、祥司は適当な一粒をとり、口に入れた。油と塩の香りが口いっぱいに広がる。続けてもう一粒。ほんのりとした温かさを舌の上で転がす。ストローで炭酸飲料を吸い、気づかないうちに渇ききっていた喉を潤した。

幸せだ、と唐突に思った。休日に、誰かとポップコーンを食べ、炭酸飲料を飲み、そしてこれから映画を観る。そのことを幸せだと感じた。そこに「幸せ」という言葉を当てはめたとたん、ポップコーンの乱暴な濃さや炭酸の心地よい痛みが、より鮮烈に感じられる気がした。

そのとき祥司は、紛れもなく「幸せ」の内側にいて、そのまま内側にいたり、あえて外側から眺めてみたりすることで、「幸せ」の実感を深めていた。そういう感覚を千尋にも分かってもらいたかったが、うまく伝えられる自信がなくて、代わりに千尋の今日の服装を褒めてみたりした。おしゃれで暖かそうなコートですね、ということを言葉を尽くして懸命に伝えながら、これはさっき売店に並んでいるときに言えばよかったのだ、と気づいた。だが、そうやって言葉をつないでいるうちに、伝えたかった「幸せ」のほうも伝わった気がした。

映画の最中も千尋が気になって仕方なかった。笑えるシーンでは千尋も笑っているだろうかと隣を窺い、泣けるシーンになると、千尋も泣いているだろうかとまた隣を窺った。暗闇では、相手に見られることを気にせず相手を見ることができる。

スクリーンを見つめる千尋の横顔は、そこに映し出される映像に応じて、さまざまな色に変化した。赤、青、緑、オレンジ、白、それらの中間の色。明るさや暗さの違いもある。その変化の一々を、祥司は飽くことなく見つめていた。

こうして見ると、千尋は、とりわけ美人というわけではないようだった。それは決して悪い意味ではない。人の顔というのは、思うほど綺麗でもないし、思うほど醜くもないものだ。それは、祥司が、人の顔をきちんと捉えられたときにいつも感じることだった。どれほど美しく見えても、生きてきた顔には、生きた「汚れ」が少なからず滲《にじ》んでいる。また、どれほど汚く見えても、生きている顔には、生きる「美しさ」が必ず浮かんでいる。人は誰だって、「人の顔」をしているのだ。

そういう意味で、祥司にとって千尋は美しい人だった。それは、生きてきた、生きている、そして生きていく人の顔だった。滑らかな頬やなだらかな額、数えられそうなほど長い睫毛《まつげ》、鼻や唇の形。すべてが千尋の二十年間を象徴しているように思えて、祥司は急に、そのすべてがたまらなく愛《いと》しくなった。この手で、その一つひとつに触れられたら。そのすべてを自分のものにできたら。

そんな気持ちが突き上げてきて、落ち着いて映画など観ていられない。

だが、祥司は化け物なのだ。忘れるはずのないその事実が、浮き上がらんばかりだった祥司の体を押さえつける。

——これ以上、わたしを失望させないで！

声がした。スクリーンの中でヒロインが叫んでいた。

——出会ったことが間違いだったのよ！

目を瞠《みは》る。腐っていない、化け物に侵されていない左目に、映像がクリアに映る。

——勘違いしないで。調子に乗らないで。あんたはあたしのなんでもないんだから！

ぼろぼろと涙を流す、しかしそれでも綺麗な顔をした女を、同じように綺麗な顔をした男がまっすぐに見つめる。男はなにも言わずに女に近づき、そして、女を強く抱きしめる。いかにも感動的な音楽が流れる。

祥司は静かに目を閉じた。

今日うまくいったということは、次は駄目かもしれないということだ。次、うまくいくということは、その次は駄目かもしれないということだ。いつかはばれる。そして、幻滅される。見捨てられる。なかったことにされる。だから。

祥司は、底のほうに残ったポップコーンを舌の上にのせた。だからもう、ここまでにしよう。味のしないポップコーンが、くしゅり、と小さな音を立てて潰れた。

知り合いから友人へ。太呂さんの店の中だけにおさまっていた二人の交流は、ひとたび店を出ると、まるであふれ出した水が浸潤するように急速にその範囲を広げていった。映画館、カフェ、博物館や美術館、ふと立ち寄ったコンビニエンスストア、初めての街の初めての道。二人で出かけるたびに新しい一面を見つける気がして、祥司はしだいに、千尋という存在に心を奪われていった。

仕事を終え、太呂さんの店で食事をし、アパートに戻って風呂に入り、寝るだけの状態になって掛け布団の上に転がる。千尋はいつも、そんな絶妙のタイミングで電話をくれた。

(今日は、仕事のあと、裕子さんちに行ったんです)

「あれ、確か、先週も行ってたような」

(日曜日は午前中で終わりだから、そのあと、裕子さんちで晩ご飯をご馳走になるのが恒例みたいになってるんですよね。お店を閉めて、次の日の仕込みして、それから一緒に歩いて行くんです、おうちまで)

「近いんですか、裕子さんの家って」

(近いです。店から歩いて三分くらい。借家らしいんですけど、すごく綺麗にしててインテリアとかもかわいくて、裕子さんちって感じだなあ、っていつも思います)

「僕は裕子さんを知らないから想像がつかないですけど」

そうですよね、と千尋が笑った。

(裕子さんち、キッチンもすごいんですよ。なんか、七面鳥とか丸焼きにできそうなオーブンがあったり、好きなパンを好きなだけ作れる機械があったりして。そう、だからなのか、裕子さんも旦那さんもパンばっかり食べるんですよ。晩ご飯にパンって、わたし、初めてで）

「確かに、あんまりないですよね。どうでした？」

（意外とありでした。まあ、おいしければなんでもありですよね）

そうですよね、と今度は祥司が笑った。

「でも、安心しました」

（ん？　なにがですか？）

「ご飯どうしてるのかな、ちゃんと食べてるのかな、って心配だったんです。千尋さん、いつも帰りが遅いから」

（ああ、ありがとうございます。確かに、普段は食べても酒の肴みたいなものなので、そのぶん裕子さんちで栄養を補給する感じになっちゃってます。お金を払いたいくらいなんですけど、子供からお金なんかもらえないよ、って受けとってくれなくて。わたし、一応、もう大人なのに。だから代わりに、配膳とか洗い物とか、頑張って働くようには心がけてます。あと単純に、誰かと一緒に食事するのって楽しいなって。一人暮らしはじめて、あらためて思うようになりました）

太呂さんの店で自分と飲んでいるときも、同じことを思ってくれていたのだろうか。祥司はふとそんなことを思い、自分がなにか言う番だと気づいて、慌てて口を開いた。

「よかったですね、いい先輩に恵まれて」

（祥司さんのほうは？　職場の後輩くんとは最近どうですか？）

「職場の……？　ああ、崎田……」

（そうそう、崎田くん）

清掃員の仕事と、千尋との時間。現在の祥司の生活にはこの二つしかない。だから、祥司が千尋に聞かせられるのは、仕事のことしかない。愚痴というほどでもない、単なる日々の報告として、千尋に崎田の話をすることがあった。

「いや……まあ……相変わらず、ですかね」

自分の話になったとたんに口が重くなる。祥司自身には、話したいことも、話せることもなかった。それでも、疲れた声で電話をかけてきた千尋が、それよりも少しだけ明るい声でおやすみなさい、と言ってくれると、救われたような気持ちになる。

仕事の合間に千尋からのメッセージを確認し、帰宅後には万事を繰り合わせて千尋からの電話を待つ。自分の生活に徐々に千尋という存在が組みこまれ、それに合わせて、自分そのものも形を変えはじめていた。それは祥司にとって紛れもない歓《よろこ》びであると同時に、見過ごすことのできない恐怖でもあった。化け物はきっと、近づけば近づくほどよく見える。それだけを抜きとることができないほど深くまで入りこんでしまってからでは遅いのだ。そのままずっと、そこにとどまっていてくれ。千尋と電話をしながら、祥司はいつも縋《すが》るように思っていた。声は届いても触れられない。そんな距離を保ったまま、その場所から、ずっと自分を見つめていてほしかった。

この手をしっかりと握ったまま、千尋はいったいどこまで行くつもりなのだろう。

もう、ここまでにしよう。劇場の暗闇で自らに告げた言葉は、あれからずっと、祥司の耳もとで鳴り続けている。

二〇二〇年一月

■

ただいま、と口に出しても返事はない。いつものことだ。絵美は、真っ暗な廊下を進み、リビングの明かりを点けた。壁に掛かっているカレンダーが目に入り、今日が火曜日であることを思い出す。火曜日は、近所のドラッグストアのポイント二倍デーだ。トイレットペーパー、ボディソープ、可燃ごみの袋、食器用洗剤、油。いま、この家で切れかけているものが頭に浮かぶ。

食料品や消耗品を買うための金が入った財布と、冷蔵庫に貼っている買うもののメモをポシェットに突っこむ。炊飯器と風呂のスイッチを入れ、絵美は再びスニーカーを突っかけた。

どんな仕事をしているのか詳しくは知らないが、絵美の父親はとにかく忙しい人だ。毎日、絵美が寝たあとに帰ってきて、絵美が起きる前に出かけていく。夜、絵美が食事を盆にのせ、ラップをかけておくと、朝にはそれがなくなっていて、食べたあとの食器が流しに浸けてある。普段、親子のコミュニケーションと呼べるものはそれくらいで、数日顔を合わせないこともざらだ。

買い物や料理以外にも、掃除、洗濯、回覧板の確認、廃品回収の当番、マンションの集会への参加など、生活に関わることは絵美が一手に担っていた。ここ最近は、学校で同級生と会うよりも、スーパーマーケットで近隣の主婦たちと顔を合わせるほうが多くなっている。

中学に上がってから、絵美はほとんど学校に行かなくなった。家のことに時間を取られるから学校に行けないのではないか、と、姉や、たまに家庭訪問に来る学校の先生たちは言う。それもある。二人三脚で頑張ってきた姉が東京に行ってしまい、これまで二人でやっていたことを一人でやらなければならなくなった。頼れるのは自分だけ、自分がしっかりしなければ、というプレッシャーは常にある。だが、学校に行く暇もないほど大変というわけではないし、精神面に関しては、むしろ学校に行ったほうが改善される気もする。それでも絵美が登校に踏み切れないのは、他に理由があるからだ。

ドラッグストアのレジ袋を両手に提げ、帰路についた絵美は、ガラス張りの理髪店の前で足を止めた。ちょうどあたりが暗くなりはじめる時間だ。よく磨かれた、ぴかぴかのガラスに、自分の姿がくっきりと映っている。

やっぱり、また太った気がする。

頰を摘まみ、顎をさする。自分とガラスの間を人が通って、絵美は我に返った。いつのまにか、そこに映る、二重顎のしわを食い入るように見つめてしまっていた。放り出していたレジ袋を持ち上げ、うつむき加減に歩き出す。

——こりゃまた、ジャンキーな晩飯だな。

姉が東京に行ったその夜、娘の旅立ちの日ということでめずらしく休みをとっていた父親が、絵美が初めて一人で作った夕食を見て、そう言った。ジャンキー、という単語が、妙に絵美の心をざわつかせた。スマートフォンで意味を調べると、そのうちの一つに、体に悪い、とあった。自分の体型が気になり出したのはそれからだ。油を使いすぎているのではないか、味が濃すぎるのではないか、栄養バランスがとれていないのではないか、一食の量が多すぎるのではないか、自分の料理は、姉のそれと比べると劣っているのではないか。気になって、いつしか食べるということに罪悪感を覚えるようになった。

　同じ頃、豚に似ていると言われた。

　通学カバンにつけていた子豚のストラップ。ある朝、絵美の机の前を通りかかった男子が、そのストラップを指差して言った。

　――その豚ってさ、ちょっとおまえに似てるよな。

　それは、サッカー部の、クラスでも目立っている男子だった。ちょっとかっこいいな、と思っていた。だから、なおさらショックだった。

　体型のことではなかったのかもしれない。顔のパーツや表情のことを言っていたのかもしれない。だが、そのときの絵美には、体型のこととしか、おまえは太っていると言われたとしか思えなかった。頭が真っ白になった。反射的にストラップを引きちぎり、教室のごみ箱に捨てた。

　翌日、絵美は学校に行けなかった。その男子のせいではない。絵美の初めての料理を「ジャンキー」と評した父親のせいでもない。姉がいなくなったからでも、家のことで忙しいからでもない。ただ、それらが重なってしまっただけだ。だが、ひとたび坂道を下りはじめたら、ブレーキをかけ、さらに引き返すことは容易ではない。

　その程度のことで、と自分でも思う。だから父親には言えなかった。多忙な父親にこちらを向かせ、ストラップのことを話す。学校に行けなくなった理由を話す。うまく伝えられる自信がなかったし、父親に、その程度のことで、と返されるのは明らかだ。わがまま言わないでくれよ。眉をひそめ、顔をしかめる様子まで目に浮かぶ。

　また太っちゃったんだよね、わたし。

そんなことないよ。むしろちょっと痩せたんじゃない？

姉とのそんなやりとりが、もはやお決まりのようになっている。姉に否定してもらえると安心するが、一人のとき、ふとなにかに映った自分の姿が目に入ると、また不安に襲われる。しだいに、他人と関わるのも苦痛になった。みんな自分を「豚に似ている」と嗤《わら》っているのではないか。そう思うと気が重くなった。


買い物から戻り、沸かしておいた風呂に入り、毎週観ているドラマを眺めていてもまだ、父親が帰ってくる気配はなかった。買い物から戻ったあたりから空腹を感じていたが、今夜はなにも食べないつもりだった。食べたいが食べたくない。そういう、自分でもよく分からない気持ちになることが、ここ一年ほどで増えた気がする。まるで、心と体とが少しずつ離れていっているような。そういう気持ちになったとき、絵美はいつも、目を閉じて、母親のことを思い浮かべる。

——昔住んでいた家のリビングで、白いミシンに向かっている母親。絵美が幼稚園で使う給食袋を縫ってくれている。五歳の絵美は、母親の横にちょこんと座っていた。身を乗り出すようにして母親の手もとを覗きこむので、母親は、ペダルから足を離すたびに、見えないから離れて、と注意しなければならなかった。窓からは、レースカーテンを突き抜けて強い西日が差していた。ミシンが刻む一定のリズムと西日のオレンジ色、そして、母親に触れたときの感覚や髪の匂い。遠い、しかし確かな記憶が、心と体との間にできた隙間を埋めていく。もっと近くに。もっと近くに引き寄せたい。だが、それ以上、記憶は絵美に近づいてはくれない。母親は、絵美が小学校に上がる直前に死んでしまった。がんだった。

一人ぼっちの部屋にテレビの音だけが流れ続けていた。甘美だが、儚《はかな》い。母親の記憶はわたあめのようだ、と絵美はいつも思う。満たされたような気がするが、実際には、食べれば食べるほど飢えていく。

絵美は姉に電話をかけた。母親のことを思い出したときは、いつもそうしてしまう。

(もしもーし。どうしたの?)

「いや、別に、どうもしてないんだけどね。お姉ちゃん、いま、家? なにしてたの?」

(ん? わたし? 普通に、晩ご飯食べながらテレビ観てた)

姉がスマートフォンをビデオ通話にし、向きを変える。絵美が観ているのと同じテレビドラマが、同じように、スマートフォンの中で流れる。

「あ、それ、わたしもいま観てる。やっぱりかっこいいよねえ。でも、こんな若くて優しくてかっこいいお父さん、現実にいるわけがないよ」

(……そうだねえ。今日、お父さんは?)

「どっちの?」

絵美は、分かっていながら、あえて訊き返した。現実の、と姉が答える。

「若くなくて、優しくなくて、かっこよくないほうのお父さんね。心配しなくても、まだ帰ってきてないよ。今日も遅くなるってさ。いま見たらメッセージが来てた」

(……そうなんだ。相変わらず忙しいんだね。晩ご飯は食べた?)

「食べたよ」

嘘をつく。

「今日はハヤシライスを作った。昨日買い物に行ったら玉ねぎが安かったから、思わずネット入りのやつを買っちゃってさ。たまねぎをいっぱい、よく炒めて使うとコクが出るんだよ。それでもまだあと三つあるんだけど、悪くなる前に食べきれるかなあ」

（へえ、すごい）

思わず饒舌《じょうぜつ》になり、そのせいでさらに嘘を重ねてしまった。だが、姉に疑う様子はない。

（安い食材を買ってきて、それから献立考えるなんて、できる主婦みたい。わたしの今日の晩ご飯、アボカド切っただけだよ。わたしより料理してるよ）

姉が箸で摑んだアボカドを画面に見せる。それを醬油《しょうゆ》に浸けてから、口に入れた。絵美の、なにも入っていない腹が鳴った。

「えー、もったいない。お姉ちゃん、料理できるのに」

咄嗟に声を出し、もぞもぞと体勢を変える。最新のスマートフォンというのは腹の音も拾えるのだろうか、と不安になる。

（作ろうって気にならないんだよね、一人だと。最近は帰りも遅いから、こういうのばっかり。あとはレトルトとか、冷凍食品とか）

「たまには自炊もしないと健康によくないよ。腕が鈍ってもらっても困るし」

健康。どの口が言ってるんだか、と自分で自分に突っこむ。

（あんた、料理は――）

姉が、なにか言いかけてやめた。

「ん？　なんて？」

（――いや、なんでもない）

ふいに会話が途切れた、そのあとの落ち着かない空気が、絵美の心の淵《ふち》に引っかかっていた台詞を押し出した。

「……ねえ、お姉ちゃん」

(ん？)

「やっぱり、太ったよね、わたし」

(またそれか。何回も言ってるじゃん、そんなことないって)

「ここ最近じゃなくて、お姉ちゃんがいた頃と比べて」

(いや、むしろ痩せたよ。ちゃんと食べてる？　食べないと駄目だよ、成長期なんだから)

「……分かってるよ」

しばらくとりとめのない話をして電話を切った。

まだ遠い、と感じた。母親がいた頃の記憶に引っ張られてしまったときには、姉と話せばいつだって、いま、ここに戻ってこられた。自分と現在とが、また、ぴったり重なってくれた。だが、最近は、そうなってくれないことが増えた。離れてしまったからだ。姉がそばにいた日々が、過去のほうに近づいていっているからだ。

相変わらず、一人ぼっちの部屋にテレビの音だけが流れ続けている。ドラマの台詞が耳から耳へと通りすぎていく。おなかすいた、の六文字が頭の中からどいてくれない。

ここで一緒に暮らしていた頃、姉がよく作ってくれた菓子がよみがえった。週末のおやつはいつも姉の手作りの菓子で、特に、豆乳入りのバナナマフィンが絵美の好物だった。それを作るときは絵美も作業を手伝った。絵美の仕事は、バナナをちぎってボウルに入れ、フォークで潰すことだった。

お姉ちゃんのお菓子が食べたい。いますぐに、お腹《なか》いっぱい。マフィンでもババロアでもタルトでも、なんでもいい。一度そう思うと止まらなくなった。誰もいないのをいいことに、布団の上でわざとらしく両足をばたつかせながら、食べたいよお、食べたいよお、とわあわあ泣いた。涙は止めようと思えばすぐに止められたが、出そうと思えばいつまでも出てきそうだった。絵美はしばらく聞き分けの悪い幼児になりきって喚《わめ》いていたが、いつのまにか、疲れて眠ってしまった。

朝になっても父親は帰っていなかった。スマートフォンを見ると、日付が変わる直前に、父親から、今日は会社に泊まるというメッセージが入っていた。通知音が鳴った記憶がないので、その頃にはすでに眠ってしまっていたのだろう。返事は送らず、スマートフォンを伏せる。

ベッドから降り、洗面所までぺたぺたと歩く。鏡を見て、一瞬、頭が真っ白になった。また太った、と思ったが、よく見れば、単に顔がむくんでいるのだった。昨夜濡れた瞼のまま眠ったことを思えば当然のことだろう。

ほっとしたとたん、今度は急な気持ち悪さが襲ってきた。腹が減っているのだ。上から下まで全部が胃袋になってしまったかのような体をキッチンまで運び、作り置きのポトフを火にかける。ポトフを温めている間、ひとまず冷蔵庫のチルド室に転がっていた魚肉ソーセージを口に詰めこんだ。空腹は相変わらずだったが、胃を捩《ね》じられるような気持ち悪さは治まった。

結局、ポトフを三杯も食べてしまった。昨日、せっかく夕食を抜いたのに。三杯目を口に運びながら、気分が沈んでいく。自分が、学校にも行けないうえに食欲すら自制できない、どうしようもない人間のように思えてくる。こういう気分になることは度々あって、そういうときは糸原文具店に行けば復活するのだが、こんな顔では、今日は行けそうにない。

食べた皿を片付け、見えるところだけ掃除したあと、出かける準備はせず、自分の部屋の机に向かった。

学校に行かなくなっても勉強は続けている。それをしなくなったら終わりだという気がしていた。そこに乗らずとも並走はしておいて、その気になればいつでも、すぐに乗りこめる。そういう状態にしておきたかった。吐かないのもそれが理由だ。食べても吐けばいい、と思えれば気持ちは楽だが、それをやってしまうと、きっと、自分は二度と、もといた場所に戻れなくなるだろう。絶対にはぐれてはいけないなにかから決定的にはぐれてしまうことへの恐怖心が、絵美を踏みとどまらせていた。

一時間目、数学。洗濯機が働いている音を聞きながら、絵美は、平行四辺形に関する問題を解いていった。三学期に入ってからはずっと図形だ。少し前までは三角形をやっていた。図形は苦手だが、そのぶん姉に電話して質問することも増えるから嫌いではない。

昼を過ぎるとまた空腹を感じはじめた。朝、あんなに食べたのに。意識を逸らそうと、孝志朗のことを考えた。いまごろ孝志朗はどうしているだろう。自分が店に行かないなんて初めてのことだから、きっと心配しているだろう。どうして来ないのか、なにかあったのだろうか、と思いながら、いつもより雑にスクラッチを削っているかもしれない。だが、そもそも、店に行くも行かないも絵美の自由なのだし、宝くじはあまり集中していないほうが当たりやすい気がする。だからまあ、たまにはこういう日があってもいいだろう。

獅子《しし》の子落とし。子は孝志朗のほうだ、という気持ちだったが、外が暗くなるにつれ、無性に孝志朗の顔を見たくなってきた。いつもと違うことをすると、やはり、どことなく落ち着かない。時計を見ると、十七時半を少し過ぎたところだった。いまから準備して向かえば閉店には間に合う。空腹のせいか、昼間の心の余裕は消え失せていた。

顔を洗って髪を梳《と》かし、鏡に映った自分の顔をよく見た。今朝、試合直後のボクサーのように腫れていた瞼は、すっかり元に戻っていた。ポシェットに、スマートフォンとほとんど空っぽの財布、いつも絵を描くときに使っている黒のペンを入れる。きっと外は寒いことだろう。ダッフルコートとマフラーを着け、手袋を二枚合わせてコートのポケットに突っこんだ。

はっとするほど冷たい風が、絵美の左の頬を撫でるように吹いていた。舗装された歩道は、冷凍庫から出したばかりのアイスケーキのように冷たく硬く、その感触が、ショートブーツの底から足の裏へじわじわと伝ってくる。灯《とも》ったばかりの街灯の光が、寒さに震えるように細かく揺れていた。

今日、いつもの時間に店に行かなかったことを孝志朗にどう説明しよう。店までの一本道を歩きながら、絵美は考えた。閉店間際に現れた絵美に、孝志朗はまずそのことを尋ねるはずだ。昨日の夜、泣きながら寝ちゃって、起きたら顔がむくんでて、なんて絶対に言いたくない。だからといって、平気な顔で嘘をつける自信もない。

だが、どうしようか、やっぱり行くのをやめようか、などと思いを巡らすには、家から糸原文具店までの道のりは短すぎた。心が決まるより先に、絵美は店の前に立ってしまっていた。

孝志朗は、その大きな体を丸めるようにして、店のシャッターを施錠するところだった。少し離れたところに立つ絵美に気づくと、おう、と言い、なんの表情も浮かべず、ぼんやりと絵美の顔を見つめた。

「なんかいるもんあったか?」

首を横に振る。孝志朗は考えこむように視線を外し、再び口を開いた。

「なんか食いに行くか?」

絵美は、やっと孝志朗に視線を合わせ、それから、首を小さく縦に振った。

孝志朗と絵美は、駅の方向に歩き出した。並んで歩いている間、孝志朗は一言も口をきかなかった。特に意識しているふうでもなく、ごく自然に、前だけを見て歩いていく。昔、たまに父親と出かけていた頃は、徐々に離されては小走りで追いつく、ということがよくあった。だが、孝志朗の場合はそういうこともなかった。孝志朗が合わせてくれているのか、それとも、絵美が成長して早く歩けるようになったのか。

帰宅ラッシュで騒然とするコンコースを抜け、飲食店が並ぶ一帯に差しかかる。そこでようやく、孝志朗が絵美を振り返った。なにが食いたい、と訊かれ、甘いもの、と答える。

「甘いもの？　晩飯は食ったのかよ」

「……うん、まあ」

「甘いもんって、ケーキとか？」

いまは、晩ご飯よりも、甘いものが食べたいという気持ちのほうが勝っていた。

「……パフェ」

「パフェ？　このクソ寒いときに？」

「うん。おかしい？」

「別におかしかねえけど。俺、腹減ってるから、なんか食ってもいい？」

「いいよ」

日替わり定食が有名でパフェの種類も豊富なカフェを目指すことにした。孝志朗が前、絵美が後ろ。広くはない通路を縦になって歩く。糸原文具店のレジではないところに、エプロン姿ではない孝志朗がいる。なんだか、へんな感じだ。思わず頬が緩んだ。同時に心も解《ほぐ》れていく。

糸原、と呼ぶ声がしたのは、そのときだった。糸原、ねえ、糸原！　高い声が、背後から二人を追ってくる。

「孝志朗、呼ばれてるよ。知り合いじゃないの？」

「人違いだろ」

孝志朗はそのまますたすたと歩いていく。だが、声のほうも諦めない。声と、パンプスのこつこつ、という音が徐々に近づいてきて、二人の正面に回りこみ、そして止まった。

「やっぱ糸原だ。なんで無視すんの？」

香水の甘い匂いを振りまく若い女性が孝志朗の前に立ちはだかった。真冬にもかかわらず、背中と肩が大きく出た赤いニットに、黒いチェック柄のミニスカートという格好。髪は長く、明るい茶色にピンクのメッシュが入っている。こんな九州の片田舎よりも渋谷や原宿のほうが似合いそうな出《い》で立《た》ちだ。

「わりい。気づかなかった」

孝志朗がしれっと言った。

「嘘ばっかり。ねえ、あたし、連絡してって言ったよね？　連絡しても返してくれないし」

「わりい。忘れてた」

「確認するけどさ、あたしたち、付き合ってるんだよね？　それは分かってるよね？」

「は？　俺とおまえが？　いつそんな話になったんだよ」

「いつ、って、ちょっと待ってよ。じゃああのとき、あんた、付き合う気もないのにあたしと寝たの？　信じらんない。最低。ありえないんだけど」

「おい、やめろよ、こんなとこで」

孝志朗が、小さな、しかし強い声で諫《いさ》める。ちらっと絵美を見る。絵美は慌てて目を逸らした。

「だいたい、誰よ、それ」

女性が、ようやく絵美の存在に気づいた。

「親戚の子供だよ。これからパフェを食いに行くとこなんだ。もういいだろ」

「よくないわよ。なに、親戚の子供とパフェ食べに行く暇はあって、あたしに連絡する暇はないってわけ？　それどういうこと？」

「あとで連絡するから」

「しないくせに」

「絶対する。だから、とりあえずいまは勘弁してくれ。こいつ、七時までに帰さなきゃいけないんだ」

「……しなかったらゆるさないからね」

「分かった」

「今日中にしてよね。あたし、寝ないで待ってるから」

「分かった」

分かった、分かった、と繰り返しながら、孝志朗は半ば強引に歩き出した。女性と目を合わせないように気をつけながら、絵美も後を追う。

店内はそれなりに混んでいた。孝志朗は、ぱっとメニューを見ただけで〈本日の定食（和）〉に決めたが、絵美はなかなか決められなかった。ほんの五分前まで、これから甘いものを食べるのだ、ということで頭がいっぱいだったのに、あの女性の登場で吹っ飛んでしまった。どうにか〈季節のフルーツパフェ　バニラアイスのせ〉に決めたが、気の利いた話題が浮かばず、ずっと白っぽい木のテーブルを見つめていた。

パフェのほうが先に来た。色とりどりのフルーツと丸いバニラアイス、たっぷりの生クリームを目の前にしたとたん、頭のど真ん中で幅を利かせていた例の女性がすっと隅に寄ってくれる。食えよ、と孝志朗に促されるまでもなく、絵美は、柄の長いスプーンをバニラアイスに突き立てた。

久しぶりの食事。久しぶりの甘いもの。おいしくないわけがない。また太っちゃうなあ、とは思ったが、ポトフのときのような罪悪感はなかった。孝志朗が一緒だからだろうか。なんだか悔しいが、昼間よりはましだ。

ほどなくして、孝志朗の定食も運ばれてきた。二人は、競うように、なにかに急《せ》かされるように、それぞれが食べるべきものを黙々と食べた。

あとから食べはじめた孝志朗のほうが先に食べ終わった。

「さっきの女の人、強烈だったね」

グラスの水を飲む孝志朗の視線を感じていた。

「おまえ、中二だよな」

少し間を置いて、孝志朗がそう言った。返事になっていない。

「そうだけど」

「中二って、十三とか十四くらいだっけ？」

「うん」

「中二って、もう、告《こく》るとか付き合うとか、彼氏とか彼女とか、そういうの、あんの？」

「あると思うよ。あんまり学校行ってないから分かんないけど」

溶けたバニラアイスに浸かったバナナをつつきながら、絵美は答えた。

「さっきの、彼女なの？」

「違《ちげ》えよ」

「でも、あの人が」

「卒業式のあと家に押しかけてきて、一人で勝手に勘違いしてるただの高校の同級生だよ。あんまりしつこいから仕方なかったんだ。それに、最後までは行ってねえし」

「最後まで、って？」

「そんなこと知らなくていいんだよ、中学生は」

孝志朗が、乱暴な言い方をした。

「でも、かわいかったよね、あの人。孝志朗のこと好きみたいだったし、付き合っちゃえばいいのに」

そんで、宝くじやめて、あの人と高級フレンチ行ったりディズニー行ったりすればいいのに。絵美がからかうように言うと、孝志朗は苦々しい表情を浮かべ、うるせえな、と吐き捨てた。

「でも、連絡はしてあげるんでしょ、今日中に」

「言うな」

店員が回ってきて、孝志朗のグラスに水を注《つ》ぐ。

「悪かったな、へんなもん見せて」

その様子に目をやりながら、孝志朗がぼそりと言った。

「別にいいよ、面白かったから。わたし、孝志朗の親戚の子供にされたけど。七時までに帰らないといけないらしいし」

絵美はスマートフォンを見て、あと十分しかないよ、とおどけた。着信は誰からも入っていない。

「そういや、今日、父ちゃんは？」

「仕事」

そっか、とつぶやいて、孝志朗は腕を肘までテーブルにのせ、自分のグラスを意味もなく触った。続けるべき言葉を探しているようだった。

「孝志朗ってもてるんだね、やっぱり」

孝志朗がそれを見つける前に、絵美は話の軌道を元に戻した。

「見直した？」

「全然」

絵美は肩をすくめる。それでよし、と孝志朗がうなずく。絵美は、残していたバナナをすくって、口に入れた。

その瞬間、なぜか、涙がこぼれた。

みるみる滲んでいく視界。急な出来事に慌てる孝志朗が、自分の定食についてきた紙ナプキンを差し出す。

「拭けるもん、なんも持ってなくて。とりあえず、これ」

「なにこれ、くしゃくしゃじゃん」

「でも、使ってねえから」

「じゃあなんでくしゃくしゃなの」

「俺が訊きてえよ」

おかしくなって、絵美は泣きながら噴き出した。

「俺ってね、ほんとにつまんないやつなのよ」

唐突に、孝志朗がそんなことを言った。

「知ってる」

「文具屋の店番だって、親父にやれって言われたからやってるだけ。おまえみたいに絵を描くわけじゃないし、少年みたいに文章を書くわけでもないから、文房具になんて一ミリも興味ねえんだよな、じゃあなにに興味あるんだって訊かれても困るけど。趣味とか特技とかって、俺、昔からねえの。中学も高校も帰宅部だったし、勉強も運動もまあ人並みってとこだし。漫画とかゲームとかも、周りで流行ってるのをかじってはみるんだけど、絶対に途中でやめちまうの。例えばさ、友達に、この漫画すげえ面白いから読んでみて、って言われて、五巻ずつくらいまとめて借りるだろ。借りて、家で読んで、何日後かに返す、っていうのを繰り返してるうちに、だんだんプレッシャーを感じてくるんだよ。今回はもう一週間借りっぱなしだから、さすがにそろそろ返したほうがいいな、明日までに全部読まないとな、みたいに。そうなるともうアウト」

つまんないやつ。孝志朗が自分をそう評することは度々あったが、「つまんない」の具体的な内容を聞くのは初めてだった。

「ゲームもそう。新しいタイトルが出るだろ？　それがすげえ面白かったから、全クリして、二作目もプレイするだろ？　そうやって、三作目も四作目もプレイするんだけど、ああいうのって、無限に新作が出るんだよな。だんだん、四作目までやったんだから五作目もやらないと、五作目をやったんだから六作目もやらないと、みたいな思考回路に陥ってくるわけ。だからもし、六作目、七作目とあんまり面白くないのが続いても、ここまでやってきたんだから、っていう義務感で、八作目も買っちまうんだよな。楽しくて始めたことも、いつまでに読破とかタイトル全制覇とか、そういうことが頭にちらつくと、途端に嫌になってくる。なんでもそう。物でも人でも、なにかにはまるってことがないわけ」

菓子の外箱を細かくちぎって捨てるかのような言い草に、むしろ絵美の心のほうが痛む。

「だから、さっきみたいなことがあると、悪いなあって思うんだよね、相手に。あなたは顔がいいからって理由で俺を追っかけ回してるんだろうけど、俺って中身はこんなにつまんないやつですよ、って。体に紙でも貼って歩きたいもん。そもそも、俺、自分の顔好きじゃねえし」

ってかさ、シリーズもののゲームのタイトルって、なんで揃いも揃ってローマ数字を使いたがるんだろうな。いちブイとか、いちエックスとか、ガキに分かるかっての。普通に、4、9でいいだろ。かっこつけてんじゃねえよ。孝志朗は、ぶつくさ言いながら、注がれたばかりのグラスの水を一気に飲み干す。

「なんか、孝志朗って、不真面目に見えて真面目なとこあるんだね」

「そう。俺はもともと真面目な人間なんだよ」

孝志朗は、言ったそばから自嘲ぎみに笑う。

「真面目を極めた結果、不真面目という真理に辿り着いたわけ。流れに身を任せて、可もなく不可もなく。それが一番。努力とか忍耐とか本気とか、そういうのはまとめて捨てた。どうせしんどくなるから」

パフェはほとんど食べ終わっていた。孝志朗の話はまだ続いていた。

「でも、怠惰な人生っていうのも、それはそれでしんどいんだぜ。目標に向かって頑張ってるやつに出会うと、相対的に自分の駄目っぷりを突きつけられるからな。たまに、生来の真面目さが顔を出して、俺ってなんで生きてんだろ、なんのために生きてんだろ、とか考えちまったりして。たまにまじで死にたくなるときあるもんな」

へえ、孝志朗にもあるんだ、そういうこと。相槌を打ちながら、絵美は、どうして孝志朗が突然そんな話をする気になったのか分からなかった。しかも、六つも年下の、ただの子供である自分なんかに。

「それで、こっちに帰ってきてから、スクラッチを始めたんだ。目標もなにも、宝くじってのは運だからな。俺一人の力じゃ結果は動かせないんだよ。ほんとならギャンブルなんてやらないほうがいいんだから、嫌になったらさっさとやめちまえばいい」

絵美は、時間をかけて自分の頭の中から適切な言葉を見つけ出してから、口を開いた。

「でも、やってもやらなくてもいいものなら、宝くじは、孝志朗が生きてる理由とか意味にはならないんじゃない？」

「そうだよ」

孝志朗はあっさりうなずいた。

「おまえの言うとおりだよ。だけどな、トライアングルチャンスで、左列の絵柄が二つ揃ってるときって、すげえわくわくするだろ？　トリプルマッチで、一等の絵柄が二つ並んでるときって、すげえどきどきするだろ？　そういうときに俺は、ああ生きてんなあ、って実感すんの。そりゃ外れる確率のほうが高いだろうけど、当たりかハズレかは神のみぞ知る、ってやつだよ。だから、最後の一枠を削るまで、俺のその、生きてんなあっていう実感は続くわけだ」

「よく分かんない」

「俺、スクラッチ削るとき、その日の六枚を途中まで一気に削って、当たる可能性のある何枚かは残しておくんだよ。そうすると、その日一日ずっと続くわけ、俺のわくわくどきどきが。もしかしたら、いまレジに置いてるあれは一等三〇〇万かもしれない、ってな。それで、閉店まであと二時間とかの一番やる気ないタイミングで、最後の一枠を削る。まあ、だいたいハズレだけどな」

絵美は馬鹿みたい、と笑ったが、孝志朗は真剣な表情を崩さなかった。

「宝くじを買ったけど結果は見なくていい、なんてやつはいないよな。宝くじは生きてる理由とか意味にはならねえけど、ちょっとした楽しみにはなる。夢とか希望とか目標とか、そういう大層なもんがなくても、俺はそれくらいでじゅうぶんなんだ。ちょっとだけ先の、ちょっとした楽しみ。人生、これに尽きるな」

ちょっとだけ先の、ちょっとした楽しみ、か。孝志朗にしてはいいことを言う。

目も頬もまだ湿っているが、心はすでに乾いていた。

「そろそろ行こう」

「行くのかよ」

「……なんか話したいことがあったんじゃねえのか?」

会計を済ませた孝志朗が、店を出るなり、待っていた絵美に問いかけた。不意打ちだった。絵美は首を横に振った。

そっか、と孝志朗が言った。この感じ。これが、孝志朗のいいところだ。

孝志朗が、すたすたと前を行く。店ではなく、絵美のマンションのほうに向かっている。孝志朗は行きより少しだけ速く歩いたが、それは絵美がぎりぎりついていけるくらいの絶妙な速さだった。外は完全な夜になっていて、そのぶん寒さも増していた。泣いたあとの顔に冷たさを心地よく感じながら、絵美は孝志朗の背中を追った。

「大丈夫か」

マンションに着く。集合玄関からの光が、孝志朗をうすぼんやりと照らしている。長く、細い影が伸びている。

「大丈夫」

ポシェットから家の鍵を取り出す。古いキーホルダーについた小さな鈴が、相応の音で、ちろちろ、と鳴る。

「パフェ、うまかったか？」

「すごくおいしかった。ありがと。あ、明日のスクラッチのお金、なくなっちゃった？」

「あるに決まってんだろ。大人を馬鹿にすんなよ。パフェごとき、いくらでも食わせてやるっての。なんなら毎日でもいいぜ」

孝志朗の声が大きくなる。毎日はいいや、と笑ったあと、絵美は、そういえばさ、と切り出した。

「いっこ訊いていい？」

「なんだよ」

「わたしって、太ってるかな」

「え？　おまえ？」

孝志朗が一、二歩下がり、んー、と低い声を出しながら絵美を眺め回す。

「……分かんねえけど」

「けど？」

「もうちょっと肉がついてるほうが好みだな、俺は」

絵美は、自分よりもずっと高いところにある孝志朗の頭をはたいた。

「孝志朗の好みなんて訊いてないよ、馬鹿」

ちょっ、髪型が崩れるだろ。慌てて頭に手をやる孝志朗に構わず、絵美は踵を返した。

「訊いて損した。帰る」

「おう。あ、明日は来るんだよな？」

「たぶんね」

集合玄関のガラス戸に、にやけた自分の顔が映っていた。

＊

「わたしたち、付き合ってるんだよね？」

「は？」

その日のぶんのスクラッチ六枚をダウンジャケットのポケットに突っこみ、マウンテンバイクを発進させようとしていた孝志朗は、前橋かすみの言葉に動きを止めた。

「だから、わたしたち、付き合ってるんだよね？」

「付き合ってねえだろ。なに言い出すんだよ、急に」

「やっぱり違うかあ」

かすみが、芝居がかった動きで額に手を当てた。

「いや、昨日、久しぶりに、あおいちゃんと電話してさ。あけおめ、ことよろ、っていうだけの電話だったんだけど、そこでいとっちの話になったの。いとっち、最近、あおいちゃんと会ったんだって？」

「誰だ、あおいちゃんって」

「水戸《みと》あおい。三の四だった」

「水戸に？　会ってねえよ」

「え？　駅で会ったって聞いたよ。なんか、親戚の子供と一緒にパフェ食べに行くところだったって」

「ああ、会ったわ」

「会ってるじゃん。それでそのとき、あたしたち付き合ってるんだよね、って訊いたら、速攻で否定されたから、たぶんいまはマジの彼女がいるんじゃないかって。それ聞いて、あおいちゃんじゃないならわたしかな、って思ったんだけど」

「なんでそうなるんだよ。っていうか、つながりあったんだな、前橋と水戸って」

ソフトボール部で砂と汗と涙にまみれていた前橋かすみと、仲間たちとカラオケボックスやファストフード店やプチプラショップを徘徊《はいかい》していた水戸あおい。本拠地もスカートの長さも肌の焼け方も違う二人がまったく別の人種であることは男の孝志朗でも分かる。

「だって、あおいちゃんも会員だからね」

「会員？」

「糸原孝志朗被害者の会」

孝志朗は、飲んでいた水筒の熱い茶を吹き出しそうになった。かすみが腕を組む。

「天下の糸原孝志朗から告白されて天にも昇る気持ちだったのに、一瞬で振られて地の底に突き落とされたんだから、立派な被害者だよ、わたしたちって」

絶句する孝志朗に、かすみが畳みかける。

「あ、ちなみに、一組のさくらちゃんとか、五組のすみれちゃんとかも会員。糸原孝志朗被害者の会、全部で八人なんだけど、どう、そのくらい？　いとっちがたぶらかしたのって」

遠のきそうになる意識を必死に呼び戻す。かすみの腕組みはまだ解けない。

「で、いるの、マジの彼女」

「……いねえよ」

「遊びの彼女は？」

「いねえって」

「じゃあ、付き合おうよ」

「無理だよ」

「なんで」

「なんででも」

呆れたような、落胆したような、かすみの表情。

「じゃあさ」

かすみが、孝志朗のマウンテンバイクをぴっと指差す。

「そのステッカー、なんでまだ貼ってるの？　それって、あおいちゃんがあげたやつだよね、高校のときに」

自分のマウンテンバイクを見る。鮮やかなジオスブルーのフレームにキャラクターもののステッカーが貼られていた。水戸あおいからもらったものだ。どこかの地方のご当地キャラクターだったはずだが、どこだったかは忘れた。それどころか、これをまだ貼っていたことすら忘れていたのだが、それを口に出すべきではないことくらい分かっている。

「忘れてたんだ？」

だが、なぜかすでにばれている。

「しかも、セックスしたんだってね、あおいちゃんとは」

「ばっ……！」

孝志朗は焦って周囲を見回した。通勤の時間帯だ。人通りは多いが、誰も彼も先を急いでいて、道端で話しこむ二人を気に留める者はいない。チャンスセンターのいつものおばさんが、さっきからずっと、こちらを見ているくらいだ。野次馬根性全開、興味津々の表情が、この距離からでも見てとれる。

「したんだってね」

「……ごめん」

なんでそんなことまで筒抜けなんだ。いったいどこまで結束が固いんだ、おまえらは。思わず漏れそうになるため息を押し戻す。どれもこれも身から出た錆《さび》だ。

「いや、それは別にいいんだよ、いとっちの自由だから。わたしたちが分かんないのは、いとっちが、そのあおいちゃんとも付き合わなかったってこと」

あれは向こうが強引に。そう弁解したところで、かすみには通じないのだろう。

「好きでもないし、付き合う気もないくせに、なんで告白したりセックスしたりするの？」

それは、そのとおりだ。

「……ごめん」

「わたしたちの気持ち、どうしてくれるの？　その気になってたのが馬鹿みたいじゃん」

「……ごめん」

ただひたすら謝ることしかできない。

かすみの出勤時間が迫っているということで、孝志朗はようやく解放された。かすみに背を向け、ほっと息をついた瞬間、それを察知したかのようにかすみの声が追ってきた。

「明日も来るんだよね？　来なかったら、今度は、おうちかお店に行くから。納得できる説明をしてくれるまで、わたしたちは逃がさないよ」

「おい、家と店には来るなよ！　まじで来るなよ！」

かすみは振り返らない。諦めてマウンテンバイクに跨《またが》り、ふと思い出して、もう一度スタンドを立てた。色褪せた、ご当地キャラクターのステッカー。かじかむ手を擦り合わせてぺりぺりと剝ぎ、そばにあったごみ箱に、爪で弾《はじ》くようにして捨てた。今度こそ出発する。今朝は特に冷える気がした。


千尋は、部屋の真ん中でハンドバッグを放り出した。そのとたん、待ち構えていたようにどっと疲れが押し寄せてきた。コートを着たままソファに体を預けると、もうなにもしたくない、ここから一歩も動きたくないという気持ちになる。

ふと思い立って観葉植物を見に行った帰り、若い男に声をかけられた。白に近い、明るい金髪に、黒のスキニーパンツと黒のプルオーバーパーカーという格好をした、軽薄を人の形にしたような男だった。無視を決めこんで歩き続けたが、男はしつこくついてきた。結局、あえて遠回りをして、家に辿り着く前に振り切ることができたが、すっかり体力を消耗してしまった。パンプスを履いた足で早歩きをしたせいで、ふくらはぎもぱんぱんだ。伝線を覚悟で足からストッキングを剝いで放る。ラグマットの上に落ちた、萎《しな》びた野菜屑じみたストッキングに、千尋は焦点を合わせた。

絶え間なく喋り続ける若い男。その掠《かす》れたような声が、あのとき、あの場にいた男子のうちの一人に似ていた。その若い男を振り切っている間、千尋の脳裏には、中学時代の「あの一件」がよみがえっていた。


七年前、中学二年生の千尋は、放課後の通学路を逆走していた。友人と一緒に学校を出たものの、教室に体操着を忘れたことに気づいたのだ。その日は金曜日。週明けの月曜日にも体育があるので、そのまま置いて帰るわけにはいかなかった。友人に別れを告げ、千尋は一人校舎に戻った。

二年生の教室は二階で、千尋のクラスはその突き当たりにあった。スニーカーから上履きに履き替え、階段を駆け上がる。そのままの勢いで廊下に出ようとして、千尋はぴたりと足を止めた。まさにその廊下から、自分の名前が聞こえてきたのだ。

「――律子《りつこ》も梓《あずさ》も、でかいはでかいけど、顔がなあ。その点、千尋は、顔は二年の女子の中でも一、二を争うレベルだろ。そんなに小さいってわけでもねえし、総合的に見れば一番の狙い目だと思うぜ」

「千尋かあ。なるほどな、そこは全然マークしてなかったわ」

「でも、言われてみりゃ確かにそうかもな」
四、五人の男子が集まって喋っている。律子。梓。千尋。クラスの女子の名前を出して、いったいなんの話をしているのだろう。千尋は、階段室の防火扉に背をつけ、隠れたまま聞き耳を立てた。
「だけど、結局、胸も千尋が一番なんじゃねえかなあ。この前、兄ちゃんが言ってたんだ。胸はでかけりゃいいってもんじゃない、サイズばっかり気にすんのは中坊までだって」

「じゃあ、他にどこ気にすんだよ」

「まあ……色とか、形とか……触り心地とか？」

ひゅーっ。歓声が上がる。

「そんなの、おまえ、千尋のおっぱい見たことあんのかよ？　触ったことあんのかよ？」

「ねえよ！　あるわけねえだろ！」

「おい、貴也《たかや》、ちょっと今度、千尋のおっぱい触ってきてくれよ。そんで、実際どうだったかリポートしてくれ。おまえならワンチャンあるだろ」

貴也。唐突に出たその名前に、千尋は心臓が一回転したような心地がした。望月貴也は、当時、千尋が気になっていた男子だった。ハンドボール部のエースで、成績も常に学年上位、自分から前に出るタイプではないが、周囲に推されて次期生徒会長にも立候補するという噂だった。背が高く、容貌も整っていた。一年生から三年生まで学校じゅうにファンがいて、千尋もそのうちの一人だった。

「――いいよ。そんなの簡単だよ。あいつ、確実に俺のこと好きだし、こっちから行けばいちころだって。あいつの裸なんか、明日にでも見てきてやるよ」

わっと湧き起こる歓声。馬鹿笑い。拍手。

間違いない。まだ中二にしては声変わりの進んだ、低く掠れた貴也の声だった。だが、いつもの、作りたての綿あめのような雰囲気は微塵《みじん》もない。そこにはただ、雑巾を絞ったあとの黒い水のように、揶揄《やゆ》と嘲弄《ちょうろう》のニュアンスがたっぷりと含まれていた。

いったいなにが起こっているのか、嫌というほど分かってしまった。同時に、まったく理解が追いつかなかった。鼓動のたびに心には鋭い痛みが走るのに、頭は真っ白で、なんの情報も受けとろうとしない。全身が硬直していて、それなのに小刻みに震えている。

保健の授業で性について学習しはじめたところだった。学校の外で性的な情報を見聞きすることも多くあった。休み時間、数人の男子が一つの机に集まって、卑猥《ひわい》な漫画や動画を共有していることにも気づいていた。だが、自分にはまだ関係ない、どこか遠い世界の話だと思っていた。

呑気にホラー映画を見ていたら、突然、画面の中に引きずりこまれたような感覚だ。

自分の胸を見る。そろそろ、きちんとした、大人用の下着が欲しいと思っていた。そのことを、どうやって父に伝えようか頭を悩ませているところだった。

近頃、急に大きくなりはじめ、自分でも恐れと戸惑いを感じていた。それを、他人に、そんな目で見られていたなんて。そして、その輪の中に貴也がいるなんて。あの貴也が、あんな口ぶりで、あんな台詞を口にするなんて。そしてなにより、自分が貴也に、そんなふうに思われていたなんて。

突然、幾重にもなって押し寄せた濁流が、体を粉々にしてしまいそうだった。

貴也を中心として、彼らの会話は続いていた。やれるとしたらどこでどんなふうに。もう初体験を済ませているのかどうか。済ませているとしたら、いつ、どこで、誰と。どんな顔をして、どんなふうに「やる」のか――。乳房や裸の想像。千尋の顔や体をネタに、彼らは飽きもせず喋り続ける。

それ以上は耐えられなかった。千尋は、ばくばくと鳴る心臓を抱え、がちがちに固まった体を動かして、のぼってきたばかりの階段を転がるように下りた。どうにか家に辿り着いたときには、息は切れ切れで、まだそれほど暑い季節でもないのに全身にびっしょりと汗をかいていた。その夜は、自分の体を視界に入れないようにして風呂に入った。

悪夢はそれで終わりではなかった。貴也が、千尋に告白をしてきたのだ。

「ねえ、よかったら俺と付き合わない？」

ある日の放課後、校門の前で待ち構えていた貴也に言われたとき、千尋は身の毛がよだつような思いがした。そこに最も好感を持っていたはずの優しくて甘い笑顔は、千尋を取り囲んで逃げ場をなくすかのように感じられた。

そんなの簡単だよ。俺のこと好きだし。いちころだって。あいつの裸なんか――。まだ体の中に生々しく残っている台詞が、頭の中でわんわんと鳴り響く。

ねえ、この前、わたしの話してたよね？　放課後、教室の前の廊下で、みんなと――。

あのとき、あの場所での声や様子と目の前にある笑顔がまったく重ならなくて、思わず確認してしまいそうになる。

この告白を受けたら、いま、この場で裸にされたりするのだろうか。明日、そのことを仲間内に暴露されたりするのだろうか。

そんなことを考えていたら、自然と涙が溢れた。この状況を喜べないことが悲しかった。

クラスマッチのドッジボールで活躍している姿に心をときめかせた。学力テストの成績上位者の一覧に名前を見つけて、なぜかどきりとした。廊下ですれ違ったとき、思っていた以上に体が大きくて圧倒された。二年生のクラス替えで同じクラスだと分かった帰り道は、一人でスキップして帰った。初めて一緒に日直をした日の夜、会話の一々を思い返して布団の中でにやけていた。

そういう、過去の自分の気持ちがすべて塵《ちり》に帰して飛ばされていくようで、悲しくて仕方がなかった。

ごめんなさい。

その一言と深い一礼だけを置いて、千尋は逃げるように踵を返した。泣きながら走ると、一歩一歩のリズムに合わせて声が漏れた。同じ中学の生徒が何人も先を歩いていた。千尋は、笑い合い、ふざけ合いながら家路につく彼らをどんどん追い抜いていった。あのときの通学路の景色や、正面からの日差しや、汗の感触や、自分のスニーカーがアスファルトを叩く音や、追い抜いた男子生徒が提げていたスポーツバッグの色を、千尋はいまでも昨日のことのように覚えている。

翌日から無視が始まった。千尋はすぐに理由を察した。貴也に告白をもらったということ、そしてその告白を断ったということ、その二つによって、自分は学校中の女子たちの反感を買ったのだ。ただ、無視の風潮は女子に限らなかったから、もしかすると貴也本人が号令をかけたものだったのかもしれない。

だからだろうか、千尋には、それ以降の中学時代の記憶があまりない。その時期を思い返すとき一番に出てくるのは、週末に、家で、一人で菓子を作っている場面だ。作った菓子を自分で食べながら、千尋は繰り返し考えた。

——いままで自分が見てきたものとは、いったいなんだったのだろう。貴也は、自分が思っていたような人間ではなかった。親友だと思っていた子も一晩で敵になったし、信用できると思っていた担任も大して力にはなってくれなかった。自分が人に接して、こうだと判断した、その判断はことごとく違っていた。人の本心、中身というのは、外側からは見えないものだ。誰しもが中身とはまったく異なる外身を被れるのだとしたら、自分はこれから、なにを頼りにして人と付き合っていけばいいのだろう。

だが、それも、ほんの一時期のことだった。進級し、クラスが替わり、学年全体が受験へと向かいはじめると、自然とクラスメイトとも会話できるようになった。また、性的なものに対する過剰な恐怖や嫌悪も、時が経つにつれて薄らいでいった。いちいち反応するのが面倒になるほど、この世の中は性的なものにあふれている。それがいいことかどうかは別にして、とにかくそういうものなのだ。そう割り切れるようになった。あの頃の自分はうぶだった、気にしすぎていたのだ、と当時を笑い飛ばし、高校に入学してほどなく、彼氏を作ることにも成功した。

しかし、心の傷は、その心の持ち主である千尋が思っていた以上に深いものだった。

高校一年生の初夏。取りこんだまま畳んでいない服と空の缶やペットボトルが散らばり、巻数が飛び飛びの漫画本があちこちで山をなす、一つ上の彼の部屋。スプリングのうるさいソファベッドと、気だるい夕方に似合いの会話。そのテンポが徐々に、徐々に落ちていき、やがて完全に途切れる。幾筋も血管の浮いた大きな手が胸へと伸びてきた瞬間、頭の先から足の先まで、千尋の全身がぞわりと粟立《あわだ》った。

放課後の校舎。二階の廊下。背にした防火扉の冷たさ。粘っこい話し声と、がさついた、それでいて甲高い笑い声。耳の穴から体内をまさぐられるような、あのおぞましい感覚。真っ白になる頭。硬直し、震える体。込み上げる吐き気と渇ききった口の中。速く、激しくなる鼓動。意識が、うねる。

すっかり忘れていた、忘れていたつもりだった記憶が、一瞬にして、これ以上ない臨場感をもって戻ってきた。切り離したはずの過去が、いとも簡単に現在につながった。ショックだった。

――え、なんで？　なんで駄目なの？

触れる直前でその手を押さえ、黙って首を振った千尋に、彼はそう尋ねた。裏切られたような、傷ついたような表情。だが、千尋は答えなかった。

その後、千尋と恋愛関係になった男たちの多くが同じことを問うた。だが、千尋が中学二年生のときの「あの一件」を打ち明けたのは一度だけ、それも、まったく不本意な形で、だった。そのときのこと、またそのあとのことは、思い出すのも耐えがたい。

話したくはない。きっと分かってくれると思えるほど自分はこの人を信じていないし、話してもいいと思えるほど自分はこの人を好きではない。そう気づいてしまうと、もうその相手と恋愛関係を続けることは難しかった。相手のほうも、これ以上の親密な関係にはなれないと分かったとたん、気持ちが冷めてしまうらしい。触れようとする手を押さえ、なにも言わずに首を振る。どの恋も、その一瞬を分岐点にして、徐々に、もしくは急速に収束していった。

絶望、と言ってもよかった。相手に心をゆるせない、身を委ねられないのなら、そんな恋はどうせ行き止まりだ。恋愛、結婚、出産。これから同級生の多くが経験していくであろう多くを、自分は一生、得られないのではないか。誰とも触れ合えず、誰とも分かり合えないまま、人生を終えることになるのではないか。千尋の胸の内には、常に不安と孤独が小さく鳴っていた。そしてそれは、始まった関係が「行き止まる」たびに、じわじわと増幅していくのだった。


だが、祥司はどうだろう。ソファの上で自分の足を揉《も》みながら、祥司のことを考えた。

祥司は、千尋がこれまでに交際してきた男たちとは一線を画していた。祥司からは、あらゆる欲望の匂いがしない。まったくと言っていいほどしない。だから千尋は、祥司といるときは「行き止まり」のことなんて考えもしないし、そもそも、そんなものが存在しない、これまでとは別の道を走っているのだという気がしている。だが、それゆえ、祥司が自分のほうを向いているという実感もない。どれだけ一緒に酒を飲んでも、どれだけ長電話をしても、どれだけ同じ時間を過ごしても、なお祥司という人物は不明瞭だった。全体に半透明の膜が張っていて、その膜が、千尋の好奇の目や詮索の手を柔らかく跳ね返しているように感じる。周囲をぐるぐると見回ってみても、裂け目や破れ目は一切ない。その完全な膜に、また興味をそそられた。膜の向こうを見てみたかったし、膜の理由を知りたかった。だが、覗こうとするほど、探ろうとするほど、祥司は遠ざかっていくように感じる。

祥司の、きちんとアイロンのかけられた白いシャツ、短く刈り揃えられた黒い髪、その奥にあるものを頑なにひた隠しにしているような表情。そういうものを思い起こすと、過去の記憶と今日の出来事に荒《すさ》んだ心が少しずつ凪《な》いでいく。

祥司に連絡してみよう、とスマートフォンを手にとったが、すぐに思い直した。今日、出かけたら、帰り道にナンパされちゃって、などという卑俗な話を、祥司にはするべきではない。気安くそんな話をする女だとも思われたくなかった。静かに、不器用に、正しく生きる祥司。彼に対するときは、ふさわしい話題を選ぶべきだし、ふさわしい自分であるべきだ。祥司に少しでもよく思われたい。そういう気持ちが、千尋の中に確かに芽生えていた。もしかして、これって——。

頭に浮かびかけた思いを慌てて打ち消す。恋愛、なんていうレールに乗ってはいけない。乗ったら最後、祥司との関係も行き止まってしまう。

その夜、熟しきったアボカドを肴に晩酌をしていると、充電器につないでいるスマートフォンが着信した。妹からだった。テレビの音量はそのままで、ビデオ通話をオンにする。風呂から上がったばかりなのか、ほんのりと顔を上気させたパジャマ姿の妹が映る。

晩ご飯はもう食べたのかと訊くと、玉ねぎが安かったので、それをたくさん使ったハヤシライスを作ったという。

「あんた、料理は——」

できなかったのにね。そう言いかけて、すんでのところで続きを飲みこんだ。一緒に暮らしていた頃のことや、それにつながるような話題は避けるようにしていた。寂しくなるから。辛《つら》くなるから。立ち止まってしまうから。福岡と東京。離ればなれになって生まれた微妙な隙間で、二人はこれまで、いくつもの言葉を飲みこんできた。話すべきだと分かっていながら言わずにいること、知りたいと思いながら訊かずにいることが、千尋のほうにはいくつもある。おそらく妹もそうだろう。

いつもどおりの会話を明るい声で交わしながら、二人は、隙あらば自分たちを捕えようとしてくる寂しさをかわし続けてきた。だから、妹との通話のあとはいつも、安堵感や幸福感と一緒に、障害物競走を走り抜けたような疲労が襲ってくる。

だが、なぜか今日は無性に、あえてその障害物に引っかかってみたくなった。妹の名前を呼び、ためらいながらも問う。

「お父さんのこと、嫌い?」

(——好きじゃない、けど、嫌いになるにも足りない、って感じ)

千尋はうなった。嫌いになるにも足りない。まさにそうだ。自分たちには、嫌いになれるほど、父親との思い出がない。

(確実に言えるのは、親じゃなかったら絶対に関わり合いになってないってこと。同じクラスにいても、まず話しかけないタイプだね)

言い得て妙だったが、賛同ばかりしてもいられない。

なぜなら、自分たちは出会ってしまったから。親子として。家族として。

単身上京し、洋食店で働き、友人や恋人ができた。体が離れてみて、ようやく最近、思うようになってきた。家族というのは、それだけで奇跡的なものなのだ。たとえそれがどんなに不格好でも。

（ねえ、お姉ちゃん）

スマートフォンに目を戻すと、画面の向こうの妹が、こちらに深刻な顔を向けていた。

「ん？」

（やっぱり、太ったよね、わたし）

「またそれか。何回も言ってるじゃん、そんなことないって」

（ここ最近じゃなくて、お姉ちゃんがいた頃と比べて）

「いや、むしろ痩せたよ。ちゃんと食べてる？　食べないと駄目だよ、成長期なんだから」

（……分かってるよ）

「晩ご飯、今日はもう食べたって言ってたよね。じゃあ、あとは、歯磨きして寝るだけ？」

通信環境の問題か、妹の返事が少し遅れる。

（——ああ……うん、ドラマが終わったら。お姉ちゃんももう寝る？）

「うん。朝も早いしね。あ、明日は寒くなるみたいだよ」

（え？　東京は十四度まで上がるって言ってたけど）

「こっちじゃなくて、そっちの話。あったかくしてね、出かけるときは」

（分かってるよ。お姉ちゃんも寝坊しないようにね、飲んでるんだから）

「はいはい、分かってます。じゃ、おやすみ」

（うん、おやすみ。また電話する）

父親の無関心と放任。妹が溜めこんでいる不満、不登校と進路。家族三人のこれから。そういったものに、自分たちは、そろそろ向き合わなければならない。家族に決まった形はないが、その内側にいる全員が幸せであることが前提だ。

去年の四月、妹の誕生日に合わせて帰ってから半年以上が経つ。ラッシュを避けて年末年始は帰省しなかったが、やはり向こうで年を越すべきだったかもしれない。妹が進級する前に、一度、三人で顔を合わせて話をする必要があるだろう。これはきっと、わがままではないはずだ。

二〇二〇年二月

10

「そういえば、あれ、渡してくれた？」

絵美がふと顔を上げた。耳が遠いためにコミュニケーションに難のある老人が、三十分近くかけて印鑑の注文を完了させ、ようやく帰っていったところだった。なにげないふうを装っていたが、二人きりになったら訊こう、二人きりになったら訊こうとずっと思っていたのだろう、とすぐに分かった。思わず笑いそうになって口をすぼめる。

「ああ……渡したよ。うん」

孝志朗は、遠い記憶を手繰り寄せるように答えた。

「あ、怪しい。ほんとに渡してくれた？　まさか忘れてないよね？」

「渡したよ。渡しました」

「どんな感じだった？」

「なにが」

「反応」

「さあな」

「いじわる」

「俺、こう見えて口は堅いんだよ。本人に許可もらってないから、言わない。気になるなら自分で渡せばよかっただろ。人に渡してもらっといて文句言うなよ」

「許可もらわないと言えないような反応だったたんだ？」

「さあな」

昨日はバレンタインデーだった。孝志朗は絵美から、少年へのプレゼントを預かっていたのだ。

「なにあげたんだよ。持った感じ、チョコではなさそうだったけど」

「そっちが教えてくれないなら、わたしも教えませーん」

「あー別にいいですよー」

絵美が黙って孝志朗を睨みつける。孝志朗は舌打ちをした。

「仕方ねえな。いいか、悪いかで言うと、いいほうだよ」

「え、ほんと？　ほんとに？」

「ほんとだよ。嘘ついてどうすんだよ、こんなもん」

やった、よかったと繰り返す絵美を尻目に、孝志朗はスクラッチを削りはじめた。今日はまだ一枚も削っていなかった。

「それで、なにをあげたわけ？　教えたんだから教えろよ」

「ペンだよ。ジェットストリーム。黒と赤のボールペンと、シャーペンがついてるやつ。色はダークネイビーにした。名前も入れたよ。不登校の中学生には高い買い物だったけど、お世話になってるからね」

「不登校は関係ねえだろ。でも、確かに、よくそんな金があったな」

「おかげですっからかんだよ」

だが、その顔は清々《すがすが》しさに満ちていて、言葉ほどは後悔していないように見える。

「まあ、おまえがいいなら別にいいけど」

孝志朗はそこで、あ、と声を上げた。絵美を指差す。

「うちは高級ジェットストリームなんて置いてねえし、名入れもやってねえぞ。どこで買ったんだよ。よそで買うなんていい度胸してんな」

「そう言われると思って、ちゃんとここで買いました。孝志朗父に頼んだの。わざわざ取り寄せて、名入れとラッピングまでやってくれた。名入れの機械、知り合いに持ってる人がいるから、って。うちにも入れようかな、って言ってたよ」

「いらねえだろ。宝の持ち腐れ。元をとる前に店が潰れる」

父親は思いついたら即行動の人だから、さっそく機械を買ってしまわないように、今夜にでも釘《くぎ》を刺しておかなければ。

「それはそうと、プレゼント、なんでペンにしたんだ？」

「手紙、毎日書いてくれるから、インクがすぐ切れちゃうだろうと思って。まあ、弁償というか、そんな感じ。ただ、シャーペンがついてるやつにしたのには理由があって」

絵美が、なにか素晴らしいアイデアでも発表するかのような、もったいぶった顔つきになる。

「小説とか書いてみたらいいと思うんだよね、彼は」

孝志朗は思わず手を止めた。

「ほう。小説」

「孝志朗も読んだことあるでしょ、手紙。あれ、なかなか、というかすごくいい文章じゃない？」

「確かに」

「前に、手紙に、『自分には将来の夢がない』みたいなこと書いててさ。それを読んで、わたしはすぐ思ったわけ、これだけ文章がうまいんだから小説家とか目指したらいいのに、って。ねえ、どう思う？」

なるほどそれは、いいアイデアかもしれなかった。だが。

「そういうことは、俺じゃなくて本人に言ってやれよ。おまえら、いいかげん、俺を伝書鳩《でんしょばと》代わりに使わないで、直接」

続きを飲みこむ。そういえば、絵美は、少年が話せないということを知らない。手紙でも伝えていないようだ。手紙のテーマはあくまでも「学校での出来事」で、どうしても必要であれば自分のことにも触れる。そういうスタンスらしい。絵美はいまだに、少年がどんな顔で、どんな姿をしているのかを知らない。

「直接会って言ってやれって？　わたしだって、できるならそうしたいよ。だけど」

「だけど？」

「いや、なんでもない」

絵美が自分の顎を摘まむ。

絵美は少年を見たことがないが、少年のほうは絵美を見たことがある。対面する勇気はない、でもやっぱり見てみたい。以前、そう言ってきた少年に、三時頃なら確実にいる、と教えてやったのだ。少年はさっそく、次の土曜日、半日授業の下校途中にやってきた。

数人のギャラリーが見守る中、いつものように絵を描く絵美。その様子を見つめる少年の姿に、孝志朗だけが気づいていた。

少年が話すことができないと知ったら、絵美は。

「少年が物書きね……。うーん、ありかもな」

「でしょ？　まあ、いまどきは、小説とかもパソコンで書くもんなんだろうけどね。でも、自分のパソコンは持ってないって手紙に書いてあったし、わたしもさすがにパソコンは買ってあげられないから。ねえ、孝志朗から伝えといてよ。シャーペンは小説を書く用だって」

「だから、俺を伝書鳩にするなっての」

絵美はあしらうように笑って、再びペンを動かしはじめた。

「そういえば、おまえはどうなの、将来の夢とか」

孝志朗は、ふと訊いてみたくなって、摘まみ上げたギザ十を置いた。孝志朗にしては踏みこんだ質問だ。

「え？」

「少年が物書きなら、おまえはなんだよ。やっぱり絵描き？」

絵美が、質問の意図を探るように孝志朗を見た。

「わたしは……似顔絵師かな」

開いた試し書きノートの上にそっと置くように、つぶやく。

「似顔絵師？」

「そう。観光地とかショッピングモールとかで見たことない？　ブース出して、見本飾って、その場でお客さんの似顔絵を描くやつ」

「ああ、あれか。見たことあるかも。でも、あれって、どうやってなるんだ？」

「必要な資格とかはないみたい。練習しないといけないことはあるけど、基本的なことさえ身につければ、あとは名乗ったもん勝ちなんだって。でも、その分、競争は激しいから、生き残るのが大変だよね。だからまずは、似顔絵教室とかスクールに通って、そのあと、そういう会社とかプロダクションに入るのが一番いいのかな、って思ってる。って言っても、まだネットでちょっと調べただけだけど」

なんだよ、俺よりちゃんと考えてんじゃねえか、将来のこと。孝志朗は苦笑いをした。

「そう言うわりに、おまえが人の顔描いてるところ、見たことないけどな。いつも景色ばっかりでさ」

「だって、わたし、毎日同じ顔しか見てないんだもん」

「その顔を描けばいいだろうが」

「嫌だよ、宝くじ削ってるところなんて」

「そりゃそうか」

孝志朗はあっさりと認めた。

「それにしても、似顔絵とは意外だな。いま描いてるような感じじゃ駄目なわけ？」

うーん、と絵美がうなった。

「話すと長いんだけど」

昨日は雨だったからだろうか、今日は開店からひっきりなしだった客がようやく途切れ、店内には久々に静けさが戻っていた。

「昔、わたしがまだ小さかった頃、お姉ちゃんとあの人と、三人で福岡タワーに行ったことがあるんだよね。秋だったかな。暑くも寒くもない、ちょうどいい天気の日だった。なんで福岡タワーに行くことになったのか忘れたけど、ちゃんと展望台の一番上までのぼって、海浜公園を散歩して、ホークスタウンモールで買い物して。懐かしいよね、いまはなきホークスタウンモール。そうそう、ちょうど野球の試合があって、ドームの屋根が開いてたんだよ。花火の音もしてさ。それで、そのときに描いてもらったの、家族三人の似顔絵」

そう語りはじめた絵美の声は、普段より少しばかり明るく聞こえた。

「あの人はもう、その頃から、ばりばりの仕事人間でさ。その日も確か、夕方から会社に行かなきゃいけないとかで、展望台でも海浜公園でも時計ばっかり見てたんだよね。だからわたしが、これやりたい、って似顔絵のブースの前で言ったときも、すごく嫌そうな顔してた。わがまま言わないでくれよ、って、お得意の台詞。でも、お姉ちゃんも一緒になって、やりたい、やりたいって言うもんだから、仕方ないなあ、って感じで、描いてもらうことになったんだよね。あの人、わたし、お姉ちゃんで、三人並んで座ってさ。自分の意見が通って嬉しかったの、いまでも覚えてる」

自分の家族の事情について孝志朗が少なからず承知していることを、絵美は分かっているようだった。

「似顔絵師の人は、四十代くらいの男の人だった。丸顔で、色が黒くて、口髭《くちひげ》を生やしてて。インドとかバングラデシュとか、あのへんにいそうな顔。その人がすごくいい人でさ。わたしがハンバーグおじさん、って呼んだら喜んでた。僕、いつも子供に怖がられるから嬉しいよ、って。あの人には怒られたけどね。あの頃はまだ、怒られることもあったな、あの人に」

「どんな感じなの、自分の顔を描かれるのって。俺、経験ないんだけど」

あんまり覚えてないんだよね、と絵美は答えた。

「わたし、ずっと泣きそうだったから。描かれてる間、あの人、ずっと不機嫌な顔しててさ。こんなときくらい嘘でもいいから笑ってよ、って思ってた。そんな子供じみた、当てつけみたいなことしないでよ、って。かわいそうな子供たちだと思われるのが恥ずかしかったし、ハンバーグおじさんに申し訳なかった。ああ、やっぱり素通りすればよかった、これやりたいなんて言わなきゃよかった、って後悔した。まあ、あのときはまだ五歳だったから、あの人の顔ちらちら見ながら口をへの字にしてただけだけど」

「うん」

似顔絵師の男と父親との間で板挟みになっている、まだ小さな子供だった頃の絵美。想像すると胸が痛んだ。

「完成した絵も見たくなかった。どうせ、不機嫌そうな顔のあの人と泣きそうな顔のわたしたちが描かれてるだけだから。そんなの見たら、ほんとに涙がこぼれそうで。でも、ほんの十分二十分くらいで、ぱっと描いてぱっと見せられたもんだから、見たくないです、とか言う間もなく見ちゃって」

「どうだった？　似てた？」

「似てなかった、全然」

「え？」

「全然似てなかったの。わたしたち三人の顔が一枚に描かれてるんだけど、三人とも満面の笑みで、誰がどう見ても幸せな家族って感じだった。ものすごく上手で、みんなの特徴を捉えてて、もし、いろんなことがうまくいってたら、みんなこういう顔をしてたのかもな、って思える絵だった。あの人は終わったと同時に席を立って、お姉ちゃんも、早く行くよ、ってわたしを呼んでるんだけど、わたしはブースに座ったまま、その絵をじーっと見てたの。そしたら、ハンバーグおじさんが、わたしの頭にぽん、って手を置いた。ちょうど、絵の中で、あの人がわたしにしてるみたいに。で、言ったの。『泣いてもいいんだよ』って」

一枚の絵を仕上げるわずかな時間で、似顔絵師の男は理解したのだろう。家族に漂う冷え切った空気と、その中で凍えている幼い少女の心を。似顔絵師というのは、何十人、何百人と似顔絵を描くうちに、そういうものが自然と分かるようになるのかもしれない。そして彼は、家族に優しい嘘をつき、絵美にだけ心からの言葉を贈った。

「言われた瞬間、心の中にあった最後の砦《とりで》みたいなのがぐらついて、結局、涙がこぼれちゃって。それをブラウスの袖でごしごし拭きながら、決めたの。わたしもいつかハンバーグおじさんみたいになる、って」

そうだったんだな、と孝志朗は言った。いつか自分も、こんなふうに。そういうものを持ったことがない孝志朗には、他に言えることがなかった。

＊

「ねえ、いとっちってロリコンなの？」

「ちょっ、やめろって」

通勤の時間帯。一刻も早く温かい屋内に入りたいと、それぞれの目的地へと急ぐ人々。ここにいる孝志朗とかすみも含めて、いつもどおりの朝だ。孝志朗は胸をなでおろした。よかった、いまのは誰にも聞かれていなかったようだ。

「この前もだけど、あんまり人聞きの悪いこと言うなよ」

「じゃあ、ロリコンじゃないんだ？」

「だから、なんでそうなるんだよ」

小声で諫める。近頃、こればかり言っている気がする。

「だって、なんか、かわいらしい感じの女の子と、楽しそーに、仲良さそーに話してたから」

かすみは、「そ」をやたらと伸ばし、わざとらしく強調して言った。

「俺が？　いつ？　どこで？」

「三、四日前くらいかな。孝志朗のお店で」

絵美のことか。ということは。

「ちょっと待て。おまえ、店に来たのかよ」

「別にいいでしょ、お客さんとして行くぶんには」

気づかなかった。孝志朗は基本的にスクラッチや事務作業に集中しているので、レジに来ないかぎりは、誰が入ってきて誰が出ていったかなど把握していないのだ。万引きしようとする輩《やから》がいれば、絵美がすぐに知らせてくれる。孝志朗はそれを受けて走るだけだ。

「いとっち、ぜーんぜん気づかないから笑いそうだったよ」

「悪趣味なんだよ。声くらいかけろよ」

だが、絵美の前でセックスだロリコンだなどと言われていたら、と思うとぞっとした。黙って出ていってくれて本当によかった。

「もしかして、あれが、あおいちゃんが言ってた親戚の子？」

「まあ、そうだよ」

否定すると後々また面倒なことになりそうので、ここはうなずいておく。

「あの子、なんで平日の昼間に文具屋なんかにいるの？　学校は？」

「いろいろと事情があるんだよ」

「ふうん」

これ以上掘り下げないほうがいいと判断したのだろう、かすみは物分かりよく矛を収めてくれた。なんでもかんでも押せ押せで貫くのではなく、引くべきところはさっと引けるのが彼女の美点だ。

「彼女もいないし、ロリコンでもない、と」

かすみが独り言のようにつぶやく。

「それなのに付き合ってくれないんだ。なんでだろう。わたし、タイプじゃない？　そんなわけないよね、もともといとっちから告白してきたんだから」

収めてくれたと思った矛の先が、目を疑うほどの速さで孝志朗に向いている。

「いや、ほんとにごめん、それは」

孝志朗はまたもうつむく。ひたすら沈黙をやり過ごすしかない。

分っかんないなあ、と首をひねりながら、やがてかすみは行ってしまった。

「よさそうな子じゃない。芯が強くて、根性もあって。付き合ってみればいいのに」

今朝もその一部始終を見ていた販売員のおばさんが、スクラッチを買いに来た孝志朗をつつくように言う。孝志朗は、いやあ、と笑いながら頭をかくしかない。

「それとも、おばちゃんと付き合ってみる？」

「嫌っす」

孝志朗は、財布から顔も上げずに答えた。

「冗談よ」

「分かってます。しかも面白くないっす、全然」

小窓から差し出されたスクラッチ六枚と釣りの小銭とを一緒くたに掴んだ。

爆笑しているおばさんを置いてチャンスセンターを離れながら、孝志朗は寒空にため息をついた。


「……ごみ箱の投入口と鍵のタグの色は対応してる。燃えるごみは赤。燃えないごみは青。ペットボトルは黄色。缶と瓶は緑。ここには可燃と不燃は置いてないけど」

ペットボトルのほうに鍵を差しこみ、ごみ箱の正面を開けていく。

「……そしたら、中にまた、こういう、黒いごみ箱が入ってるから」

いっぱいになった中の袋を抱え上げるようにして取り出す。

「……袋だけ出して、ごみ箱の中を掃除する。こうやって、薬剤をスプレーして、雑巾で拭く」

祥司が雑巾を渡すと、崎田は例によって、大儀そうに缶と瓶のごみ箱の前にしゃがむ。中の袋を雑に引っぱり出し、ごみ箱の内側を撫でるように拭きはじめる。

「……雑巾が汚れたら持ってきた水で洗うなり、雑巾を換えるなりして、汚れがとれるまで拭いて。だから、器物用の雑巾は多めに持ってきておいたほうがいい」

冬の館外清掃は寒さとの闘いだ。特にごみ回収は、同じ場所に留まって作業するため、大げさでなく手足が凍る。祥司は、時折ゴム手袋を外して手に息を吐きかけながら、少しでも早く中に戻るべく駆け足で説明を進めた。

崎田が館外の清掃に出るのは今日が初めてだった。昨年の九月に入って以来、ずっと館内の清掃を割り当てられていたのだ。鮫島から特に説明はなかったが、崎田の「サボり癖」がその理由だろうと祥司は踏んでいた。外は、中よりも人目が少ない。いくらでも作業の手を抜けるし、そのへんで油を売っていても誰も分からない。この半年ほどで崎田の勤務態度が改善されたかどうかは微妙なところだが、シフトの調整が難しかったのだろうか、今月から館外の清掃が解禁となったようだ。

だが、突如この寒さの中に放り出された崎田の機嫌はいいとは言えなかった。寒い、戻りたい、と繰り返すばかりで、いつも以上に集中力がない。

「……あと、掃除が終わるまでビニールは結ばないで。掃除してる間にお客さんが捨てに来ることもあるから。終わったら、新しい袋をかけて、中のごみ箱を戻す。最後に鍵を」

いてっ、という声に、祥司は顔を上げた。並んで作業していた崎田が、左手を振りながら舌打ちをした。

「指、切った」

見ると、人差し指の腹が少し切れているようだった。わずかに血が滲んでいる。

「この、ちっこい瓶のふただよ。最悪。しかもこれ、中身入ってるし」

「……作業するときは必ず手袋しろって、いつも言ってるだろ」

「うっせえな。右はちゃんとしてるだろ」

崎田が、栄養ドリンクの茶色い瓶を右手で摘まむように持ち上げ、逆さにした。流れ出した黄色い液体がアスファルトに落ち、細かな飛沫《しぶき》を上げる。小便みてえ。崎田がげらげら笑う。

瓶が空になってしまうと、崎田は膝を伸ばし、大きく口を開けて地面にへたりこんでいるごみ袋にそれを力いっぱい投げこんだ。中に入っていた缶が潰れる、鈍い音がした。

崎田が手のひらを差し出した。

「絆創膏《ばんそうこう》」

「持ってない」

使えねえなあ。たった一度の舌打ちに、心臓を握り潰されたような心地がする。

「とってこい」

大したことないだろ、そのくらい。そう言おうとして思いとどまった。以前、頭を鷲摑みにされたときの強い衝撃が、眼前に迫る小便器が、脳裏をよぎった。

「急げよ」

小走りで通用口を目指す。救急箱は清掃員控室に常備されている。

戻ってきた祥司を、崎田の薄ら笑いが迎えた。

「血、止まった。もう大丈夫みたいだわ」

その左手は——もちろん右手も——ポケットに収まっている。

「わりいな、わざわざ行ってもらったのに」

祥司は、持ってきた絆創膏を自分のポケットに入れると、脱力感を振り払うようにごみ箱に向き直った。まだ作業は終わっていない。

「それはそうとさ」

前髪を摑み、力ずくで顔を上げさせる。そんな声だった。

「走り方、すげえ面白いな、おまえ」

祥司は、ごみ箱の鍵穴に鍵を差したまま動きを止めた。

「いま、おまえが走っていって戻ってくるの見て、俺、笑っちゃって。なんて言うんだっけ、あの、馬のちっちゃいバージョンみたいなやつ。ええと、あ、そうそう、ポニーだ。おまえの走り方ってポニーそっくりだよな。ぱからっ、ぱからっ、って感じで」

祥司は聞こえないふりをしながら、鍵を回し、扉を開けた。だが、心臓は血飛沫を上げていた。走り方を指摘されることは何度もあったが、崎田に言われたのは初めてだ。

「そうだ、ちょっと、そこらへん走ってみろよ」

祥司は黙っていた。崎田はわざと自分を挑発しているのだ。乗ってはいけない。

おい。崎田の声が追いすがる。

「シカトしてんじゃねえぞ」

相手にするな。うろたえるな。深い意味はない。ほんの暇つぶしなのだ。自分にそう言い聞かせる。

「走れ」

ごみ箱を引き出し、袋を外し、内側を拭く。

「走れ」

新しい袋をかけ、ごみ箱を戻し、扉を――。

右の肩を摑まれる感覚。そのまま強く引っぱられ、祥司はあっけなく尻餅をついた。

「走れって言ってんだろ！　なんだおまえ、耳までおかしくなっちまったのか？」

祥司は諦めて、のろのろと立ち上がった。

「もう一回、通用口まで行って、戻ってこい。よーい、どん！」

ぱん。その音が、二月の空に皮肉なほど爽やかに抜けていった。

祥司は走り出した。自分たち以外、人っ子一人いないことが恨めしい。建物から最も離れたこの駐車場は、平日は数人でボール遊びでもできそうなほど空いている。世界はいつも、強い者に味方する。

「おい。顔上げて、本気で走れよ」

背後から崎田の声。右。左。右。左。少しだけ質の違う二つの音が、無人の駐車場に弱々しく反響する。ぱからっ、ぱからっ。それに合わせて崎田の声がする。

戻ってきた祥司を、崎田の品のない笑いが迎えた。

「うん、やっぱポニーだわ。ポニーそっくり。ちょっとさ、もう一回、もう一回だけ行ってくんねえ?」

祥司が行って戻ってくるまでの間、崎田はそこにしゃがんで、サーカスの曲芸でも楽しんでいるかのように、手を叩いて笑い続けていた。走りながら見上げた空に豆粒のような飛行機があった。自分はいったいなにをしているんだろう、と思った。

「もう一回。シャトルランだ、シャトルラン」

右足が熱を持ちはじめているのが分かった。あの事故以来、こんなに走ったのは初めてだ。少しでも負担を減らすため、できるだけ右足を地面から上げないように、引きずるようにして走る。きっと、もっと滑稽に見えるのだろう。もっと嗤われるのだろう。だが、もうどうでもいい。好きなだけ笑って、馬鹿にして、早くこの暇つぶしに飽きてくれればいい。

崎田は結局、五回、祥司を往復させた。息が苦しく、嗚咽《おえつ》すらこみ上げてくる。祥司はたまらず膝を折り、アスファルトを摑むように両手をついた。

ごん。そのとき、垂れた頭の近くで鈍い音がした。咄嗟に体を起こす。冷たい。脳みそを直《じか》に刺されたような冷たさが来る。避けきれなかった両腕から水が滴っていた。倒れて転がっているバケツ。崎田が、掃除用に持ってきていたバケツを蹴飛ばしたのだ。

「いっぱい走って暑いんじゃねえかと思ってさ」

膝立ちの体勢の祥司を、崎田がにやつきながら見下ろした。

「たまには、体、動かさねえとなあ」

崎田が、一歩、近づいてきた。蹴られる。体を硬くしたが、そうはならなかった。

「なあ、おまえ、これ拭けよ」

目をやった先にはごみ箱があった。崎田が掃除していた、缶と瓶のごみ箱だ。漏れ出した栄養ドリンクで内部がべっとりと濡れている。

「ほら、ちょうどおまえも雑巾も濡れたとこだし」

崎田が、自分がびしょびしょにした雑巾を摘まんで、ひらひらと振る。

「俺、怪我《けが》してるから。これじゃ雑巾濡らせないし、絞れないから」

——もう大丈夫って、さっき言ったじゃねえか。

「ん？　なに？　もしかしてそれ、俺を睨んでるつもり？　目ん玉、こっち向いてねえけど」

感情なんて、もうとっくに閉じている。祥司は虚《うつ》ろな目でごみ箱を見て、その下の肌が透けそうなほど濡れた両腕を見て、もう一度、崎田が掲げる雑巾を見た。「器物用」の「物」と「用」の部分がこちらを向いている。

唾を飲む。腋《わき》の下から、首筋から、こめかみから、じんわりと冷たい汗が滲み出てくる。真冬の屋外。濡れた両腕。そんなはずはないのに、体が熱い。この期に及んで、欠片ほど残った自尊心がちりちりと燃えている。

「どうしたんだよ」

小さくて尖《とが》った、爬虫類《はちゆうるい》のような歯を見せて薄ら笑いを浮かべる崎田。

「早く拭け」

これ以上、自分を晒しものにしたくはない。もう、これ以上。心が叫んでいるのに、体はそのとおりに動かない。

右足をなだめすかしてしゃがみ、祥司は汚れたごみ箱を拭きはじめた。乾いた栄養ドリンクの甘ったるい匂いがするはずだったが、感じない。走りながら聞いた崎田の笑い声だけが五感を突き抜け、頭蓋骨の内側でがんがんと響いていた。

なにも考えられなかった。なにも感じられなかった。手にしている雑巾と、それで拭きとるべき汚れ。それだけに集中した。だが、ある場所を拭いていると、肘まで濡れた袖から水が滴ってしまう。そこを拭くと、またその近くに水滴が落ちる。その繰り返し。悪い夢を見ているようだった。だが、一方で、とろけるような達成感に満たされてもいた。

——ありがとう、俺を握り潰してくれて。

祥司が立ち上がったとき、もうそこに崎田はいなかった。誰もいなかった。ただ、冬の早い日暮れと、すっかり冷え切った自分の体があるだけだった。

祥司は噛みしめていた下唇を乾いた舌で舐め、ゆっくりと息を吸った。膝に手をつき、立ち上がる。回収したごみの袋をすべて持ち、いつもより丁寧に一歩目を踏み出した。ようやく色が戻ってきた祥司の目が、そこに落ちている絆創膏を映した。崎田が受けとらなかった絆創膏だった。

冬の冷たさの中を歩いていた。夕風が吹くと濡れた袖がはためき、そのたびに、冷え切った腕に貼りつく。替えの制服は持ってきていたが、どうせもう帰るだけなので濡れたままでいた。上着は、濡らしてしまうのが嫌でバックパックの中に入れている。あの場では微塵も感じなかった寒さを、いまになって感じていた。

体はがたがたと震えているが、こねくり回された心はまだ熱を持っていた。あれが今日の最後の仕事でよかった。それが唯一の救いだ。あれがもし午前中の出来事だったら、頭も心もぐちゃぐちゃのまま、午後じゅう崎田の顔を見ていなければならなかった。そんなこと、とても耐えられない。

職場であるショッピングモールからアパートまでは川沿いの道だ。駅からは循環バスも出ているが、祥司はいつもこの道を徒歩で通うことにしていた。学生時代のアルバイトから数えて五年半、雨や雪の日を除いて、来る日も来る日も往復してきた道。いまでは目を瞑《つぶ》ってでも歩けそうなこの道は、体だけでなく、どんな心情にも馴染んでくれる。

真っ赤な夕焼けを背に、祥司の前方から自転車がやってきた。まるで、たったいまそこから生まれ落ちたかのような赤い車体だ。乗っている青年の体には少し小さいようだ。借り物か、もらいものかもしれない。錆だらけのママチャリが、ゆらゆらと祥司のほうに近づいてきて、すれ違う。

川のほうに目を移すと、下校途中の小学生が、川べりの叢《くさむら》を傘で頻《しき》りに突いていた。被っている帽子と同じ山吹色の傘を、真剣な表情で振っている。冬場は子供の喜ぶような虫は少ないはずだが、ユスリカの群れでも見つけたのだろうか。

季節と人の暮らしとが優しく混ざり合う道。この道を通ると、昼間、自分が崎田から向けられた悪意など幻のように思えてくる。

川から離れるように丁字路《ていじろ》を左折すると、道沿いに「あげもの」の文字が見えてくる。ともに七十近い老夫婦、その何番目かの息子と息子の嫁とで切り盛りしているその揚げ物屋は、その背後にショッピングモールがそびえる何十年も前から営業を続ける老舗《しにせ》だ。すっかり褪せてしまった黄色いテント看板の前に、いまも数人の人だかりができている。

「あら、珍しい、今日は歩いてるんだねえ」

視線を手前に引き戻すと、そこに揚げ物屋の老婆が立っていた。見下ろすほど小柄で、顔も声も皺だらけだが、足腰はまだしゃんとしているようだ。祥司は軽く頭を下げた。

「兄ちゃん、毎日ここを走っていくでしょう。わたしも毎日ここに立ってるから、いつも、なにをそんなに急いでるんだろうねえ、って思いながら見てたんだ。今日は急いでないみたいだから、どうだい、一つ？　うちのは冷めてもうまいよ」

老婆は、傍らの簡易テーブルに六つ並んだ紙コップを一つとって差し出しながら、目だけで祥司を見上げた。紙コップの中には、薄い黄色の衣をまとった小判形の物体がいくつも入っている。

「チキンナゲットだよ。うちの一番人気。うちは揚げたて命だからね、新しいのが揚がったら、古いのは割り引いて売っ払っちゃうんだ。一つ九十円のところが、いまだけ大特価、一つ五十円」

祥司はズボンのポケットを探った。そこに、自動販売機で緑茶を買ったときの釣り銭が入っているはずだった。ちょうど五十円玉があったのでそれを渡し、反対の手で紙コップを受け取る。老婆が目を丸くした。

「あら、兄ちゃん、袖が濡れてるじゃないの。どうしたんだい？　風邪ひくよ」

老婆が、梅干しのように皺の寄った瞼を持ち上げて、穴が空くほど祥司を、祥司の濡れた袖を見ている。はっとして、祥司は自分の手首を摑んだ。摑まれた手も、摑んだ手も、震えていた。

「これ食べて、早く帰って風呂に入りな。シャワーじゃなくて、ちゃんと湯船に浸かるんだよ。最近の若い人はみんなシャワーで済ませるでしょう」

片仮名の発音に慣れないからだろう、老婆の「シャワー」は「サワー」と聞こえた。サワーって。笑った瞬間、決壊寸前だった感情があふれ出した。

慌てて老婆に背を向ける。体半分だけ振り返り、一礼して、なにか言われる前に歩き出した。四十円安く買ったチキンナゲットは、まだほんのりと温かい。祥司は、涙と鼻水とをだらだらと垂れ流しながら、その温かさを握って歩いた。なりふり構わず歩いた。

日が沈んでいた。あっという間だった。祥司は、生まれたての夜にふと立ち止まった。肘まで袖をまくる。露《あら》わになる、日々の力仕事で鍛えた腕。そして、そこに刻まれた、決して消えることのない無数の傷跡。それらは発光し、暗さと冷たさの中に白々と浮かび上がるようだった。

洋装店のショウウィンドウ。祥司は、そこに映る自分を見た。泣いて汚れた顔。たくさんの白い傷。ガラスの向こうの自分を捉えようとする、しかし焦点の合わない目。黒く塗り潰された輪郭の内側に、それらがはっきりと見える気がした。なおも見つめていると、それらはぐるぐると動いて混ざり、やがて化け物の形に変化していく。紫がかった肌の、濁った目をした、汚くて醜い化け物。祥司には自分が、そんなふうに見えていた。


「そんなことないわ。あなたは普通よ」

祥司の母は、痛みに裂かれるような声でそう言って、祥司を抱きしめた。いまから十四年前、祥司が小学四年生のときだった。体が紫になった。そう言って狂ったように体を洗いはじめた息子を、出しっぱなしのシャワーの下、母は強く抱きしめてくれた。素っ裸で泡だらけの祥司は、紫になった、紫になった、と叫びながら、懸命に母の腕から逃れようとしていた。母は、服がずぶ濡れになるのも構わず、そんなことない、そんなことない、と繰り返した。

父を死なせ、祥司の入れ物を壊した事故のことを、祥司はまったく憶《おぼ》えていない。あとで聞いた話によると、交差点で酒気帯び運転のトラックが、祥司の乗っていたセダンに衝突したらしい。セダンは大破した。運転席の父親は即死だった。後部座席の祥司は一命を取り留めたが、かなりの距離を飛ばされ、頭から地面に叩きつけられた。目が覚めたとき、祥司は病院にいて、ぴんとシーツが張られた清潔なベッドにぼろぼろの体を横たえていた。

頭蓋骨骨折、頭蓋底骨折、脳挫傷。脳内出血も併発していた。重篤な後遺症が残った。祥司の場合は、運動麻痺《まひ》と視覚障害。どちらも右側だ。そしてなにより、体じゅう傷だらけだった。気が遠くなるほど長い入院生活を終えて外に出たとき、祥司はなにもかもを失ってしまっていた。父はいなくなり、体は動かなくなり、いつまで経っても全身の傷は消えなかった。母はよく体調を崩すようになった。

皮膚にも色覚にも異常はみられません。おそらく心因性のものでしょう。祥司に見えている化け物の正体を、医者はそう診断した。祥司自身も、きっとそうなのだろうと思っていた。何度も、何年もカウンセリングを受け、どうにかそれを消そうと試みた。しかし、徒労に終わった。それどころか、それはより鮮明になっていった。ときどき、自分で自分の体を触って、自分が本当に化け物になっていないか確かめてしまうほどに。

血の色なのだ。祥司は思った。この赤黒い紫は、トラックに潰されアスファルトに流れ出した父親の血の色だ。体を這い回る数多《あまた》の傷から滲んだ自らの血の色だ。年月が経ち、傷の生々しさがなくなっていくにつれ、化け物の色は濃くなっていった。いつしか祥司は悟った。この化け物は、きっと、自分の体からいなくなってはくれない。死ぬまで飼い続けるしかないのだ、と。

事故後の祥司を最も苦しめたのは、「努力すれば自分が普通であるかのように振る舞える」ことだった。体の傷は長袖長ズボンで隠せるし、焦点の合わない右目だって、常に相手の右側をとり、まじまじと顔を見ないようにすれば気づかれにくい。箸やペンは左手で使えばいいし、踏み出しと接地の瞬間に気をつければ、右足の麻痺もかなりごまかせるようになった。化け物のことなんて、口にしなければ誰にも分からない。

だがそれは、あくまでも「普通に見える」だけであって、決して普通ではないのだ。普通に戻りたい。祥司がそう口にするたびに、母は「あなたは普通よ」と言って泣いた。祥司は、じゃあどうして泣くのだ、と思っていた。自分が本当に普通なのだったら、泣く必要などないはずだ。だが、それを口にしたところで誰も救われないし、なにも変わりはしないのだった。

涙は止まっていた。チキンナゲットを一つ口に入れた。すっかり冷めてしまっていたが、味のするものを噛み、味わい、飲みこむという行為は、ささくれ立った祥司の内側を優しく繕ってくれた。胸に留まっていた熱さや心の擦れ、所在の分からない痛みが和らいだ。ショウウィンドウの化け物に背を向けてナゲットを頬張る。紙コップが空になってしまうと、祥司は再び歩きはじめた。

夜になって気温が下がり、気分も落ち着いたからか、昼に酷使してしまった右足が、いっそすっぱり切り離してしまえたらと思うほどに痛む。そのくせ上半身は震えもこないほどに冷えきっていて、まだ乾いていない肘から下は、もはや冷凍された魚のようにがちがちに固まっている。耳たぶがちぎれるどころか、耳自体がぽろりととれてしまいそうだ。

駅の灯《あか》りが近づいていた。信号待ちのために立ち止まると、寒さと熱さとが上下から同時に襲ってきて、胃のあたりで不快に混ざり合う。歩行者信号を睨み、青になれ、早く青になってくれ、と念を送る。早く家に辿り着きたい。ようやく変わる信号。横断歩道に一歩を踏み出そうとして、祥司は目を見開いた。

右足が、動かない。

動け、という脳の指令が、右足に届く手前でぶつりと途切れてしまう、そんな感覚だ。右足は、コンクリートの歩道に垂直に突き立ったまま、まるで一瞬のうちに無機物と化したかのように動いてくれない。一度、立ち止まったことで、とうに限界を超えていることに右足自身が気づいてしまったようだ。

行きかう人々に倒されないように踏ん張って、ひとまずその青信号をやり過ごす。再びの赤信号の間に、全身に血を行きわたらせるように深呼吸を繰り返して、青信号になると同時に左足を踏み出した。左足で支え、右足を引っぱる。まるでタイヤがパンクした自転車を押して坂道を上るような重労働だ。一歩、もう一歩、さらに一歩。クラクションを鳴らされながらぎりぎり横断歩道を渡りきり、一番近くのベンチに倒れこむように体を預けた。靴を脱ぎ、右の踵をベンチの縁にのせ、ズボンの裾をめくり上げる。

まるで鍛造された刀だ。祥司は、自らの右の脛《すね》をさすりながら思った。硬くて、熱くて、重い。だが、打たれたばかりの鉄の表面というのは、もっとつるりと美しいはずだ。こんな汚らしい傷痕や手術痕は、きっとない。

皮膚が温まるのを待って、ふくらはぎを指先でゆっくりと揉んでみる。使い物にならなくなった右足は、太腿の裏から足首まで、指で弾けば高く鳴りそうなほどに張っている。この不良品で生きて十四年。こんなことには慣れたものだったが、厄介なことには変わりない。おそらく今回も長丁場だ。祥司は、白い傷痕が縦横無尽に走るマスクメロンのような右足から、駅前ロータリーの人波に視線を移した。

そのとき、祥司の目に、思いもよらない光景が飛びこんできた。

ついさっき自分が渡ってきた横断歩道、その対岸に、千尋がいた。歩行者信号の、ちょうど真下あたりに立っている。人違いだろうか。祥司には厳しい距離だったが、必死に目を凝らす。いや、あの横顔は間違いなく千尋だ。

信号が青になる。千尋が前を向く。祥司と目が合った。千尋の目が大きく見開かれ、視線を外さないまま、つんのめるようにして祥司のほうに駆けてきた。

「祥司さん。どうされたんですか。怪我ですか」

突然のことに声が出ない。音も、景色も、寒さも。すべてが消えていた。

裾を、まくったままだ。

祥司の右脛に差し伸べかけた千尋の手が、その手前でぴたりと止まった。

「祥司さん、その足……」

頭の内側。静寂に、絶望の音が落ちた。

祥司は弾かれるように千尋の顔を見た。千尋は、祥司の右足を見ていた。白い傷と手術痕が無数に散る、汚い右足を見ていた。化け物の右足を、見ていた。

その目。なにか恐ろしく、おぞましいものを見るかのような、まさしく化け物を見るかのような、嫌悪と拒絶とを凝縮したような暗い光。

冷たい夜に投げ出した化け物の右足が、そのとき、細かく痙攣《けいれん》を始めた。呼応するように、宙に浮いたままの千尋の手も震えだす。

まるで、夢から覚めたような。

「――行ってください」

絞り出した声は、かすかで、ひび割れていた。流れ出る涙と鼻水。激しくなる右足の痙攣。もう、最低だ。

「いいから、もう行ってください」

「でも……でも」

弱々しく、怯《おび》えているような声。なぜだろう、頭にかっと血がのぼった。

「行けって言ってるだろ！」

覚えているのは、逃げるように遠ざかっていく千尋の背中。かこん、からからから。間の抜けた音を立てて、手から滑り落ちたチキンナゲットの紙コップが転がっていく。気づくとアパートの部屋に帰ってきていた祥司は、まだ冷たく湿っているシャツを裂くようにして脱ぎ、ぐしゃぐしゃに丸めて壁に投げつけた。壁に飾っていたポロシャツに当たった。いつか千尋と出かけたとき、持っておくだけなら構わないでしょう、と彼女がプレゼントしてくれた、パステルブルーの、半袖のポロシャツ。その、胸のワンポイントのあたりにぶつかった。床に落ちたシャツを摑んで、また投げつける。何度も繰り返す。

絶叫がワンルームを震わせた。震わせているのは自分だった。母が死んでから一度も出したことのないような獣じみた声が、祥司の腹から喉を貫いていた。

喉がひりつく。鼓膜が震える。脳みそが揺れる。それでも叫んだ。叫ばずにはいられなかった。壊れた入れ物の内側で膨張し続けていた中身が、今夜、ついに祥司を蹴破ったのだ。

どうして。どうしてこんなことになってしまったのだ。漏れ出した中身に問いかけられていた。なぜ、自分だったのだろう。なぜ、この入れ物は壊れてしまったのだろう。なぜ、こんな目に遭わなければならないのだろう。なぜ、それでも自分はここにいるのだろう。ここにいなければならないのだろう。

　姿見に自分が映っていた。ぐしゃぐしゃに丸めたシャツを摑んで振りかざしている自分。裸の上半身には、溝のような、おびただしい数の白い傷跡が散らばっている。汚くて、醜い、この世のものとは思えない化け物。顔を鷲摑みにするようにして覆った。膝から崩れる。

　涙は出なかった。悲しみではなく、怒り。そのとき、祥司の心を占めていたのは怒りだけだった。

　壁のポロシャツを見た。ふと思い立った。これを着て千尋の働いている洋食屋に行ってやろうか。どうせこれで終わりなのだ。最後に、千尋からもらった服を着て、千尋の目の前に立ってやる。明るい場所で、同僚全員が見ているところで、この化け物を見せつけてやるのだ。そのとき千尋はどんな顔をするだろう。どんな気分になるだろう。また、あの目をするのだろうか。それならそれで案外すっきりする気がした。

　急速に頭をもたげた負け惜しみのような加虐心は、しかし急速にしぼんでいった。本当にそうしたいわけではないのだ。そんなことは当然分かっていた。ただ、千尋には、千尋にだけは、あの目で見られたくなかった。見ないでほしかった。あの目。あの目。あの目。振り払おうとしても絡みついてくるあの目に向かって、祥司は濡れたシャツをぶつけていた。

　千尋が悪いわけではない。誰も悪くない。分かっているからこそ、やりきれない。あの日から今日までの一切合切を、丸ごと誰かの、なにかのせいにできたら、どれほど楽になれるだろうか。やり場のない怒りは、胸の中で延々と右往左往し、やがて自分に対する苛立《いらだ》ちに変わっていく。

　怒りを覚えるのは、なにかを期待していたからだ。期待するから、そうならなかったとき、腹が立つ。自分は千尋になにを期待していたのだろう。優しくされること？　受け入れてくれること？

――恋愛って、基本的には一人につき一人分しか枠がない、っていう、人間関係の中で一番ありそうにない形態じゃないですか。それなのに、恋愛そのものは社会にありふれてるから、恋人がいないと、自分は誰からも承認されない人間なんじゃないか、と思えてきて苦しくなります。

まさか自分は、千尋の「枠」に入れると、入れてもらえると思っていたのだろうか。そうだとしたら、悪いのは自分だ。甘かったな、と思った。分かっていたはずだったが、まだ足りなかった。

でも、もう、いいや。

諦めることも棄てることもできないのなら、明日からもこの壊れた入れ物に収まり続けるだけだ。これまでどおり、大人しく。

種火のような怒りを心で転がしながら、祥司は床の上に仰向《あおむ》けになって目を閉じた。少しだけ、揚げ物屋の老婆に申し訳ない気持ちになる。

昼間の、崎田との一件が遠い昔のことのようだった。

10

二〇二〇年三月

クリアケースをカウンターに出す。通学カバンから手紙を取り出し、クリアケースの中に入れる。いつもの手順を終えても立ち去ろうとしない少年に、孝志朗は眉を上げた。少年がペンを走らせる。身振り手振りで伝えられないことはポケットに忍ばせたメモ帳に書いて見せるのが少年のやり方だった。

（プレゼント用に）

有名な文具メーカーのスケッチブックをサイズ違いで二冊、絵美がいつも使っているコピックを一本。少年がカウンターの上に置いたそれらを見て、孝志朗は思わず口の端を持ち上げた。

「ホワイトデーか」

少年が照れた様子でうなずく。

「しかしおまえら、別に、無理にうちのもんを買わなくたっていいんだぜ。ジェットストリームとかスケッチブックとか、そんな渋いもんじゃなくて、もっと子供らしいもんを選べよ」

孝志朗は苦笑しながらレジを打った。モノがでかいから洒落《しやれ》た包装はできねえけど、と断り、それでも一応しっかりとした紙袋に入れてリボンをつけてやる。

「で、これをあいつに渡しとけって言うんだろ？」

一連の作業をじっと見つめていた少年が上目遣いになる。

「いいよ。渡しといてやるよ。どうせそうなるんだろうと思ってたから。ああ、ただ、当日に渡せるかは分かんねえな。あいつ、今日から来てないんだ。いくら普段から学校に行ってないとはいえ、学校が休みになってるのに不要不急の外出はよくないでしょ、だってさ」

少年が、それでいいです、というようにうなずいた。

「いまさらかもしれねえけどさ」

孝志朗は頭を掻きながら言った。

「少年、おまえ、あいつのこと、どう思ってんの？」

少年がサージカルマスクをぐいと引っ張り上げた。孝志朗は手のひらで口もとを拭うようにして笑った。分かりやすいやつだ。

裏からパイプ椅子を持ってきて、自分が椅子代わりにしている脚立の隣に置く。

「ちょっと、ここ、座れ。おまえに見せときたいもんがある」

筆記用具売り場の試し書きノート。それを、少年の前にばさりと広げた。

「これ、見てみろ」

言われるまま、少年がノートを開く。ページをめくり、そこに描かれている絵を見る。

その目が大きく見開かれた。

「それは、合唱コンクールの練習がどうこう、っていう手紙のときの絵だな。どうだ、実際、そんな感じだったか？」

ノートの絵と、孝志朗の言葉。その二つを頭の中で混ぜ合わせたあと、少年は猛然とページをめくりはじめた。最初のページから、時間をかけて、一つひとつの絵を食い入るように見る。

「ここんとこ客も少ねえし、まあ、ゆっくりしていけよ」

除《よ》けておいたスクラッチに手を伸ばし、少年の隣で削りはじめる。勝手に見せたことを絵美は怒るだろうか。一抹の不安がよぎったが、絵美自身がこうなることを望んでいる気もした。

いつのまにか、人がいることも忘れてスクラッチに集中していた。ふと気づくと、少年が孝志朗の手もとを興味深げに見ていた。

「ん？　ああ、これか？　これはスクラッチだよ。宝くじ。赤い看板の小っちゃい小屋みたいなの、見たことないか？　狭っ苦しいとこに人が座っててさ」

やってみ、と、スクラッチとギザ十とを少年のほうに滑らせる。

「トリプルマッチは、このA、B、Cのワクに三つずつ絵柄が描いてあって、どのワクでもいいから、同じ絵柄が横に三つ揃えば当たり。絵柄によって当選金額が違って、一等はなんと一〇〇万円。どうだ、夢があるだろ」

少年がギザ十を持ち、ぎこちない手つきで削りはじめる。

「あ、ストップストップ！　そうじゃねえんだよな。そうやって、一気にがーっと削るんじゃなくて、左端のワクから、ちょっとずつ削っていくんだよ。そう。そっちのほうが、わくわくどきどきするだろ？　そんで、二つ続けて同じ絵柄が出たら、三つめは削らずに次に行く。そのワクは当たりの可能性があるからな、お楽しみは最後に取っとくってわけよ。分かるか？」

黙々と削る少年の横で、孝志朗は誰に聞かせるでもなく喋り続けた。

「宝くじって、時期によって売ってるもんが変わるんだ。それは〈ワンピーススクラッチ〉ってやつなんだけど、なんと、明日で販売終了なんだな。明日は店休日だから、俺がそれを買うのは今日が最後だったたってわけだ。貴重なラスト六枚のうちの一枚なんだから、きっちり心をこめて削れよ。当たりますように、って」

結局、少年が削った二枚は当たりではなかった。気落ちした様子の少年を、まあそんなもんよ、と慰める。

「欲を出すと駄目なんだ。宝くじやってんだから、当たりますように、と思うのは当然なんだけど、それ以上のこと、当たったらなにが欲しいとかどこに行きたいとか、そういう欲が出てくるとツキが逃げちまう。ついでに言うと、作為的なのもよくないな。宝くじにもいろいろ種類があるけど、ロトとかナンバーズとかビンゴ5とか、そういうのは全部、自分で数字を選ぶんだよ。俺に言わせれば、その時点で勝負はついてる。人間が自分の頭で考えたことには絶対に偏りがあるんだから、数字選択式なんて一生かかっても当たりっこねえんだ。そういう意味では、スクラッチはいいぜ。当たりかハズレかは完全に運だし、その場で結果が分かるってのもいい。一切、頭を使わず、手を動かすだけで大金をゲットできるかもしれねえんだ。そう、宝くじってのは、当たったとか外れたとか、結果に一喜一憂するもんじゃない。買って削る、買って選ぶ、その過程を楽しむもんなんだよ。それで、たった二〇〇円でも当たったら万々歳。そういうふうに考えられねえやつは、宝くじなんてやらないほうがいいな。遅かれ早かれ身を滅ぼすことになる。いまの時代、娯楽なんて他にも山ほどあるんだから、さっさとそっちに乗り換えたほうがいい。まあとにかく、悪いこと言わねえから、おまえもやるならスクラッチにしとけ。まあ、やらねえか、宝くじなんて」

言いたいことを言ってしまうと、店内に再び静寂が訪れた。話のできない少年は、しかし聞き役としては非常に優秀だった。宝くじの美学などに興味があるはずもなかったが、一瞬も孝志朗から視線を外すことなく、話の内容に合わせて、時折うなずきながら聞いている。マスクの上に乗る二つの目は、いつもよりくっきり、はっきりとして見えた。

「絵美のこと」

その目に導かれるようにして、ずっと心の中を漂っていたことが口をついた。

「どうすんだよ、こっから」

少年はなにも答えない。孝志朗は、しかし、ゆっくりとうなずいた。

「分かるよ。だがな、少年。いつまでもこのままじゃいられないんだぜ」

孝志朗は、脚立の上で尻を動かし、体ごと少年のほうを向いた。

「だってそうだろ。たぶん学校は、このまま春休みに突入する。休みが明けて三年になったらクラス替えがある。いや、分かんねえな。いまの状況じゃ、来年度がどうなるかなんて誰にも分かんねえんだ。クラス替えがあったとして、おまえとあいつが次も同じクラスになれるかは分かんねえし、同じクラスになったとして、おまえが引き続き連絡係になれるかも分かんねえ。もしかしたら、そのポジション、他のやつに取られるかもしれないんだぜ。休みの間に絵美の気が変わって、毎日元気に登校しはじめる可能性だって、もちろんあるしな」

震えるように、小刻みに、少年の目が動く。

「うちだっていつまでもつか分かんねえし、いくら俺が頑張ったところで、あいつがこれからもここに来るかは分かんねえ。分かんねえことだらけだよ」

孝志朗は、カウンターの上で、ハズレばかりのスクラッチをとんとんと揃えた。

「変わっていくってのは寂しいよな。すげえ寂しいし、ちょっと怖い。俺もそうだよ。でもまあ、止められねえからな、時間ってのは。だから、その時々の自分の気持ちってのは、ちゃんとそこに置いていくべきだと思うんだ」

それは、絵美が来なくなった店で一人、ふとした折に考えていたことだった。進学。就職。上京。早くも、結婚だ子供だなどと言っている同級生もいる。みんなうまく時の流れに乗っていっているのに、自分だけがいま、ここから離れられない。どうしたいのか、どこに行きたいのか。自分で自分が分からず、だからいつまでも現在に飛びこめず、すっかり古びてしまった流木に必死にしがみついている。その間も、現在はどんどん過去になっていくというのに。この十日ほど、がりがりとスクラッチを削る音を響かせ、時折ひとけのない通りを横目に見ながら、いまここに存在しているのは自分だけなのではないか、という気がしていた。

「今年の初め、あいつが来なかったことがあったんだよ。いつもの時間になっても来ないから、父ちゃんとなんかあったんじゃないかとか、家で倒れてるんじゃないかとか想像して、気が気じゃなくてさ。まだ削ってないスクラッチを捨てそうになったりして、その日一日、とにかく調子が出なかったわけ。そしたら、店を閉める頃になって現れたのよ、あいつが」

あれは、めずらしく雪のちらつく日だった。

「もう付き合いも長いから、俺、あいつを見た瞬間に分かったんだ。ああ、こりゃなんかあったな、って。それで、飯に連れてってみたんだけど、結局、俺のクソしょうもない話で終わっちゃって。あいつが急に泣き出しても、俺、気の利いたことの一つも言えなかった。ハンカチもティッシュも持ってないから、どうしたらいいのか分かんなくて、馬鹿みたいにあたふたしてるだけだった。落ちこんだなあ、あのときは。二十年も生きてこのざまかよ、って。それを、いまこうやっておまえに話してるのもダサいんだけどな。ああ、ほんと、自分で自分にがっかりすることばっかりだ」

孝志朗は、脚立の上で大きく伸びをし、ワックスもなにもつけていない頭を両手でわしゃわしゃと掻き回した。

「わりい、話が逸れたな。俺のことはいいんだ。つまり、俺が言いたいのは、伝えたいことは伝えられるときに伝えとけ、ってこと。俺は、おまえのことなんて全然知らないし、もしおまえが振られても責任は取れない。でも、行くか行かないかだったら、絶対に行っといたほうがいい。だって、いまのおまえは、自分で行くって決めさえすれば行けるんだから。過去や未来は分かんねえけど、少なくとも、いまのおまえは」

当然、返事はない。だが、きちんと伝わっているという確信があった。

思えば、少年が店に通うようになって半年、こうして話をするのは初めてのことだった。少年が届けるものを、孝志朗が受けとる。毎日のその行為の中に共通の思いを見つけながらも、お互い、あえてそれを伝え合うことはなかった。

いつ好きになったのか、どんなところを好きになったのか、そのあたりは、孝志朗としても、訊いてみたかったことだった。少年もまた、絵美が店に通うようになった経緯や店での様子を知りたがった。二人は、初めはぎこちなく、徐々にスムーズに、メモと言葉とを交わし合った。

喋っているのは孝志朗一人だったが、それは確かに会話になっていた。普段なにげなくやっている会話、という行為が、突如として意識の上に浮き上がってきたような。孝志朗にとっては新鮮だった。結局、少年は閉店時間まで店にいて、その間、客は一人も来なかった。

「今日、売り上げ少なかったなあ。ほんとなら、この時期は書き入れ時なんだけどなあ」

閉店作業を済ませ、シャッターを下ろしながら孝志朗はぼやいた。まだ三月に入ったばかりだ。六時ともなると外は暗く、肌寒くなる。

「学校、休みなんだよな。てことは、お役御免か、連絡係も」

スマートフォンのライトで孝志朗の手もとを照らしていた少年がうなずいた。

学校がなければ、絵美に届けるべきものもない。届けるべきものがなければ、少年が店に来る必要もない。だが。

「手紙、これからも、たまには持ってこいよ。いいだろ。あいつ、あれを楽しみにしてんだ。別に学校であったことに限らなくても、テレビとか漫画の話でも、おまえ自身のことでも、好きなこと書きゃいいじゃねえか。うちはいまんとこ普通に開いてるから、置いときゃ来たときに読むだろ」

わずかな風にもシャッターが鳴る。鍵を回し、うし、と立ち上がる。ふと、少年を見た。

「なあ、少年、頑張れよ。俺も頑張るから」

ライトが消えた薄闇の中で、少年がしっかりとうなずいた。

「約束な」

拳と拳とを突き合わせる。

「じゃあ、またな。暗いから気をつけて帰れよ。家についたら真っ先に手洗いうがいだぞ。ああ、例の預かりもんは間違いなく渡しとくから心配すんな」

少年の背中を見送ってから、孝志朗もマウンテンバイクに跨った。駅前のチャンスセンターに寄って、もう二枚、明日で販売が終了する〈ワンピーススクラッチ〉を買おうと考えながら。


もう半月も祥司と連絡をとっていない。

千尋は、表示させていたタブをスワイプして閉じ、スマートフォンをテーブルの缶ビールの隣に伏せ、その隣に自分の顔も伏せた。顔と、下に敷いた両腕との間で、何度目かのため息が押し潰される。

祥司の右の脛を網のように覆っていた傷は、夜の闇に浮かび上がるようにてらてらと妖しく光っていた。いつもの決まりきった服装はこれを隠すためだったのだ。少なからぬ衝撃を受けた。怯《ひる》んでしまった。気持ち悪い、とも感じたかもしれない。伸ばした手が止まったことが自分でもショックだった。

太呂さんの店で祥司と初めて会った夜、彼は酔った千尋を背負ってタクシーに乗せてくれた。二度目に会った日に祥司から聞かされるまで、千尋はそのことに気づいていなかった。タクシーの運転手に自宅の場所を告げた記憶も、タクシーを降りて部屋まで自分の足で歩いた記憶もない。「あの一件」以来、たとえどれだけ酒が入っていようとも、他人の手が触れた瞬間に醒めるようになってしまったというのに。

だが、祥司が自分に触れることはできても、自分から祥司に触れることはできなかった。なんだかこのうえなくアンフェアな気がして、罪悪感に心が潰れた。人を見た目で判断するようなことはしたくない。これまで自分がそうされ、たくさん傷つけられてきたからこそ、自分はいつも人の内面を見定める人間でありたい。ずっと胸に留めてきた信念は、たった一夜の出来事で脆《もろ》くも崩れようとしている。

棚の上に置いた大きなクマのぬいぐるみに目をやる。以前、祥司と出かけたとき、ゲームセンターのクレーンゲームでとったものだ。これがどうしても欲しいというわけではなかった。ただ、生まれて初めてクレーンゲームをやるという祥司に、景品を獲得する醍醐味《だいごみ》を味わってほしかったのだ。とはいえ千尋も、取り立ててクレーンゲームがうまいわけではない。財布にあった百円玉すべてをつぎこんでも、目玉のクマは微動だにしない。もう諦めましょうよ、と穏やかな声で言われて意地になった。嫌です。とれるまでやります。のしのしと両替機に向かう千尋の背中に、追ってきた祥司が漏らした。

――わがままだなあ。

たしなめるような口ぶり。しかし、そのわがままを心から楽しんでいるような、歓迎しているような、そんな笑顔。口角が控えめに上がり、きゅっと目が細くなり、目尻の下に鉤括弧《かぎかっこ》のようなしわが寄る。映画館でチリドッグを食べたときにも見せた表情だ。この笑顔が出ると、千尋はいつも、いま自分という存在は誰かに受け入れられているのだ、ゆるされているのだ、という大きな安心感に包まれた。無数の星が散らばったような煌《きら》めきが胸を満たした。

不可解なことに、その煌めきは、あの夜を経てもなお消えていない。

祥司に会いたい。あの絹のような声で名前を呼ばれたい。陰のある横顔を眺めていたい。彼のまとう、静謐《せいひつ》で底知れない雰囲気をそばで感じていたい。あの夜に思いもかけず目の当たりにした外身と、去年の夏の終わりから時間をかけて知ってきた中身。そのどちらに焦点を当てるかによって、祥司という人物に対して抱く感情はまるっきり変わってしまう。中学二年の地点にできた深く暗い窪みを、祥司は、出会ったその日に、小さな水溜まりでも跨ぐかのように軽々と飛び越えてみせた。だからこそ、祥司は他の誰とも違うと感じた。そしてそれは、着実に、確かな好意へと成長していっていた。

目覚まし時計と箱ティッシュ、薬箱、たまにしか使わない香水の小瓶、そして、大きなクマのぬいぐるみ。殺風景な棚、殺風景な部屋。だから、どうしたって目に入ってしまう。その存在感が、この二週間の空虚さを知らしめる。

――行けって行ってるだろ！

あの夜の、ナイフの切っ先のような叫び声が、いまだに、何度でも耳もとで爆《は》ぜる。だが、その柄を摑む手は、きっとぶるぶると震えていたはずだ。あそこで引き下がるべきではなかった。行けと言われても、大声を出されても、絶対に。

いま、自分よりもずっと深く傷ついているだろう祥司に思いを馳《は》せる。

もうすぐ祥司の誕生日がやってくる。特に予定はないという祥司に、一緒に上野動物園に行くことを提案したのは千尋だ。少しずつ温かくなってくる時期でもあるし、たまには外を歩くのも楽しそうだという気がしたのだ。祥司も、近くに住んでいながら上野動物園には一度も行ったことがないというので、ちょうどいいと思った。

このままこちらから連絡しなければ、祥司はきっと、なんでもない日のように一人きりの誕生日を過ごすのだろう。そして二人は、徐々に一人と一人に戻っていく。まるで何事もなかったかのように。

そんなの、悲しすぎる。せめて、今日までに与えてもらったぶんの幸せくらいは返したいと思う。そして、自分なら返せるはずだとも思っている。祥司を傷つけたのは他ならぬ自分であるにもかかわらず。

もう一度、祥司に会いたい。

傷を見たときに駆け巡った濁流のような気持ち。また祥司に会いたいという眩《まばゆ》い閃光《せんこう》のような気持ち。これで終わりにはしたくないという焼けるような気持ち。それらは均等に心に居座っていて、千尋は自分に困惑し、閉口していた。落ち着いて傷の理由を聞き、今度は明るい場所であの右足を見たなら、あの夜とは違った感想を抱くかもしれない。同情と慈愛をもってあの右足に触れられるかもしれない。そんな期待すらしている。どれが本物なのか。どれも本物なのか。これはどういうことなのか。これからどうしたいのか。分からない。分からないから会いたかった。会って、確かめたかった。

千尋は心を決め、顔を上げて、再びスマートフォンをとった。〈お久しぶりです〉。ずるいと思いながらも、あの夜のことには触れられなかった。

〈こんばんは。遅くにすみません。これ、さっき見つけたんですけど〉

それから数日後、今度は祥司のほうから連絡が来た。それはずいぶん珍しいことだ。嫌な予感に急かされるように、続けて送られてきたＵＲＬを開く。上野動物園が臨時休園する、というＨＰのお知らせだった。近頃、日本国内でも流行の兆しを見せはじめている新型の感染症の影響を考慮してのことのようだ。

〈やっぱり、人が集まるようなところはどこも当面休業みたいです〉

そうなんですね、知りませんでした、と返信をする。祥司のメッセージはいつもテキストだけなので、千尋もなんとなくそれに合わせてしまう。

〈来週、どうしましょう〉

その一言に、千尋は一度、画面から目を離した。

動物園は中止だ。映画のあと太呂さんの店へ、というお決まりのコースも、この様子では難しいだろう。祥司のことだ。その日じゃなくてもいいですよ、また今度にしましょう、などと言い出しかねない。

それなら、おのずから結論は出る。

〈もし嫌だったら断っていただいて構わないんですけど〉

断られたって画面の上だ。ためらいを振り切るように指を動かす。

〈よかったら、うちに来ませんか?〉

ロールケーキ、パイ、プリン、タルト、クレープ。店で出すものより気合いを入れて仕込んだデザートも、まもなく準備が整いそうだった。時刻は午後一時。去年の誕生日に裕子さんからもらった赤ワインと二人分のワイングラスは、すでにテーブルに並べている。祥司は、この三月からテイクアウトを始めた、豊富な肉料理が人気のレストランに寄ってからここに来る手筈《てはず》だ。大丈夫ですか、落とさないように気をつけてくださいね、とメッセージを送ると、ふたがついてるはずなので大丈夫です、と返事が来た。

千尋のマンションで酒を飲みながら食事をし、映画を観る。その提案に祥司はかなり驚いていたが、最終的には、迷惑でないなら、と受け入れてくれた。

インターホンが鳴る。千尋はオートロックを開錠し、玄関のドアを大きく開けて祥司を待った。

「ああ、千尋さん」

やってきた祥司は、両手に一つずつ白いレジ袋を提げていた。袋越しに肉のいい匂いが漂ってくる。祥司は、お邪魔します、ときちんと靴を揃えて部屋に上がり、少し迷う素振りを見せて、千尋が並べて出しておいたスリッパを履いた。キッチンの脇に荷物を置き、マスクを外す。

「手、洗わせてもらってもいいですか？」

「ああ、そうですよね、どうぞ。じゃあ、わたしは袋のほうを」

祥司が運んできた袋に向き直る。二つのうち、スーパーマーケットの袋のほうには缶のビールやチューハイなどが入っていた。

「飲み物、重かったでしょう。ありがとうございます」

洗面所に向かって声をかけながら、それらを一本ずつ冷蔵庫にしまっていく。レジ袋の中を探る千尋の手に、ふいに、なにやら缶とは違う感触のものが触れた。

それは財布だった。黒の、革製の長財布。何度か目にしたことのある、祥司の財布だ。会計のときに出したものを、品物と一緒に袋に入れたのだろう。

まったく危ないなあ。小さく呟いて取り出そうとしたとき、開けっ放しだった財布から、焦げ茶色の、薄い手帳のようなものが飛び出した。

身体障害者手帳。

体も頭も、その瞬間、千尋のすべてが停止した。身体障害者手帳。いま目にしているその文字列が、点滅し、伸縮し、まるでサイレンのように鳴る。唐突に、あの夜の光景がよみがえった。傷。そういえば、結局、あの傷はなんだったのだろう。自分の過去に囚《とら》われていて、あのときは深く考えもしなかった傷だらけの脛のことが、いまになって気になりだす。

洗面所から聞こえていた、水の流れる音が止まった。はっと我に返った千尋は、それを手早く財布に戻し、祥司のショルダーバッグに突っこんだ。ほとんど同時に祥司が戻ってきた。

「お借りしました。……肉、そんな感じでよかったでしょうか」

「え？　あっ、はい」

「よかったです」

「あの」

もう片方の袋から肉のオードブルの容器を取り出し、テーブルに運ぼうとする祥司を、千尋は思わず呼び止めた。

「はい？」

「——スリッパ、脱いじゃってもいいですよ、歩き辛かったら」

「ああ、はい……すみません」

ばたばたと不揃いな音を立て、スリッパに振り回されるようにして歩いていた祥司は、一度スリッパを脱ぎ、おずおずと千尋を振り返った。

「あの……」

「はい？」

「右……右だけ、履いててもいいですか。家でも、いつもそうしてて……」

「あ……はい」

右、という単語に、また、あの傷だらけの脛が脳裏をよぎる。それを祥司も察したように見えたが、小さく下唇を舐めただけだった。

ステーキ、チキングリル、厚切りベーコン、チョリソー、ローストビーフ。テーブルいっぱいに肉料理が並んだ。しかし、もはやそれどころではない。祥司がなにか言ってもうまく聞きとれず、ナイフやフォークを持とうとして落としたり、ワインをグラスに注ごうとしてこぼしたりした。肉の味もワインの味もよく分からなかった。

どうしました？　というように、祥司が千尋を見た。千尋は慌てて視線を外した。無意識のうちに、正面に座る祥司のことを凝視してしまっていた。身体障害者手帳。障害者。どこかに「それらしきもの」がないか探り当てようとしていた。「普通」とは違う部分を見つけ出そうとしていた。自覚した瞬間、その卑劣さに虫唾《むしず》が走った。

「……大丈夫ですか？」

だが、分かっていてもやめられない。サラダを取り分け、ステーキを切り、チョリソーをかじる。休むことなく目の前の料理を食べ続ける祥司を、千尋はずっと目で追っていた。だが、「それらしきもの」はどこにも見当たらない。

駄目だ、やめよう。千尋は、急に目が覚めたように思った。祥司が取り分けてくれたシーザーサラダに箸をつける。どうですか？　というように片眉を上げた祥司に、千尋はうなずいてみせた。イチボのステーキの塊を大きく広げた口に入れる。赤ワインがよく合った。

「なんか、大変なことになってきましたね、世の中」

いつも太呂さんの店で話しているような他愛《たわい》もない話が続いたあと、新しいチューハイを開けながら、祥司がぼそりと言った。

「ほんとですね。うちに来るお客さんもみんなその話してます」

「福岡のほうも感染者が増えてきてるみたいですけど、ご家族は大丈夫ですか？」

「二、三日前に妹と電話したんですけど、向こうの中学校もやっぱり休校だそうです。でも、自分はもとから学校に行ってなかったから別に変わらないって笑ってました」

「妹さんらしいですね」

「はい。元気そうだったのでひとまず安心しましたけど、父親が外でウイルスをもらってこないか心配です。父親が感染したら、妹も濃厚接触者になりますからね。早いところ自宅勤務に切り替わってくれるといいんですけど、仕事柄、なかなか難しいみたいで」

「自動車メーカーの営業でしたっけ？」

「はい。ほとんど家にいなくて、顔を忘れそうになるくらいで」

祥司がおもむろに箸をとり、シーザーサラダの器に残っていたクルトンを器用に摘まんだ。返事に困っているのだ、と分かった。

「そうだ」

千尋は自ら言葉を継いだ。

「プレゼントがあるんです、祥司さんに」

祥司の目が大きくなった。

「僕に？」

「そうですよ。だって、お誕生日じゃないですか」

寝室のクローゼットに隠しておいた、白いリボンが巻かれた紺色のギフトバッグを祥司に渡した。

中身は、チューブ型の薬用ハンドクリームとマスクだ。マスクは、色違いで三枚入れている。

「祥司さん、前に、職場の洗剤で手が荒れて困る、って言ってましたよね。わたしも職場で洗い物とかするので、手荒れにはずっと悩まされてたんですけど、それを使い出してからよくなったんです。よかったら祥司さんも試してみてください。合うかどうか分かりませんけど、一応、ちゃんとしたメーカーの、けっこういいものなので大丈夫だと思います」

「えっ……ありがとうございます」

「あ、マスクはおまけです。いま、ほんとにどこにも売ってないでしょう。わたしも毎日そのマスクなんですけど、機能性よし、つけ心地よし、しかも何回も洗って使えるので、すごくおすすめです。ショッピングモールは人も多いだろうし、たくさんあったほうが安心かなと思って。なんか、わたしのおすすめばかりで申し訳ないですけど」

「いえ、嬉しいです。ありがとうございます、ほんとに」

祥司は二つをギフトバッグに戻し、丁寧にリボンを結び直して、傍らに置いていたショルダーバッグに入れた。一瞬、どきりとしたが、財布を気に留める様子はない。

「祥司さんって、持ち物にはこだわりがありそうだし、下手なものをプレゼントしても使ってもらえないかも、って迷った結果、すごく実用的なものになってしまいました」

「そんなことないですけどね……。いただけるものはなんでも嬉しいです。すみません、なんだか気を遣わせてしまって」

「いえいえ、とんでもないです」

「さっそく明日から、いや今日から使わせてもらいます」

「ぜひぜひ」

互いに居住まいを正し、頭を下げ合う。それから、しばらく顔を見合わせた。

「……もしかして、眠くなってきました？」

「……はい、ちょっとだけ」

シンクには空の缶チューハイが四つ置かれていた。酒の弱い祥司にしてはかなりの量だ。二本あった赤ワインも、すでに二本目が残り半分ほどになっている。ほとんど千尋が一人で空けたものだ。

「飲みましたねえ」

「ほんとですね」

「お肉も、あんなにあったのに」

「ほんとですね」

「いつの間にかデザートに突入してるし」

「ほんとですね」

祥司が慌てたように言った。

「おいしいです、すごく。おうちにお邪魔させてもらって、デザートまで準備してもらって、ありがとうございます、なにからなにまで」

「いえ、わたしのほうからお誘いしたので。甘いもの、お得意でよかったです。調子に乗っていっぱい作っちゃったけど、祥司さんに食べてもらえなかったらどうしよう、って、実はかなり心配だったので」

「そうだったんですね。甘いもの、嫌いじゃないですよ。だけど自分ではあんまり買わないので、久しぶりに食べられて、むしろ嬉しいです」

祥司の皿の上は綺麗に片付いていた。ドレッシングやグレービーソース、生クリームといったものも残さず拭いとられている。太呂さんの店でも、いつもそうだ。

食べ方や食べ終わったあとの皿には、その人物の品性が表れる。日々、店で、客が立ったあとのテーブルを片付けている千尋が、常々実感していることだ。

祥司の食べ方が綺麗なのは母親の躾《しつけ》だろうか、と想像し、それから、祥司の両親がすでに他界していることを思い出した。祥司は自分の話を、特に自分の過去の話をしたがらないので、詳しいことは知らない。だが、二十代前半で両親とも亡くしているというのは珍しい。

病気だろうか、事故だろうか。祥司が何歳のときのことだったのだろうか。両親とはどんな関係だったのだろう。いまさらそんなことが気になりだす。

「そうだ、そろそろ映画でも観ますか？」

祥司の声で引き戻された。千尋は同意すると、準備しておいた残りのデザートを冷蔵庫から出してきて、ローテーブルに並べた。ダイニングテーブルのほうは散らかしたまま、各々のグラスだけを持ってソファに移動する。すっかり酔いの回った祥司がソファにどさりと腰を下ろしたとき、千尋は急に、自分の家に自分以外の人間がいる、という事実を強く実感した。思えば、上京して二年、この家に人が来るのは初めてのことだった。少しの間だけ交際していた彼氏や裕子さん、家族ですら入ったことのないこの部屋に、いま、祥司がいる。なんとも不思議な感じだ。

祥司が右で、千尋が左。太呂さんの店と同じ並びが、やはりしっくりきた。

ふいに触れた祥司の手が熱かった。

「眠いですか？　大丈夫ですか？」

「ぎりぎり、大丈夫です」

きっと寝てしまうだろうな、という千尋の予想どおり、映画の中盤を過ぎたあたりで、横から寝息が聞こえてきた。千尋は、右肩に寄りかかってきた重みをそっと押し返した。祥司の体をそっと横にし、アームレストに頭の位置を合わせると、映画を止め、もう一枚カーテンを引いた。規則正しい寝息が続いていることを確認して、自分はラグの上にぺたりと座る。

薄暗い中で、千尋は一人、気の抜けたウイスキーを飲んだ。ローテーブルに二つ並んだグラスは、太呂さんの店で祥司と初めて会った夜を思い出させた。

穏やかな午後だった。カーテンの細く開いた隙間から陽光が差して、床に日溜まりを作っている。外を吹く風の匂いや感触までも感じられるようだ。ベランダに干しているバスタオルがたなびき、カーテンに映る影を妖しげに動かす。すぐ近くで、バイクがぶうんと停《と》まり、しばらくしてまたぶうん、と走り去る音がした。千尋はベランダのほうに体を向けて、手酌をしながら、自分で作ったロールケーキを食べた。

酔いが全身に行き渡っていく心地よさを感じながら、ソファのほうに視線を移した。祥司は、千尋が横にしたままの状態で、腹のあたりに無造作に両手を置き、眠っていた。服の下の腹が、呼吸に合わせて緩やかに上下している。千尋は、尻をずらしてソファの近くに寄ると、ただじっと、眠っている祥司を見つめた。

祥司の顔を正面から見たことは、そういえばあまりなかった。思い返してみても、はっきりと頭に描けるのは横顔ばかりだ。いつも隣同士に座っているからだろうか、左側からの横顔、それが千尋にとっての祥司のイメージだった。

こうして見ると、祥司はなかなかに美しい顔をしていた。眉目秀麗というのとは違うかもしれないが、慎ましく端整なその顔立ちは、なるほどまさしく祥司という人物を表しているという気がした。そして、その顔に連なる上半身と下半身。いつもの服を着て横たわっている祥司には、どこか作り物のような無機質さがある。

すぐそこに、たやすく触れることのできる無防備な肉体がある、ということが、そのとき急に意識された。いつも背けている顔をまっすぐに捉え、隠している体に直に触れたとき、祥司はどんな表情を見せるだろう。人に――しかも異性に――対してそんなことを思うのは初めてで、千尋は戸惑った。だが、祥司に対する尽きせぬ興味と、いまこの瞬間の深い酔いが、千尋の中に生まれた欲求を強く後押ししていた。

息をつめ、その体にさらに近づく。胸のあたりにちょうど日が当たっていて、シャツの繊維までもがくっきりと見えた。薄く、平らな、痩せた体。そのうち、鼻と喉仏だけがなにかを主張するように突き出している。

千尋は、そのまましばらく祥司の規則的な寝息を聞き、腹が上下するのを眺めた。それから、意を決して、祥司の体に震える手を伸ばした。シャツの裾を少しだけめくる。

めくった分だけ肌が露わになる。そっと手を当てると、さらりとした感触とほのかな体温が伝わってきた。

さらにもう少し。そこに唐突に現れたものを見て、千尋は息を呑んだ。

傷。脇腹からあばらにかけて、太く長い、岩で抉ったような白い傷があった。新しいものではなく、ゆえに痛々しさはなかったが、それでもやはり異様であることには違いなかった。脛だけでなく、腹にも――。

身体障害者手帳。祥司の財布に見つけたあの黒い手帳が脳裏に浮かんだ。そういうことか――。

「気持ち悪いでしょう?」

千尋ははっとして、握っていたシャツの裾を離した。目を覚ましていた。いつの間に。

ない。


「ごめんなさい。わたし――」

「小学生のときに交通事故に遭って、そのときにできた傷なんです」

祥司の目は閉じられていて、口だけがぼんやりと開いていた。夢うつつで喋っているのかもしれない。

「……事故、だったんですね」

千尋は、戸惑いながらも、ささやくように語りかけた。

「はい。父親はそれで死んで」

「……これ、痛むんですか？」

「全然。だけど、軋むんです、体が。こんなふうになってもう長いから、無理が来てるんでしょうね、いろんなところに」

祥司はゆっくりと喋った。

「よくないのは、右側？」

「そうです。手も足も」

「あんまり触らないほうがいいですか？」

「別に構わないですよ」

千尋は、スラックスの上から祥司の右の脛を両手で包むようにした。ゆっくりと、優しく揉んでみる。祥司がむくりと体を起こした。ソファから足を下ろす。千尋も隣に腰かけた。

「あの日は、ちょっと、足を使いすぎちゃったんです」

すぐにぴんときた。あの夜のことだ。

「あの日は、崎田――たまに話してた同僚です――に馬鹿みたいに走らされたんです。僕で遊ぶのは、あいつの昔からの暇つぶし、気晴らしみたいなもので……。走ってる最中から、これはまずいかも、っていう予感はあったんですけど、帰る途中で急に右足が動かなくなって。ちょっと体が濡れちゃってて、かなり冷えてたのもあったのかもしれません。それで、回復するまで、あのベンチで休んでたんです」

祥司が、シャツの裾を直し、わずかに千尋のほうを向いた。

「すみませんでした、あんな言い方して。でも――」

祥司は、ごくりと唾を飲み下し、表情を引き締めた。

「もう終わりなんだ、もう会うことはないんだって思ってました。あの夜の千尋さんの様子だと、きっとそうなんだろうな、と……。だから、また連絡が来て驚きました」

どういうつもりですか。

祥司はすでに視線を落としていた。だが、その一言は、なおもまっすぐ千尋に向けられていた。

「どういうつもりですか。同情心、正義感……それとも、あの夜の罪滅ぼしのつもりですか。まだこうして僕に構うのは」

好きだからです、それでも、まだ。そう言いかけて、すんでのところで押し戻した。弁明するように、自分を庇《かば》うようにそれを口にするのはずるい。どういうつもりなのか自分でも分からないまま、無責任に相手に投げつけるべきではない。それに、それだけでは、祥司にはきっと伝わらないだろう。家族もない、友人もない、誰かと映画館に行くことも、クレーンゲームをやることもない。そんな人間に、たった一言で伝わるはずがないのだ。

「かわいそうな人だって思ってるんですか。見捨てることなんてできない、一人ぼっちにはさせられない、自分がそばにいてあげないといけないって、そう思ってるんですか」

千尋は何度も、ちぎれそうなほど首を振った。だが、いったいなにが違うのか自分でも分からなかった。自分こそが、祥司に幸せをもたらす一番の存在でありたい。これからもずっと。その想《おも》いは、いまでも変わらず続いている。そこに、祥司の言うような感情がわずかでも混じっていないと言い切れるだろうか。

「千尋さんは僕に、なにを望んでるんですか」

そんなこと、千尋自身にも分からない。あの夜から続く自分の心の分からなさは、恐ろしさに昇華しつつあった。あのとき祥司の外身に対して確かに湧いた嫌悪と拒絶のまなざしを、いまは自分自身に向けていた。

この混沌《こんとん》とした胸の内は、なんと言えば伝わるのだろう。その答えを見つけられず、千尋はただ、震える唇に力をこめ、せり上がってくる嗚咽を呑みこみながら祥司を見つめていた。

「千尋さんがなにを望んでも、きっと僕はそれに応えられません」

なんの感情も意思も湛《たた》えていない、しかし、どんなものをも貫かんばかりの鋭さと冷たさをもった目が、千尋をじっと見つめ返す。

「僕から望むこともありません」

やっと、ようやく、祥司を覆う膜の向こう側が見えた気がした。きっと、こんなことばかりだったのだろう。近づけば、傷つく。だから離れているのだ。離れて、離れて、刃《やいば》がちらついたら、ほら、やっぱりね、と寂しげに笑ってみせる。いままでずっと、そうやって自分を護ってきたのだ。その証拠に、祥司は至って冷静だ。表情すら変わらない。

祥司が出会い、その寂しげな笑みを向けてきた数々の友人、先輩、後輩、異性、同僚。自分もまた、そのうちの一人として片付けられようとしていることが悲しかった。挽回《ばんかい》のチャンスが欲しかった。千尋は必死に言葉を紡いだ。

「――覚えてますか、祥司さんと初めて会ったときにわたしが話したこと。人間は外身と中身からできてて、外身は自分では選べない、生まれながらに決まってるものだって」

「……そうでしたね」

「わたしは自分を外身で判断されたくない。だからわたしも、誰かのことを見える部分だけで決めつけたくないんです。あの夜、びっくりしたのも、ちょっと怖かったのも、触るのをためらったのも事実です、だけど今日、こうしてお会いしてはっきりしました。わたしにとっては、そういう外身の問題よりも、祥司さんの中身のほうがずっと重要なんです。好きなもの、得意なこと、子供の頃の話や将来の夢――わたしはそういうことを知りたい」

祥司の手が、その痩せた膝から力なく滑り落ちた。

「――ないんです」

声が、膝元にこぼれ落ちる。

「自分がなにを好きだったか、なにが得意だったか……事故の前の自分がどんな人間だったのか。もう、分からないんです」

祥司の手をとり、握る。硬くて、冷たくて、震えていた。

「――事故に遭って化け物になって、死ななかったから生きてるだけで、僕のことなんか誰にも見えてなくて、ポニー、ポニーって嗤われて。それでよかったはずなんですけど……だけどもう、分からないんです」

声は慟哭《どうこく》しているのに、涙は一滴も流れていなかった。汚れたガラス玉のような目は、がらんどうで、なにも映してはいない。その、声と表情の不釣り合いが不気味だった。

「全部……全部、化け物に食い尽くされてしまいました。空っぽなんです。千尋さんに見せられるような中身なんて、もう、なにも残ってないんです。僕は――僕の人生は、なんのために続いてるんでしょうか……」

ああ、これはいけない。千尋は、巨大な恐怖が雪崩のように襲ってくるのを感じた。なんの意思も感情も湛えていない瞳。頬に落ちる影。そばにいると寒気がくるほどの陰鬱なオーラ。生気という生気がごっそりと抜け落ちている。

「ねえ、千尋さん」

こちらは見ないまま、祥司が呼んだ。

「千尋さんには、僕が何色に見えますか？」

「……色？」

「僕は紫色なんです。この体が紫色に見えるんです。踏まれて潰れて、中身が飛び出したブルーベリーみたいな色に」

紫の、化け物なんです。

自らの言葉に反応するように、その体がかたかたと震えだす。紫の、紫の、紫の――。なおもうわごとのように繰り返す祥司を、千尋はしっかりと抱きしめた。腕に力をこめ、その内側で震える体を、自分の体で感じていた。

「――ずーっとこうしてたら、だんだん、ちょっとずつ、わたしのほうに移ってきたりしませんかね、紫色」

どうして自分は違うのだろう。祥司は紫色なのに、どうして自分は紫色ではないのだろう。悔しかった。祥司になりたい、と千尋は思った。自分が祥司を、その紫の化け物を引き受けてあげたい、と本気で思った。

千尋の鼻先が祥司の肌に触れる。そこに、ほのかな香りを嗅ぎとった。

心が息をやめようとしている人間の香りだ。いったいいつからこんなふうだったのだろう。まったく気づかなかった。どうしよう、どうしよう、どうしよう。今日、祥司をこのまま、この部屋から出すわけにはいかない。一人にするわけにはいかない。

咄嗟にキスをした。言葉は届かないと思った。

「祥司さん」

幼児に言い聞かせるように、しっかりと目を見て、名前を呼んだ。その骸骨じみた顔を両手で強く挟み、こちらに向ける。

「死んじゃいけません。祥司さんがいなくなったら、わたしが悲しいです。だから、わたしがいいと言うまで、祥司さんが死ぬことは許されません。いいですか、祥司さんは、わたしのために生きてるんです。反論は受け付けません」

どことなく焦点の合っていない、不安定な視線。千尋の言葉から少し遅れて、祥司が笑った。顔の力を抜いただけの、感情の残りかすのような。

違う、違う、違う。焦りのあまり泣きだしてしまいそうだった。違う、そうじゃない。ここは、わがままだなあ、と言うところだ。控えめに口角を上げて、きゅっと目を細めて、目尻の下に鉤括弧のしわを寄せる、あの笑顔で笑うところだ。

半泣きのまま、乾いた唇の隙間から舌を押しこんだ。骨の形を確かめるように祥司の腰に手を回し、体ごと抱え上げるようにしてベッドに移る。唇は離さない。離したら最後、祥司がこの腕の中から消えてなくなってしまいそうな気がした。祥司を下にして、ぴったりと体を重ねたまま唇を貪った。もうなにも思い出さなかったし、なんの抵抗も嫌悪もなかった。ただ、この人を生かさなければ、生へと引っぱり上げなければ、という使命感だけが燃え盛っていた。

祥司の白いシャツのボタンに手をかけた。逸《はや》る気持ちを抑えながら、上から下まで残らず外し、シャツをはだける。硬く盛り上がった胸、綺麗に割れた腹、引き締まった腕。傷だらけの体が露わになる。細いもの、太いもの。短いもの、長いもの。まるでミミズでも這い回っているかのような傷が全身に散らばっている。

——生きてきたのだ。この体で。

顔を寄せると、すっかり嗅ぎ慣れた柔軟剤の匂いがした。もう一段、体が熱くなる。もう止められなかった。

千尋は、首筋の傷にそっと唇を重ねた。左の肩から、胸、腹を通って、右の脇腹へ。迷路で遊ぶ子供のように、傷の一つひとつに途切れなく口づけ、舌先を這わせていく。

ここに中身を詰めこんでやる。この空っぽの体に、生きる気力を詰めこんでやる。祥司が一人、ひっそりと最後の崖から落ちかけたとき、今日のこの最上の快感と、それを与えた存在を嫌でも思い出すように。一度でも満たされれば、それは、人一人をこの世に繋《つな》ぎとめる命綱となりうるかもしれない。

千尋さん、ちょっと、千尋さん。意に反して漏れはじめた息の隙間から祥司が呼んでいる。自分がどこに連れて行かれようとしているのか分からず、とにかく手を伸ばして形あるものに触れようとしているような声。だが、千尋は構わずに続けた。

全身の傷は、見慣れてくると、ある種の体系的な文様のようにも見えた。ずっと昔にその場所に刻まれ、これから先もそこにあり続けるのだろう傷に、愛しさすら覚える。

それらに導かれるまま、千尋は祥司のベルトを外し、スラックスを下ろした。折れてしまいそうに細く、まったく日に焼けていない、体毛の薄い足。あの夜にも見た祥司の足が、以前交際していた男のそれと重なった。

ごめんなさい。わたし、どうしても駄目なの。今度は大丈夫かもしれないと思ったんだけど、やっぱり駄目みたい。ほんとにごめんなさい。もう別れてくれていいから。

だが、元彼は引き下がってくれなかった。

――そういうのはさ、結局、ただの思いこみなんだって。一回やってみれば、案外なんてことないもんだから。大丈夫、俺を信じろよ。

テレビ台の引き出しから避妊具を探し出すと、元彼は作り物のように輝く歯を千尋に向けた。そして、千尋の体にしっかりと両腕を回し、粘りつくようなキスをした。その瞬間、千尋の五感は強制的にスイッチを切った。

そのマネキンじみた脛だけが、いまも瞼の裏に焼きついていた。髭に始まり、腕、脇、胸、腹、陰部、腿、脛。上から下まで、あらゆる部分の体毛が完璧に処理されたその体は、明らかに異性に見せることを意識したもので、急に気味が悪くなったのを覚えている。

自分がどんなふうに抱かれたのか。一連の記憶は綺麗に抜け落ちていた。次に五感のスイッチが入ったとき、千尋は元彼の煎餅布団の上で、裸で震えていた。小さなボリュームで深夜番組が流れていて、家主はいなかった。きっと煙草でも買いに出ているのだろう。そう思ったとたん、わずかながら体温と気力が戻って来て、千尋はよろけながら自分の下着を掻き集めた。服を着て、荷物をまとめ、窓ガラスを鏡に髪を手櫛《てぐし》で整えて部屋を出た。鍵は開けっぱなし、テレビも点けたまま。コンビニエンスストアとは反対方向に走り、やっとの思いで駅に着いた。倒れこむように乗った終電二本前の私鉄の中で、元彼の番号を着信拒否にしたうえで削除した。電車が走り出した瞬間、我慢していた涙が決壊した。安堵と、そして屈辱の涙だった。

もっと深く祥司に触れたい。そして触れられたい。ごく自然に湧き上がってきた感情に、千尋は驚き、そして静かに歓喜した。突き抜けた、と思った。七年前の「あの一件」、数々の忌まわしい過去。その分厚く黒い雲を、いまようやく突き抜けたのだ、と。体が浮いて飛んでいきそうなほどの青空。ああ、やっぱり、この人のことが好きだ。純粋に、心から。

足首、脛、太腿、腰。千尋が口づける音と、徐々に荒くなっていく祥司の息遣い。そこにすすり泣く声が混じりはじめたことに気づいて、千尋は顔を上げた。

「——大丈夫ですか?」

小さく問いかける。

「——やめておきましょうか」

「大丈夫、大丈夫……」

上半身の先から返事があった。

「ずっと、誰かと、こんなことをしてみたかったんです。だけど、本当にそんな日が来るなんて思ってなかった……」

がらんどうだった目に、涙——。体の芯が疼くのが分かった。チャイナワンピースを足から抜き、下着もすべてとる。それとなく自らの股間を覆い隠していた祥司の手をそっとどかし、ボクサーパンツの中に自分の右手を滑りこませた。足を絡め、空いているほうの腕を首に回し、祥司の耳もとに口を寄せる。

「どこでも、好きなところを触ってください」

日々の力仕事でしっかりと筋肉のついた二つの腕が、ためらいがちに千尋の背中に回された。骨ばった両手の感触は、初め、肩甲骨と腰骨の間を窺《うかが》うように行ったり来たりしていたが、千尋の右手の動きに合わせて徐々に下へと降りていき、覚悟を決めたように強く尻を摑んだ。その手には、確かな温度が戻ってきていた。

千尋は祥司のキスを迎えた。先ほどとは違う穏やかなそれは、川が海に流れこみ、海がまた川へと分かれるような、継ぎ目のない、心地よいものだった。夢中になって祥司の唇を吸う千尋の頬にも、涙が伝っていた。

祥司の手が腿を何度も優しく撫で、やがて、そろりと前に回ってくる。呼吸が止まる。千尋は思わず唇を離した。

「……嫌ですか?」

「……いえ」

祥司の指の腹が千尋の入口を割り、遠慮がちに内側に触れる。

「なんだか、すごく……」

千尋は恥ずかしさに小さく笑い、布団の上で身をよじった。祥司がなにを言おうとしたのか、千尋自身にも分かっていた。

千尋は、祥司を見てささやいた。

「初めて、ですか?」

祥司が首を縦に振る。

「……つけたことは?」

今度は、横に振る。

千尋は起き上がり、ベッドの上から棚の薬箱に手を伸ばした。その中にコンドームの箱が入っていた。取り出すのは久しぶりだ。箱の開け口が雑に破りとられている。

——そんなの先に言えよ。こっちはもうつけちまってんだよ。

先に言った。何度も言った。それでも聞く耳を持たず。強引にホテルに連れこんだのは男のほうだ。飲み屋で声をかけてきた粗暴な印象の男。もう顔も名前も覚えていない。

——ったく。じゃあ、これ、無駄じゃねえか。どうしてくれるんだよ。

いつ買ったのか知らないが、自前のコンドームを開け、装着したのは男の勝手だ。触ってもいないのに、男はすでに勃起していた。

男の自慰が終わるのを、千尋は床に正座して待っていた。部屋のテレビの有料チャンネルを観ながら射精した男は、これ捨てとけ、と自分の精液が入ったコンドームを千尋に投げつけた。そのまま、その手を突き出す。

——ゴム代。

差し出した千円札をひったくるように取ると、男は先に部屋を出ていった。残されたコンドームの箱は千尋が持ち帰った。払った金のことを思うと捨てられなかった。

「——千尋さん？」

祥司が首を浮かせてこちらを見ていた。

「——ああ、すみません」

嫌な思い出がよみがえったせいで、忘れていた緊張が襲ってきていた。互いに準備は整ったのに、体が動かない。

「千尋さん」

祥司が体を起こす。

「代わりましょう。たぶん、僕が上のほうがいいですよね」

初めてにしてはスムーズに千尋の中に入ると、祥司は、火にかけた鍋を掻き回すように丁寧に腰を動かした。千尋は声を抑えなかった。ようやく辿り着いた快感に身を任せながら、腰のあたりを摑む祥司の指を一本ずつ剝がし、自分の指を絡めていく。ゆっくりと被さってきた祥司の体は汗ばんでいた。

「——体、辛くないですか？　痛みませんか？」

「大丈夫です。すみません、重いですよね」

「大丈夫です」

荒い呼吸の隙間で言葉を交わし、そしてまたキスを交わした。やがて祥司は、千尋に少し遅れて、果てた。ほんの一瞬だけ息を止めて、声もなく果てた。無遠慮に落ちてきた重みを、千尋は言い知れぬ充実感とともに受けとめた。

「——どうでしたか。気持ちよかったですか」

「はい。だけど……疲れました。少し休んでもいいですか」

言い終わらないうちに、すうっと瞼が落ちる。千尋は、祥司の火照《ほて》った体に布団をかけた。一緒に眠るか、しばらく一人にしておくべきか。迷っていると、目を閉じたまま、祥司がおもむろに腕を伸ばしてきた。千尋は、祥司の顔を胸に押しつけ、その髪を優しく撫でた。布団の内側は、二人分の肌のにおいで満ちていた。

「——子供の頃」

温かい息が裸の乳房に当たった。

「泣きじゃくる僕を、母が、こんなふうに抱きしめてくれたことがあるんです。当時は嫌で、なんとか脱出しようとして暴れに暴れたんですけど、最近、よくそのことを思い出して後悔します。あのとき、もっとちゃんと抱きしめられておけばよかったな、って」

千尋はなにも言わず、ただ髪を撫で続けた。

「……こんなに幸せなことがあるなら、もうちょっとだけ生きてみてもいいかな、って思いました」

二〇二〇年四月

10

「あ、マスクしてんだ？」

店に入ってきた絵美を見て、孝志朗は言った。買い物に出たついでに寄ってみた、という絵美の手にはドラッグストアのレジ袋があり、そこからラップフィルムとキッチンペーパーが覗いている。

「さすがにするでしょ、このご時世。孝志朗もしたほうがいいよ、接客業なんだから。まあ、いまは全然お客さんいないけど」

「俺、マスクって好きじゃないんだよな。うっとうしいし、暑いし、喋りにくいし。あと、最後のは余計」

「わたしもそうだけど、あの人に言われたからさ」

「父ちゃんに？」

「うん。昨日、めずらしく早く帰ってきたと思ったら、まっすぐわたしの部屋に来て、『明日はどこか行くのか』って訊いてきてさ。何事かと思って身構えてたら、『マスクして行けよ』って。それで、今朝、テーブル見たら、マスクの箱が置いてあったの。大きめのやつと小さめのやつ、二箱」

「へえ、あの父ちゃんが」

「そうなの。あの無関心と放任主義の権化《ごんげ》みたいな人を動かすほどの事態なんだと思ったら、マスクしなきゃ、と思って、今日からしてる。小さめのほう」

「わ、なんか急に怖くなってきた。いままでニュースとか見てても全然ぴんと来てなかったのに」

「マスク、まだ持ってないなら早く買いに行ったほうがいいよ。いま、どこも品切れになってきてるから。あと、トイレットペーパーとかウエットティッシュとかも」

　これもお一人さま二つまでだった、と、袋から詰め替え用のウエットティッシュを取り出す。今朝のドラッグストアの行列はそういうわけか、と孝志朗は得心した。

「そうだ、おまえ、うちで買っとくもんはないか？」

「うん、いまのところ。なんで？」

「店、しばらく閉めるからな。なんかいるもんあったら今日買っとけよ」

「え、なに、ここ潰れるの？」

「潰れねえよ、失礼な。緊急事態宣言、緊急事態宣言って、ここんとこテレビで毎日言ってるだろ。お上の命令となれば閉めるしかねえよ」

「いつまで？」

「さあな。五月の連休を見越しての発令だろうから、ひと月は開けらんねえだろうな。まあ、自然が相手だから、連休明けに状況がどうなってるか読めねえし、俺にはなんとも言えねえな」

絵美の表情が曇る。

「……じゃあ、わたしも、ひと月はここに来られないってこと？」

「寂しいか」

「全然」

孝志朗はふん、と笑った。どうせ、そう言うと思っていた。

「手紙」

わざとぶっきらぼうに言う。

「そういうわけだから、当分、置いておいてやれない。すまんな」

ほら、と孝志朗は脚立の上から絵美に手紙を差し出した。

「ひとまず、これが最後だ」

絵美は、それを手を伸ばして受けとると、晴れない表情のまま口を開いた。

「でも、そんなに長く閉めて孝志朗たちは大丈夫なの？　お金なくなっちゃうんじゃないの？」

孝志朗は、脚立の上で笑った。

「お気遣いありがとよ。でも、まあ、大丈夫だろ。ここはもともと親父の道楽みたいなもんだから、ちょっとくらい閉めたところで特に支障はねえんだ。ここの売り上げを家計の足しにしようなんて、うちの誰も思っちゃいねえし」

外でばりばり働いている糸原家の女連中にとっては、この店は、ふらふらしている一家の問題児をとりあえず置いておくのにちょうどいい入れ物、程度の認識だ。

「ただ、これからどうなるか分かんねえからな。あんまり長引くようだと、閉店って可能性もなくはない。固定費だの維持費だの、閉めてたって金は出ていくからな。家計の足しにはならなくてもいいが、家計のお荷物になるようじゃ困る、ってわけだ」

「そうなったら、孝志朗、どうするの」

「そりゃ困るさ。だから、そうならないように祈るしかないわな、この事態が早く収まってくれるのを」

臨時休校中の家庭学習用に消しゴムとシャープペンシルの替え芯を買って、絵美は店を出た。孝志朗は、店の前まで出て、その姿を見送った。

春らしい、生温かい風が、街や人を撫でるように吹いていた。曇っているが、雲は薄いようだ。雨が降り出す気配はない。

「じゃあね。潰れないでね」

「おまえも、うつんねえように気をつけろよ」

「お互いね」

「はいはい。じゃあな。あ、ちょっと待った」

そういえば、といま思い出したかのように切り出す。

「少年から伝言。さっき、手紙、渡したろ。あれに連絡先を書いてるんだと。もしよかったら連絡くれ、ってさ」

「連絡先って、誰の」

「少年のだろ、そりゃ。他に誰がいんだよ」

絵美が、孝志朗の顔を見たまま、呆《ほう》けたように、ぱちぱちと瞬《まばた》きをした。

馴染みの男性客がやってきて、店先に立っている二人に声をかけた。そのまま店に入っていく。

「じゃ、俺は戻るぞ」

ひらりと手を挙げる。

ひと月か、と孝志朗は思った。誰よりも寂しいのは自分かもしれない。


第一声を聞いた瞬間に、なにかよくないニュースがあるのだと勘づいていた。声が硬かったし、笑い方も不自然だった。相手は、終始、心ここにあらずといった様子で、絵美の言葉を何度も訊き返した。その目は泳いでいて、ここまで一度も絵美を見ようとしなかった。ビデオ越しに伝わってくる雰囲気に、いつもと違うものを感じた。

「今年の誕生日のことなんだけど」

それでも、電話の切り際にそう言われた瞬間、心臓がきゅっと絞られた。

「来られないんでしょ。分かってる。こんなご時世だしね」

先回りして、全部、自分で言う。そのほうがショックは小さいと思ったのだが、そんなことはなかった。むしろ、より大きくなったようだ。英単語を覚えるとき、音読すると頭に残りやすいというが、それに似ている。

「ごめんね。ほんとにごめん」

姉の声は小さく、いまにも消え入りそうだ。

「どうしようもないよ、これぱっかりは。お姉ちゃんのせいじゃないんだから謝らないで」

本当は、大声で喚き、駄々をこねたかったが、ぐっとこらえる。言っても意味のないことは言わない。ずっと、そうやって頑張ってきた。

緊急事態宣言の発令に伴って、政府から県外への移動の自粛が要請されていた。さらには、東京都、福岡県はともに特定警戒都道府県の対象となっている。姉が絵美のもとにやってくるなど言語道断だ。

電話を切ると、胸の重苦しさだけが残った。勉強机の椅子に座ったまま、机の上に置いた、誰ともつながっていないスマートフォンをぼんやりと眺める。

姉妹の誕生日はともに四月で、一緒に住んでいた頃から、互いの誕生日は一緒に過ごすのが二人の間の決めごとだった。それは、離れて暮らすようになってからも変わらなかった。これまでのように、どちらの誕生日も、というわけにはいかなかったが、それでも去年は、姉が絵美の誕生日に合わせて帰省してくれた。姉の誕生日は昭和の日、祝日なので、仕事の休みも取りづらいし飛行機代も嵩《かさ》む。だから、平日の、絵美の誕生日のほうに合わせてくれたのだ。絵美は普段から学校に行っていないから、平日でも関係なく姉と出かけることができた。

四月の中頃というのは、屋外で過ごすのには一番いい季節かもしれない。寒くもなく暑くもなく、台風や大雪の季節でもない。がら空きの遊園地で姉とソフトクリームを舐めながら、来年も来ようね、と話したのだ。それが、まさかこんなことになろうとは。

時間とお金の都合上、姉は昨年末に帰省しなかった。どうせ四月には帰るんだしね、と言っていたのだが、それができないとなると、次に会えるのは今年の年末ということか。だが、その頃、この状況がどうなっているかは分からない。

今年の誕生日は姉に会えない。それどころか、次、いつ姉に会えるのかも分からない。その厳然たる事実が鉛となって、ずん、と絵美の胸に落ちてくるようだった。絵美はただ、それをじっと感じていた。悲しいとか悔しいとかではない。ただ、胸に重苦しさがあるだけだ。うめき声が漏れる。それは、絵美の声ではなく、その心自体が軋んで出た音のようだった。

学校には行っていないが、毎日、時間割どおりに自習している。親に迷惑はかけていないし、警察の世話になったこともない。食料品や日用品だって一円でも安いところで買っているし、料理も洗濯も父親のぶんまでやっている。バレンタインデーには、小遣いをはたいて少年にプレゼントを買った。生活費を切り詰めて貯《た》めた小遣いだ。他の中学生と比べても、けっこう真面目にやっているほうではないだろうか。

わたしのなにがいけなかったのでしょうか。やっぱり、ちゃんと学校に行っていないからですか。人に愛想よくしないからですか。それとも、あの人の悪口ばかり言っているからですか。これからはちゃんと学校に行くし、人に愛想よくするし、あの人の悪口も一切言いません。そう誓ったら、年に一度の、わたしの一番の楽しみは戻ってくるのでしょうか。ねえ、神様。

なにかに向かって問いかけているうちに、胸を突き刺しては引き抜くような悲しさが、悔しさが追いついてきた。誰のせいでもない。それがやるせなかった。おまえの日頃の行いのせいだと指を差されたほうがまだいい。

気を逸らすように、少年からもらったスケッチブックを開いた。大きいサイズのほうだ。せっかく、そのためのキャンバスも時間もあるのだ。店に行けない間は、試し書きノートには描けないような大きな絵に取り組もうと考えていた。

描いているのは、窓から見える春の風景だ。家にいたまま描ける、何日も動かない構図となると、それくらいしかない。

盛りを過ぎた桜のてっぺん。ベランダの柵に気まぐれにとまり、またすぐに発《た》つ鳥。青空の仕上げに浮かべたトッピングのような、真っ白で柔らかそうな雲。マンションの最上階からは、春の一番深いところがよく見えた。空に近いところでは春はこんなにも満ち満ちているのに、それを見上げる人の姿はまばらだ。麗《うら》らかで、穏やかで、優しげな春。そこに、自分と姉とが今年は会えない理由が漂っているなんて、とても信じられない。絵美は、目には見えない無数のそれらを一つひとつ睨みつけるようにした。

描きかけの桜に新たな線を引く。絵美にとって、絵を描くとは、つまり線を引くことだった。〇・〇三ミリのコピックで、何十回、何百回、何千回と線を引く。慎重に、かつ大胆に。そのうち、それが少しずつ奥行きや陰影をもち、絵になっていく。そういう感覚だ。集中力と根気がいるし、時間もかかる。とはいえ、とにかく家にいなければならない、しかもそれがいつまで続くか分からないという状況では、それはうってつけの作業だった。

だが、今日は調子が出なかった。今年の誕生日は姉に会えない。その事実が胸の真ん中に居座っていて、集中力も根気もどこかへ追いやられてしまっている。いらぬ場所にいらぬ線を加えているだけのような気がして、絵美はついにスケッチブックを閉じた。

この、あまりに大きすぎる喪失を、誰かと共有したかった。孝志朗の顔が浮かんだ。だが、糸原文具店は臨時休業中だ。

ほとんど毎日会っていた、店に行けば必ず会えた孝志朗と、いまはどうやっても会えない。そのことを急に強く実感して、絵美は、まったく知らない土地に一人取り残されたかのような気持ちになった。春になった。だが、絵美が十五歳を迎えるとき、そばには姉も孝志朗もいない。

僕がいるじゃないですか、というように、そのとき、スマートフォンの通知音が鳴った。

——鈴村さん、こんにちは。お変わりないですか？　毎日、どんどん感染者が増えていて、ほんとに怖いですね。四月になって十日が経ちました。僕たちはもう三年生になっているはずなんだけど、全然そんな気がしません。勉強は間に合うんでしょうか？　もういっそ、僕たちの代だけ受験がなくなって、みんな自動的に高校生になれたらいいのになあ、なんて思います。うーん、さすがにそれは無理か。

休校中も、鈴村さんはやっぱり絵を描いているのでしょうか。僕はというと、四月から小説みたいなものを書きはじめました。鈴村さんが、僕には小説が向いてるんじゃないか、と言っていたと、あの店員さんから聞いたので。自分では小説を書こうなんて考えたこともなかったんだけど、鈴村さんがそう言うのなら、もしかしたら向いてるのかもしれません。いま、せっかく時間があるし、挑戦してみようかな、と思いました。

夏休みの読書感想文を書くときに買った原稿用紙が余っていたはずなんだけど、どこに片付けたか忘れてしまって、部屋じゅうを探し回るはめになりました。結局、原稿用紙は、押し入れの、冬物の服の間に挟まってました。なんでそんなところにあったのかは謎ですが、無事に発見できてよかったです。

休校前に、図書館で江戸川乱歩やアガサ・クリスティーを読んだので、僕もミステリーを書いてみることにしました。進み具合は、今朝やっと四枚目に入ったところで、まだなんとも言えません。ちゃんと完結させることが目標なんだけど、どうなることやら。もし最後まで書けたら鈴村さんにも読んでもらいたいです。そうそう、書くのには、もちろん鈴村さんからもらったジェットストリームのシャープペンシルを使ってます。原稿用紙は安物だけど、ペンのおかげで書きやすいです。ほんとにありがとう。

うまいか下手かは置いといて、書くこと自体は、なんとなく楽しいなあと感じています。新しい原稿用紙を出すときに袋の口をぺりぺり破るのとか、消しゴムのくずをゴミ箱にざざっと捨てるのも気持ちいいです。疲れてくると、それまでに書いた原稿をぱらぱら見返してみたりするんだけど、自分が書いた文字で原稿用紙が埋め尽くされているのは、なかなかいい眺めですね。

鈴村さんが手紙を読んでくれていて、しかも僕にこんな提案までしてくれたこと、ほんとにうれしいです。どこまでやれるか分からないけど、とにかく頑張って書き進めてみようと思います。ひとまず、学校が再開するまでに書き終わるのを目標にします。

鈴村さんも、絵、頑張ってください。あのスケッチブック、使ってくれていたら嬉しいです。あ、自習課題を進めるのも忘れないように。お互いに。――

絵美は、そのメッセージを三度、読み返してから、スマートフォンをおき、再びペンを手に取った。少年の文章は春の海のようで、それを読んでいると、絵美の心も少しずつ凪いでいくようだった。鈴村さんも、絵、頑張ってください。

同じマンションの別の一室で、少年が、原稿用紙に向かっている。かりかりとペンを動かしている。それも、自分がプレゼントしたペンを。その様子を想像しながら、絵美は、再びスケッチブックを開いた。


緊急事態宣言の発令によって、もはや会社が住処《すみか》のようになっていた父親も在宅勤務に切り替わっていた。それでも仕事の忙しさは変わらないらしく、基本的には自分の部屋に籠りきりで、トイレに行くときと麦茶を飲むときくらいしかリビングには出てこない。それでも、三度の食事の際には、絵美と一緒にテーブルを囲むようになった。揃って食事をしたことなど数えるほどしかない。そのため、食卓からは、二週間が経っても妙な気まずさがなくならなかった。

昼食は、炒飯《チャーハン》と玉子スープ、フルーツゼリーという簡単なものだった。昨日とほとんど同じメニューだ。それでも、父親は文句を言わない。気を遣っているのではなく、腹さえ膨れれば味など気にしない人なのだ。以前、父親が出張のときに着ていたスーツをクリーニングに出そうとしたとき、そのポケットに全国チェーンの同じ蕎麦屋《そばや》の割引券が何枚も入っていて驚いたことがある。明日も同じメニューを出したとして、父親はきっと気づきもしないだろう。

「おまえ、それだけか」

父親が絵美の盆を見る。そこには、玉子スープの椀《わん》だけがのっている。

「……お腹、あんまり減ってないの」

「だって、おまえ、朝もパン一個だったろう。ちゃんと食わないと駄目だぞ」

「……あとで食べたくなったら食べる」

父親が、レンゲを持っているのとは反対の手でテレビのリモコンを摑んだ。適当にボタンを押し、新型の感染症の専門家が大写しになっているチャンネルで手を止める。

「いつまで続くんだろうなあ」

絵美は返事をせず、テレビ画面にちらりと目をやっただけで、玉子スープの椀から口を離さない。

「ずっと家にいて退屈じゃないか？」

今度は明らかに絵美に対する問いかけだ。絵美は、別に、と言い、その口にさらに玉子スープを流しこむ。

「そうか。それならいいが」

会話はそこで終わる。レンゲが炒飯の器に当たる音だけが響く。テレビ画面には、今度は大きなパネルが映し出されていた。昨日の新規感染者数は何人、累計の感染者数は何人、入院患者数は何人。専門家が、難しい顔でパネルを示しながら説明している。それも含めて、昨日をそのまま移してきたような今日だ。

「部屋で、一人でなにやってるんだ？　絵を描いてるのか？」

「……うん」

「なんの絵を描いてるんだ？」

ほら来た。絵美は口に玉子スープを含んだまま、自分の盆を持って席を立った。流しに食器を置きながら、麦茶を一気飲みして口の中を冷やす。父親はなにも言わなかった。

苛立ちは弱く長く続いた。なんの絵を描いてるんだ、だって。わたしがなにをしてるかなんて普段は気にも留めないくせに、こういうときだけ、思い出したように絵の話なんてしないでほしい。食卓の気まずさを紛らわすために絵の話を使わないでほしい。そんな話をするくらいなら、新型の感染症について同じような情報ばかり繰り返すテレビを観ながら、黙って気まずい食卓を囲んでいたほうがずっといい。仕事が忙しくて子供にあまり構えないけど、自分の娘が好きなものくらいはちゃんと把握してるんですよ、どうですか見直したでしょう、とでも言いたげなあの顔。本当に腹が立つ。夕食のときには、父さんにも絵を見せてくれよ、などと口にするのだろうか。いまから憂鬱になる。

孝志朗は、と思う。孝志朗は、そんなふうに気安く絵の話をしない。人の大事なものに無遠慮に触れたり、他のなにかのために利用したりしない。そうするべきと思えば、沈黙を恐れず、いつまでもそっとしておいてくれる。そこが孝志朗のいいところだ。つかず離れず、だが、いつでもそこにいてくれる。しょっちゅう軽口を叩いているわりに口下手なのだが、そういうところがいい。

まだ腹が減っていた。だが、ただでさえ太り気味なのだ。一日家にいるのに普通に食べていたら、自粛明けには糸原文具店にも行けないような体型になってしまう。

うつ伏せになり、べっこりと凹《へこ》んだ腹をフローリングの床につける。空腹のせいか、絵を描く気にはなれなくて、スマートフォンを取って姉とのやりとりを見返した。やめたほうがいいと分かっていながら、去年の誕生日前後のものを検索してしまう。今年の誕生日は姉に会えない。それは何度でもよみがえり、絵美の胸を容赦なく抉ってくる。

姉に電話してみようと思ったが、すぐにそれはできないと気づく。いまは父親が家にいるのだ。向こうの部屋からリモート会議かなにかをしている声がする。向こうの声がこちらに聞こえるということは、こちらの声も向こうに届くということだ。父親の仕事の邪魔をしてはいけないというのは当然ながら、なにより、姉との会話を父親に聞かれたくなかった。父親が家にいる状況では、話したいことも話せない。父親の在宅勤務が続くかぎり、自分は一人、この部屋で息を潜めているしかないのだ。姉、孝志朗、手紙の少年。誰とも会えないし、話すこともできない。むやみに外に出ることもできない。

自然と涙が滲んだ。あまりの理不尽さにやるせなさが募っていく。だが、声を上げて泣くこともできない。床に頬をつけて、そこに映る自分の泣き顔を見る。

茫漠《ぼうばく》とした不安に襲われた。東京は全国で最も感染者が多い。一日に何十人、何百人が感染しているという。また、外出自粛に備え、多くの人がスーパーマーケットやコンビニエンスストアや薬局に押し寄せたために、店から物が消えてしまっているというニュースも見た。姉は大丈夫だろうか。食べるものに困ってはいないだろうか。日用品は足りているだろうか？　危ない目に遭っていないだろうか？　なにより、体調を崩してはいないだろうか？　そういえば、姉は一人暮らしで、車を持っていない。もし感染が疑われるような症状が出たら、どうやって病院なり保健所なりに行くのだろうか。そして、もし姉が感染していて、入院することになったら。二度と姉に会えなくなったら。二度と、一緒に誕生日を迎えられなくなったら。

ショックと、空腹と、不安。すべてが絵美の体内で混ざり合って、どうすればいいのか分からない。どうすることもできない。ここにはいたくないのに、ここにいるしかない。

絵美は、床に腹ばいになったまま手を伸ばし、ベッドの下にあるデッドスペースからリュックサックを引っ張り出した。ナイロン製の、紺色のリュックサックだ。着替え、タオル、歯ブラシ、栄養補助食品、ミネラルウォーターのペットボトル。そこには、数日ならなんとか過ごせそうなくらいの物資が詰めこまれていた。家出の準備だ。すぐにでも家を出たい、というような吹きこぼれそうな気持ちではないが、この家にいたくないなあ、という思いは常に絵美の皮下でぼこぼことたぎっている。それがふいに勢いを増したときには、このリュックサックを見る。やろうと思えばいつでも決行できる。そう言い聞かせるだけで少しは冷静になれた。

リュックサックの中身をひと通り点検すると、前面のポケットから給食袋を取り出した。幼稚園生の頃、母親が縫ってくれた、あの給食袋だ。いまは、小遣いを貯めておくための巾着として使っている。何度も洗濯したために、もともと何色だったのか、なんのキャラクターがプリントされていたのか分からなくなっていた。だが、つくりは思いの外しっかりしているようで、十年近く使い続けてもなお、ほつれや綻びはどこにも見当たらない。母親がうまく縫ってくれたのだ。

ベッドの上で袋を逆さにすると、大量の小銭が鈍い音を立てて布団に落ちた。一円玉、五円玉、十円玉が同じくらいたくさんある。五十円玉はそれより少なく、百円玉はさらに少ない。五百円玉はたったの六枚だ。少年へのプレゼントに使ったのでずいぶん減ってしまった。駄目だ。これでは、とても東京まで行けない。

絵美は深いため息をつき、散らばった硬貨を摑んでは袋に戻していった。袋の口をきゅっと絞り、リュックサックに収める。

絵美は、ベッドの縁に腰かけ、リュックサックを背負ってみた。右の肩紐が少し長い気がした。左右のバックルの位置が揃うように長さを調整し、もう一度、背負う。そのまま部屋を歩き回り、体を揺すって、しっかりと体にフィットしていることを確かめて——。

そのまま、絵美は部屋の真ん中に立ち尽くした。左右の肩紐《かたひも》にかけた両手が、動かない。ベッドの下でひっそりと飼い、育ててきた、紺色のリュックサック。それが意思を持った生き物のように絵美にぴったりとくっついて、どうしても離れてくれない——。

10

孝志朗は暇だった。毎日同じ話ばかりのテレビには飽きてしまったし、もともと文化的素養のある人間ではないので、本、漫画、音楽、映画といったものは楽しみ方が分からない。では体を動かすほうはというと、それも特に好きというわけではなく、家で一人、とにかく時間を持て余していた。いまの状況は、無趣味な人間には極めて辛いものがある。

趣味と言えそうなものがあるとすればスクラッチだろうか。だが、いつものチャンスセンターも臨時休業していたし、どういうわけか、家にいるとスクラッチを削りたいという気分にならなかった。孝志朗にとって、スクラッチは店のレジで削るものだ。

そうやって気を紛らせなければならないほど気乗りのしなかった店番だ。父親に臨時休業を言いわたされた当初は、神妙な面持ちを作りながらも、内心ではガッツポーズを作っていた。だがしだいに、その気乗りのしない店番すらも恋しくなってきた。

店内に満ちる木や紙の匂い。いくら整頓してもごちゃごちゃとして見える棚。人が通るたびにぎゅうぎゅうと軋む奥の床。午後四時頃になると決まって孝志朗の右の頬を突き刺す日差し。ドアが開くたびにぼわりと吹きこんでくる風の塊。そういうものを頭に浮かべながら、来る日も来る日もリビングのソファに体を預けているだけの自分にげんなりした。

母親と上の姉は、いわゆるエッセンシャルワーカーというやつだ。ともに医療事務の仕事に従事している。どちらの病院も感染者を受け入れてはいないが、なんだかんだで、むしろ普段より忙しいらしい。父親も、休業中には休業中の業務があるらしく、家と店とをひっきりなしに往復している。最近、孝志朗は料理を始めた。趣味ではなく、家族のために引き受けた役割だ。

「いやあ、参ったなあ。こりゃほんと、大ピンチだよ」

昼になると、まだしっかりと黒い毛の残っている頭を撫でながら、二階の書斎から父親が下りてくる。

「大ピンチ?」

「この事態で学校は休校、会社も在宅勤務ってところばっかりだろう。そのせいで、毎年この時期に入ってくる大口の注文が今年はゼロなんだ。得意先にかたっぱしから電話してるが、いまのところ壊滅的だ。うちは三月、四月の売り上げでもってるようなもんだから、これがまるっきりないとなると、商売あがったりだなあ」

　自他共に認める楽天家の父親が言うのだから、よほどのことなのだろう。弱気になっている姿なんて、息子の前では一度も見せたことがなかった。

　だが、雇われの身の孝志朗は、袋ラーメンを作ってやることくらいしかできない。

「いい機会だ。おまえもそろそろ、将来のこと、ちゃんと考えろよ」

　もやしだけが山ほど入ったインスタントラーメンから、父親がふと顔を上げた。

「え、ああ、うん」

　すすっていた麺がへんなところに入りそうになる。

「いますぐどうこうって話じゃないが、店だっていつ倒れるか分からないからな。いま、こういう世の中だからってこともあるが、そうじゃなくても、だぞ。おまえももう二十歳だろう。れっきとした大人なんだから、自分の身の振り方は自分で決めないとな」

　曖昧な返事をし、そそくさと席を立った。

「まあ、暇なら、とりあえず店の掃除でもしてくれよ。こんなときでもないと店じゅうひっくり返すなんてことできないからな。ええと、あそこを始めて、もう十年目になるのか。相当、汚れてるだろうな」


　かがみこんでシャッターの鍵を開け、勢いよく持ち上げる。別の鍵に替えて、店のドアを開ける。もう一年半、ほぼ毎日繰り返してきた動作なのに、たった二週間空いただけで懐かしい気分になる。

「あれ、孝ちゃん。お店、開けるの？」

「ちわっす。いや、ちょっと様子見に来ただけっす」

隣の店のおじさんが声をかけてくる。隣は持ち帰り専門の焼鳥屋で、いまも普段と変わらず営業している。

ドアを押して中に入ると、糸原文具店からは、きっちり二週間寝かせた匂いがした。木や紙や、棚に薄く積もった埃《ほこり》の匂いだ。胸いっぱいに吸いこむと、自分の体が店に同化していくようだった。自分の顔が綻ぶのが分かった。やっぱこれだよなあ、と声に出しながら、店内をぐるりと一周する。

この機会に店を新装しようと考えていた。いまある商品をコンパクトかつスタイリッシュに陳列し直し、空いたスペースに雑貨を置く。県内で活動する作家たちが手がけた作品を、文具にまつわるものを中心に、糸原文具店で展示販売するという試みだ。

提案したのは孝志朗だった。どうせ店じゅうひっくり返すのなら、そこになにか新しい要素を加えてから元に戻してもいいのでは、と考えたのだ。父親は、急に積極性を見せた一人息子に少しばかり面食らったようだが、そのアイデア自体は面白がってくれた。

「ただし、おまえが言い出したからには、おまえが主になってやれよ。俺も手伝ってやるから」

やってみるか、どうせ暇だし。そう肚《はら》を決めて、孝志朗は久しぶりに、家のソファから重い腰を上げたのだった。

まずは店を一度すっからかんにして、店の二週間分、いや、開店以来の汚れをリセットする。気になっている部分に手を入れ、在庫を選別、陳列し直す。ここまでを、ゴールデンウイーク明けまでには終わらせたい。

孝志朗自身は、文房具も雑貨も、特に好きというわけではない。ただ、たまたま家が文具屋で、たまたま雑貨というアイデアが浮かんだだけのことだ。だが、それがどんなものであれ、なにかに没頭するというのは悪くない。毎朝十時から正午まで、正午になったら一時間休み、それからまた夕方六時まで。平時の店の営業時間に合わせて黙々と作業しているうちに、そう思うようになっていた。

時折、開けっぱなしのドアや窓から、近所の顔なじみの人たちが声をかけてくれ、自分の店のものを差し入れてくれた。はりきった男連中が入れ替わり立ち替わりで作業を手伝ってくれた。みんなと言葉を交わし、一緒に汗を流していると、ああやはり自分はこの土地に根を張った人間なのだ、という実感が込み上げる。

孝志朗は、生まれてから外に家が建つまでの十七年間を、この商店街で過ごした。父親が一階をなんの店にしようとも、二階は変わらず孝志朗たち家族の住まいであり続けた。いま思えば、あの空間に家族五人というのはなかなかの狭さだが、自分の家を狭いと感じたことは一度もなかった。

学校が終わったら、家の隣のパン屋に直行し、おやつに余ったパンの耳をもらう。その隣の和菓子屋で売り物にならない煎餅をもらうこともあった。準備中の小料理屋の、酒瓶が並ぶカウンターで宿題をし、いつ行っても暇そうな電気屋のおじさんに競馬を教わる。肉屋で袋詰めを手伝い、自転車屋でパンク修理の様子を観る。帰りに洋菓子店に寄って売れ残ったケーキにありつけた日はラッキーだ。放課後や土日に学校の友達と遊ぶのも、商店街の中の駄菓子屋やプラモ屋だった。

アーケードの端から端までが自分の家と思えばむしろ広すぎるくらいで、当時の孝志朗は毎日、今日はどこで過ごそうかと頭を悩ませていた。昨日はあの店に行ったから、今日はあの店に行こうか、でも待てよ、しばらくあの店に行っていないから大将が寂しがっているかもしれない、といった具合に。糸原孝志朗という人間は、まさしく、この商店街に育ち、育てられたのだった。

だから孝志朗は、この商店街のことは隅々まで熟知している。あの店とあの店は先代から折り合いが悪いとか、あの店の新商品の売れ行きが思わしくないとか、あの店の爺《じい》さんはそろそろ危ないとか、そういう事情まで完璧に把握している。反対に、商店街の大人たちのほうも、赤ん坊の頃から孝志朗を知っているので、みんな自分の息子のようにかわいがってくれた。孝志朗が専門学校をやめて戻ってきたときも、みんな、送り出したときと同じ温かさで迎え入れてくれた。店を畳んでしまった人、亡くなってしまった人、ここを出ていった人。いろいろな人がいるし、いろいろなことがある。それでもここは、ずっと変わらず、孝志朗のホームだ。

いくら消費しても追いつかない量の差し入れを体に流しこむ。シャープペンシルやカラーペンや大学ノート、ハサミやのりやホッチキス、画材や習字道具や知育玩具。ひたすら棚から掻き出し、棚ごとにダンボールに詰めていく。物がひしめく店で汗と埃にまみれていると、家で持て余していた自分の心までも片付いていくようだった。一日みっちり働いて浴びる風呂は空を飛べそうなほど気持ちよく、掻きこむ夕飯は気絶しそうなほどうまかった。

その男が現れたのは、緊急事態宣言の発令から三週間が経った、四月も終わりのある日のことだった。

換気のため、出入口も窓も開け放って作業をしているので、ドアの開閉時に鳴るベルの音がせず、孝志朗はしばらく人が来たことに気づかなかった。

「糸原……孝志朗くん？」

肩まで突っこむようにして棚の内側を塗装していた孝志朗は、突然の声にぎょっとして、棚の上部に頭をぶつけた。

「はい、そうっすけど」

そろりと棚から頭を出し、声の主を見上げる。

白いシャツに紺のジャケット、カーキのパンツという格好の背の高い男が、そこに立っていた。歳は四十代前半といったところだろうか。百円均一で売られている食器を思わせる血の気のない白い肌と、まるで床屋帰りのように切り揃えられた黒い短髪。白いウォッシャブルマスクをしているので表情は分からないが、細い黒縁メガネをかけた目からは冷たい印象を受ける。いかにも「できる男」という感じで、糸原文具店の古ぼけた店舗が驚くほど似合わない。

「ていうか、店、いまは開けてないんですけど」

孝志朗の言葉にも、男が立ち去る様子はない。

「……あの、どちら様ですか？」

「鈴村だ」

鈴村。

「絵美の父親だ」

「ああ」

孝志朗は手にしていた刷毛《はけ》を置き、男のほうに向き直った。つけていた黒いマスクを少しだけ下げ、笑顔を作る。

「すんません、分かんなくて。あいつ――じゃなくて、娘さん、いつも」

「あいつ、どこだ」

鈴村が、孝志朗の言葉を遮って言った。その表情は硬いままだ。

「はい？」

「来てるんだろ？　どこにいる」

「……いや、今日は来てないっすけど」

「言わないでくれって頼まれたのか、あいつに」

「いや、頼まれたとかじゃなくて、来てないんです、ほんとに」

鈴村が探るような目で孝志朗を見る。その目を見返す。なにがなんだかさっぱり分からない。

「……本当か？」

「はい、ほんとです」

いくら揺さぶられても、いないものはいない。

「ていうか、どうしたんすか、お父さんが店に来るなんて初め――」

孝志朗はそこで言葉を止めた。まるで就活生を品定めする面接官のようだった鈴村の顔が、みるみる青ざめ、歪《ゆが》んでいく。

「――もしかして、いなくなったんですか、あいつ」

「……昨晩からだ」

自分の娘をあいつ、と呼ばれたことを気にする余裕もないようだった。

「昨日の夜、『ちょっと出かけてくる』って、あいつからメッセージが入ってたんだ。近くのコンビニにでも行くんだろうと思って特に気にしてなかったんだが――」

「今朝になっても帰ってこない、ってことか。そのメッセージ、昨日の何時何分に届いてます？」

鈴村が慌ててスマートフォンを確認する。

「十九時二十三分……」

「あいつが家を出るところは見なかったんですか？」

「その時間は会社のリモート会議中だったんだ。だからあいつもメッセージで送ってきたんだと思う」

十九時二十三分、「ちょっと出かけてくる」。家出か、まさか誘拐か。日頃の様子から考えれば、まずは家出を疑ってみるべきだろう。

「あいつに連絡は？」

「もちろんした。今朝からずっとしてるが、スマホの電源が切られてるみたいなんだ。メッセージに返信もない」

試しに、その場で電話をかけてみてもらう。渡されたスマートフォンを耳に当てる。おかけになった電話は、電波が届かないところにあるか、電源が入っていないため、おつなぎできません——。

「——うち以外に行き先に心当たりは？」

「ない。というより、ここにいるものだとばかり思ってたから……」

「確か、東京にお姉さんがいるんでしたよね？　連絡は？」

「まだ……」

「いまかけてみてください」

自分の半分ほどの年齢しかない孝志朗の指示を素直に聞き入れ、震える指でスマートフォンを操作する鈴村。それを見守りながら、孝志朗は、この男の普段の様子を想像していた。職場では、いまとは逆の立場で部下に指図したり、怖いものなんてなにもないような顔で立ちふるまっていたりするのだろうか。こんなときに悪いとは思うが、少しだけ愉快な気持ちになる。

鈴村が、スマートフォンを持つ手を下ろした。首を力なく横に振る。絵美は姉のところにはいなかった。もしかすると向かっている途中かもしれないが、いまのところ、彼女のもとに絵美からの連絡はないという。

「他にあいつが頼りそうな親戚は？」

「いない」

鈴村は断言した。

「じゃあ、行きそうなところ——仲のいい友達の家とか、土地勘のある場所とか」

「そういうのは、僕は、あまり知らなくて……」

鈴村が申し訳なさそうに言葉を濁した。これまで仕事ばかりだった鈴村は、娘の交友関係や行動範囲には詳しくないのだ。まったく、父親のくせに。だからこんなことになるんじゃないか。喉まで来ていた言葉を押し戻した。いまは鈴村を糾弾している場合ではない。

「……少年」

突如、生意気な子犬のような顔が孝志朗の頭に浮かんだ。

「少年？」

孝志朗は、少年の名前を口にした。

「うちによく来てた、あいつと同じクラスの子です。同じマンションに住んでて、宿題とかプリントとか届けてて」

毎日、手紙も書いてて。

「ああ、そういえば、聞いたことがあるかもしれない」

孝志朗は、パタゴニアのアウトドアジャケットをはおり、店の鍵を摑むと、鈴村を振り返った。

「行きましょう。あいつが家出したんだとしたら、彼ならなにか知ってるかもしれない」

少年の家に入るのは、というか、店の外で少年に会うこと自体が初めてだった。シューズボックスの上の花瓶にいい香りのする花が活《い》けられていたが、それに見入る余裕もなく、鈴村と二人して少年のスマートフォンを覗きこむ。

〈脱出成功。東京を目指します！〉

受信日時は昨日の十九時半。これが、絵美から少年への最新のメッセージだった。孝志朗は鈴村と顔を見合わせた。やはり絵美は、東京の姉のところに行くつもりなのだ。強ばった少年の顔。孝志朗と鈴村とに窺うような視線を向ける。

「サンキュー。あ、おまえのせいだなんて思ってねえから心配すんな。むしろおまえのおかげで助かった」

スマートフォンを返し、孝志朗は少年の肩をぽんぽんと叩く。さすがに笑顔は作れなかったが、少年の表情は和らいだ。

少年のスマートフォンに届いていたメッセージをさかのぼると、絵美は以前から、少年に家出の計画を伝えていたようだ。そして少年は、そのたびに絵美をなだめ、励まし、止めてくれていた。少年のせいではない。

念のため、少年のスマートフォンからも絵美に電話をかけてみる。だが、結果は同じだった。

家出か、誘拐か。これで前者だということが確定した。だが、安心はできない。家出のつもりで歩いていたら知らない人間に連れて行かれる、ということもありうる。それに、こんなときだ。感染のリスクだってある。中学生の女の子が、一人で、この時期に。気がはやる。早く絵美を見つけなければ。

孝志朗は、ここからの動き方について頭を働かせる。少年には東京に行くと言っているが、まだ姉のところに連絡はない。まだ福岡から出ていないのか、それとも、すでに東京に向かっていて、着いてから連絡するつもりでいるのか。福岡にいるうちに姉に連絡をとってしまうと、姉から父親に事情が伝わり、追いかけてきた父親に止められるかもしれない。そこまで考えているとすれば後者だが、果たして、どうだろうか。

絵美の手持ちの金から考えると、使うのは飛行機ではなく夜行バスだろう。腕時計を見る。博多《はかた》からは、毎晩、東京行きの夜行バスが出ている。絵美が昨晩の便に乗ったのだとすれば、そろそろ東京に到着する頃だ。いや、この状況で、福岡－東京間の夜行バスが普段どおり運行しているわけはないか。自分のスマートフォンで調べてみると、やはり現在、そのバスは感染拡大の影響で運休しているようだ。じゃあ、絵美はいまどこにいる？　どうやって東京に行こうとしている？

「とりあえず博多に行きましょう」

あてがあるわけではない。だが、いつまでも少年の家に留まっているわけにもいかない。孝志朗の言葉に、鈴村が青い顔でがくがくとうなずく。パニックにならないよう自分を保つのに必死のようだ。自分の娘が家出したのだから当然といえば当然の反応なのだろうが、孝志朗にはそれが少し意外に感じられた。絵美から、普段の仕事人間ぶりや似顔絵のエピソードを聞いて、子供への愛情が薄い父親なのだと思っていた。だが、この狼狽《ろうばい》ぶりを見ると、決してそうではないのだと分かる。ただ、うまく伝わっていないだけなのだ。

ついてこようとする少年をどうにか説得し、鈴村のセダンで博多に向かった。緊急事態宣言下、外出自粛期間中の博多駅は静かだった。いつもと同じに見えて、実は別の場所なのではないかと思ってしまうほどだ。人のまばらな構内を駆け回っていると、自分たちの一歩一歩の音が白い箱のような駅舎に響き渡るような気がした。

それほど人が少ないのだから、大荷物の女子中学生が一人でいれば嫌でも目に留まるはずだ。だが、博多口と筑紫《ちくし》口とを何度も往復し、土産物店や飲食店の一つひとつまでくまなく捜しても、絵美は見つからなかった。博多バスターミナル、念のために天神《てんじん》の高速バスターミナルまで足を延ばしたが、そこにもいない。博多バスターミナル、駅員、キオスクの店員、高速バス乗り場の窓口係員、トイレの清掃員、手当たりしだいに訊いてみるが、誰に訊いてもそんな子は見ていないという。万策尽きた孝志朗と鈴村は、他にどうすることもできず、ひとまず博多に戻ってきた。

「……まったく、どこにいるんだよ」

孝志朗は、バスターミナルの高速バス乗り場の待合ベンチに崩れるように座り、自販機限定のウーロン茶を一気に流しこんだ。マスクを外すと、いくらか気分がよくなる気がした。

孝志朗の手にはスマートフォンが握られている。何回目か、何十回目かの絵美への電話が、またもやつながらないまま切れてしまったところだった。

「……本当に」

隣の鈴村が、背後の壁に頭をつけて目を閉じ、うわごとのようにつぶやく。手には同じくスマートフォン。上の娘への電話を終え、鈴村がまたもかぶりを振った瞬間、孝志朗には、バッテリーが切れるピーという甲高い音が聞こえた。スマートフォンではなく、自分たちの、だ。昼前から飲まず食わずのまま駆け回り、現在、夜八時。体力も気力も底をついていた。絵美が変なやつに攫《さら》われたら。あの厄介な感染症をうつされたら。怪我をしたら。事故に遭ったら。腹を空かせて動けなくなっていたら。昼間は頭の中で悪い想像がループ再生されていたのだが、それすらストップしてしまっている。

「こんなこと言ったら、鈴村さん、気を悪くするかもしれないっすけど」

鈴村が薄目を開け、首だけをわずかに動かす。

「お姉さんが嘘ついてるって可能性はないですかね、あいつをかくまうために」

「こんな大事なことに関して自分の娘が嘘をつくなんて考えられない。あれが嘘だったら、僕はもう誰も信じられない……」

鈴村が再び目を閉じる。ぴっしり糊《のり》の利いていたジャケットもシャツもパンツも、持ち主同様、今日一日ですっかりくたびれてしまったように見える。

自動ドアの向こうに長崎駅行きのスーパーノンストップの高速バスが滑りこんでくる。この路線は、この状況でも運行を続けているようだ。係員が大きな声で乗車案内を始める。

「どうしますか、これから」

開いたり閉まったりを繰り返す自動ドア。そこに映るボロ雑巾のような自分たちを見ながら、孝志朗は疲れた声を出した。

「……戻るか」

「え、戻るんすか」

「そうする以外ないだろう。思い当たる場所は全部、徹底的に捜した。それでも見つからないってことは、あいつは博多にはいないってことじゃないか。……戻って、捜索願を出そうと思う」

「捜索願」

体がぶるりと震えた。おおごとになってきた、という実感が襲ってくる。自分が無気力で怠惰な若者だという自覚はあるが、不良の類ではない。警察の世話になったことは人生で一度もない。

「――でも、警察って、家出って分かってるやつのことは真剣に捜してくれないって聞きます」

「知ってるよ。だからもちろん、引き続き、自分でも捜すつもりさ」

鈴村が、膝に両手をつき、よろよろと立ち上がる。

「でも、正直、今日はもう限界だ。交番に行ったら、いったん家に帰って、シャワー浴びて、なんか腹に入れて、ひと眠りすることにする。スマホの充電もなくなりそうだし」

そして、孝志朗に向かって弱々しく笑った。

「人間ってすごいよな、こんなときでも腹は減るし、眠くもなるんだから。それとも俺が薄情なだけか」

孝志朗も立ち上がる。

「いや、別にそういうわけじゃないでしょう。俺も死ぬほど腹減ったし、死ぬほど眠いっすから」

絵美が見つからない不安と焦燥、それに今日一日の疲労で、帰りの車内は終始無言だった。駅のコンビニエンスストアで買ったツナマヨネーズのおにぎりをかじりながら、孝志朗は、運転する鈴村を横目で見た。その顔が昼間よりも青白く、目も落ちくぼんで見えるのは、決して街灯の当たり具合のせいではないだろう。

「鈴村さんもなんか食ったほうがいいすよ。なにがいいすか？」

「……そうだな、あんまり重くないもの」

レタスのサンドイッチを選び、手渡してやる。レジ袋を探る音、サンドイッチの袋を破る音が、自分が立てた音にもかかわらずやけに耳についた。

「……明日、どうします？」

ぼんやりと前を見たまま、孝志朗は鈴村に尋ねた。

「……明日は、近所を捜してみようと思ってる」

鈴村が答えた。

「クラスメイトのところを回るとか。あいつは学校行ってないから、友達を頼るかは分からないけどな。ステイホーム期間って言うくらいだから、どこの家も誰かしらは出てくるだろう。あとは、スーパー、コンビニ、商店街の店をしらみつぶしに捜していくか。あいつが東京に着けば姉ちゃんから連絡があるはずだし、博多にはいなかった——これだけ捜して見つからないんだからいないと判断していいだろう——となると、もう近所を捜すしかない」

「商店街なら、俺、詳しいです。俺に任せてください」

孝志朗は勢いこんで言った。

「いや、明日は僕一人で捜すよ。君は自分の仕事に戻ってくれていい」

「なに言ってるんすか。あいつが行方不明になってるのに、悠長に店の棚なんて塗ってられないっすよ。俺にも手伝わせてください」

「いいよいいよ。よく考えてみれば、今日だって君にここまでしてもらう義理はなかったんだ。すまなかった、成り行きで引っ張り回して」

確かに、自分がここまでする必要はない。これは絵美の家族の問題で、孝志朗はただの、絵美の行きつけの店の店員なのだから。だけど、それでも。

反論しようとして、やはりやめた。それはいま言うべきことではないし、うまく言葉にできる自信もない。

「……まあ、明日のことは明日考えましょう」

それだけ言ってシートに体重を預ける。気づけば、見慣れた風景に戻ってきていた。

鈴村は、孝志朗を家の目の前まで送り届けてくれた。

「いい家住んでるなあ」

鈴村が、その瞬間だけ娘のことを忘れたように、感嘆の声を上げた。

「マルジョレーヌみたいな家だな」

「なんすか、それ」

「ケーキの種類だよ。いろんな生地とか生クリームを何層も重ねた、茶色っぽくて四角い、フランス発祥のケーキ」

そういえば、そんなケーキを見たことがある気がする。まだ新築同然の自分の家を、孝志朗はあらためて見上げた。博多で、天神で、自分たちが駆けずり回っている間も、この家は、この風景は、しんとして、ただここにあり続けていたのだ。当然のことだが、なんだかへなへなと力が抜ける。

車を降りると、運転席の窓が開いた。

「今日はありがとうな。君がいてくれて助かったよ、ほんとに」

「……鈴村さん、大丈夫ですか、一人で」

「大丈夫、飛び降りも飛びこみもしないから。気は確かだよ」

鈴村が開けた窓に腕をのせたまま、乾いた声で笑った。

「むしろ君のほうが心配だよ。ひどい顔色してるぞ。しっかり飯食って、ゆっくり風呂に浸かって、早いとこ寝たほうがいい。ああ、手洗いうがいも忘れずにな。疲れてるときは免疫力が低下するから」

孝志朗はあらためて鈴村を見た。

「鈴村さん」

「ん?」

「明日の朝、また連絡ください。夜中でも、なにかあれば、すぐに」

鈴村は、今度は黙ってうなずいた。

孝志朗は、ハイブリッド車特有のパソコンが起動するときのような音が聞こえなくなってから、まだ煌々《こうこう》と明かりの灯る家に入っていった。

残り湯で風呂に入った。浴室の鏡を見ると、そこに腐った牛蒡《ごぼう》のような色の顔が映ってぎょっとした。

台所で見つけたインスタントのワンタン麺を持って自室に上がる。三分を待つ間、孝志朗は腕を枕にしてベッドに寝転がり、今日一日、ずっと胸の底で渦巻いていた不安と恐怖に思いきって沈んでみた。もし、絵美が戻ってこなかったら――。

もし店がなくなったら、とは考えていた。今回の緊急事態宣言を受けて臨時休業し、そのまま廃業に追いこまれる店も少なくないはずだ。もしかすると、糸原文具店も同じ道を辿るかもしれない。その可能性はなくはない。孝志朗と絵美は、あくまでも店員と客だ。だから、店がなくなれば、自分が絵美に会うこともなくなってしまうだろう。そういうことは考えていた。だが、それだけでは足りなかった。

店があり、孝志朗がいて、そこに絵美が来る。それが、二人の関係性のすべてだ。反対に言えば、孝志朗、絵美、店、どれが欠けてもいけない。

孝志朗はいつだって、モスグリーンのエプロンを引っかけ、あの店で待つことしかできない。できるにしたって、せいぜい駅の中の店でパフェを奢《おご》るくらいだ。だがそれだって、あえて大げさに言うならば、奇跡的なことだったのだ。

頭に浮かんだだろうか。孝志朗は思った。ふいにかさついてしまった心の預け先として、一瞬でも、自分のことを思い出してくれただろうか。いまは店にはいない。伝える術はない。それでも。なんだよ、らしくもない。だがいまは、そんな自分を笑う余裕もない。

無事で戻ってこい、絵美。

強く目を閉じる。そのとき、ワンタン麺の容器の横でスマートフォンが鳴った。今日、登録したばかりの番号だ。

「鈴村さん。どうしました？」

「絵美が戻ってきた……戻ってきてたんだ……」


誰が入ってきたのかは分かっていた。ゆっくりと振り返り、ああ、おまえか、となんでもないふうに言ってやるつもりだった。だが、その姿を見て、孝志朗は息を呑んだ。

痩せた、というより、やつれた。最後に会ったときより、明らかに。

「おまえ――」

なにがあったんだ。なんの加工もしていない、素材のままの声が出そうになって、慌てて口を結ぶ。

「――ちょっと見ない間に薄っぺらくなってねえか？　ちゃんと飯食ってたか？」

その言葉に、絵美が、マスクからはみ出さんばかりの笑顔を見せた。

「そう？　わたし痩せた？」

孝志朗の背筋を冷たいものが走った。一点の曇りもない、だが、なにかを見失いかけている目。

腹に力をこめ、絵美が答えなかったほうの問いを繰り返す。

「ちゃんと飯、食ってたのか？」

絵美の笑顔がしぼんでいく。

「……最近は一日家にいるし。ほとんど動かないし」

「家にいなかったときは？　一昨日と、あと帰ってきてから、昨日はなんか食ったのか？　なにを食った？」

「……なんでそんなこと孝志朗に報告しなきゃいけないわけ？」

それには答えずに、孝志朗は刷毛を置いて立ち上がった。財布だけを持ち、絵美にちょっと待ってろ、と言い置いて店を出る。五分もせずに戻った。絵美は、不機嫌な表情ながら、大人しくそこにいた。

「朝飯は食ったのか？」

絵美が、わずかに首を横に振る。

「どっか悪いわけじゃないよな？」

しぶしぶといった様子で首を縦に振った。

「じゃあ、これ食え」

孝志朗は、持っていた袋を絵美に突き出した。

「……なにこれ」

「隣の焼鳥屋の鶏めし。混ぜご飯の状態で売られてんだけど、頼むとおにぎりにしてくれるんだよ。作業しながら片手で食えるから、ここんとこ、昼飯は毎日これ。騙されたと思って食ってみろよ、びっくりするくらいうまいから」

牛蒡、舞茸《まいたけ》、大葉。たっぷりの野菜と大ぶりの鶏もも肉がごろごろと入った、ボリューミーな鶏めし。メインの焼鳥に勝るとも劣らない隣の店の人気メニューだ。絵美はなにか言いかけたが、孝志朗の有無を言わせぬ顔つきに押し黙った。袋からパックを出し、交互にきっちりと詰められた三つのうち、端の一つを取る。一瞬のためらいのあと、三角形の先のほうを少しだけかじった。

「おいしい……」

「だろ？」

孝志朗も一つ取り、かぶりつく。

「うーん、やっぱうめえわ。焼鳥屋だから鶏がうまいのは当然として、野菜も米もちゃんとうまいんだよな。味濃いし、一個がでかいから、これだけでじゅうぶん晩飯までもつ」

これでもかというほど散らかった店の中、無理やり空けたレジカウンターを挟んで、二人はおにぎりを頬張った。

「あのな、一つ言っとくけど、ガキンチョがダイエットなんてませたこと考えてんじゃねえよ。ガキンチョはガキンチョらしく、朝昼晩、黙って腹いっぱい食っときゃいいんだ。縦は無理だが横はあとからどうにでもなる」

「うん、分かった」

おにぎりが気に入ったからだろうか、絵美は、今度は素直にうなずいた。

「分かったらいい。それよりおまえ、なんか俺に言うことあんじゃねえのか？」

絵美がはたと顔を上げた。自分が店に来た目的を思い出し、ばつが悪そうな顔になる。

「……心配かけてごめんなさい。反省してます」

「おまえの父ちゃんと二人して一日じゅう捜したんだぞ」

「お父さんに聞いた。ほんとにごめんなさい」

「博多と天神、端から端まで走り回ってさ。でも見つけられなかった。おまえ、いったいどこにいたんだ」

聞けば、こういうことだった。父親に気づかれずに家を出ることに成功した絵美は、少年に送ったメッセージのとおり、東京に向かおうとした。父親に伝わることを恐れて、姉には東京に着いてから連絡するつもりだった。

「でも、博多に来てみたら、東京行きの夜行バス、運休してて」

「こんなときだからな」

「飛行機で行くお金はないし、ていうか夜行バスがないんだから飛行機もないかもしれないし、どうしようか考えて、電車で行こうと思って」

「電車？　もしかしてあれか、青春18きっぷ」

「それは時期じゃなくて買えなかったんだけど、とりあえず普通の電車を乗り継いで行くことにして。でも、小倉《こくら》まで来たところで怖くなっちゃって」

「関門海峡を越えるとこな」

そのうえ、調べてみると、新山口で電車がなくなることが分かった。もちろん、夜中に電車が動いてないことは知っていたが、朝までの過ごし方については頭から抜け落ちていた。中学生一人ではファミレスにも漫画喫茶にも入れないだろうし、外をうろうろしていたらすぐに補導されてしまう。なにより、夜中の大都市が危険に満ちていることくらい、中学生の絵美にもよく分かっていた。

「だから、とにかく誰か大人に助けてもらわなきゃと思って、誰かいないか必死に考えてたら、お姉ちゃんの友達のことが浮かんだの。お姉ちゃんとは中高一緒で、中学生の頃は家にもよく遊びに来てたから、わたしのことも知ってるんだけど、その人がいま北九州の大学に通ってたこと思い出して。SNSで連絡したら、すぐ小倉駅まで迎えに来てくれた」

「すげえいい人じゃん」

「しかも、わたしが今日は絶対に帰りたくない、お父さんにも絶対に連絡したくない、って駄々こねてたら、その日はアパートに泊めてくれてさ。ご飯も食べさせてくれて、お風呂も入らせてくれて、布団も用意してくれた。ゆりちゃん、あ、その人、ゆりちゃんっていうんだけどね、ゆりちゃんはゲーマーだから、次の日は一緒にゲームして。こういうときじゃなかったら門司港《もじ》にでも連れてってあげたんだけどね、って言ってたけど、わたしは家の中でゲームしてるほうが楽しかったな。ゆりちゃんともいっぱい話せたし、久しぶりに」

「おまえとゲームなんかしててよかったのかよ。ゆりちゃんにも予定があるだろうに」

「いまは大学の授業は全部オンラインになってて、バイトも——ゆりちゃんは居酒屋で働いてるんだけど——飲食店だから休みになってるんだって。ああ、そうだ。わたし、その日、疲れてたから起きるの遅かったんだけど、目が覚めたら、ゆりちゃんがちょうど授業中だった。今日は一限だけだからって、そのあとはずっとゲームしてたけど」

その後、「こんな時期でもあるし一人で帰すのは心配」というゆりちゃんに車で送ってもらって帰宅、孝志朗との大捜索から戻った父親と無事に再会したのだった。

「ゆりちゃん、めちゃくちゃいい人じゃん。そんでおまえ、めちゃくちゃ迷惑かけてんじゃん」

ゆりちゃんという人がいなかったら、絵美はいまごろどうなっていたことだろう。まったく知らない、なんの接点もない人だが、できることなら自分からも感謝と謝罪をお伝えしたいくらいだ、と孝志朗は半ば本気で思った。

「そもそも、おまえ、なんで家出したわけ？」

「家にいるのが嫌だったから。お父さんといるのが嫌だったから」

端的な答えだ。

「それ、父ちゃんに言った？」

「ううん」

「なんで」

「一昨日さ」

絵美が、おにぎりの最後の一つに手を伸ばす。

「帰ってきて、わたしがそこにいるのを見た瞬間、お父さん、泣き崩れたんだよ。玄関で、靴も履いたまま。それ見たら、なんか、全部どうでもよくなっちゃった」


次の日、今度は鈴村が店にやってきた。

「このたびは本当にすまなかった」

入ってくるなり深々と頭を下げる。ギザ十から指を離し、スクラッチを脇にどけた孝志朗の前に、鈴村が白い箱を置いた。

「これ、つまらないものだけど、よかったら」

中身はケーキだった。それぞれ種類の違うケーキが六つ並んでいる。

「六人家族って聞いたから」

「うわあ、すみません、気を遣わせちゃって。なんか逆に申し訳ないっす」

「いいんだ、気にしないでくれ。ちなみに、これがマルジョレーヌ」

鈴村が箱の中の一つを差した。いろいろな生地と生クリームが何層にも重なった、茶色くて四角いケーキ。鈴村からマルジョレーヌの説明を聞いたのが遠い昔のことのようだ。

「向かいのケーキ屋のケーキはいつも食べてるだろうと思ってね、会社の近くにある店で買ったんだ。そこはマルジョレーヌも置いてるから」

「まあ、似てるといえば似てるような気もしますね、俺んちに」

礼を言って、ケーキの箱を裏の冷蔵庫に入れ、代わりにペットボトルの緑茶を二本取って戻った。一本を鈴村に勧め、もう一本は自分で開ける。前の日には絵美が座っていたパイプ椅子に、鈴村が腰を下ろした。

「なんか話しましたか、あいつと」

ペットボトルに口をつけながら尋ねる。

「……まあ、うん、いろいろとね。今回のことだけじゃなくて、普段のことなんかも、いろいろと」

「そりゃよかった」

――真逆だったんだな、って思った。昨日の絵美の言葉だ。わたしは家出したかったんじゃなくて、こうやって向かい合って話したり、怒られたりしたかったんだな、って。

鈴村が、カウンターの端の、削りかけのスクラッチに目をやった。

「スクラッチをやるのか」

「暇つぶしです」

「例えば、だけどね」

そこで鈴村が、孝志朗に目を戻す。

「もし、こいつが一億円の当たりくじだったら、君、どうだ？」

「ワンピーススクラッチのトライアングルチャンスは、一等でも一〇〇万です」

「だから、例えばの話だよ」

孝志朗は腕を組み、なぜか少し煤《すす》けている店の天井を仰いだ。

「そりゃもちろん嬉しいっすけど……すげえびびるでしょうね。とりあえず、それ、ポケットに突っこんで、チャリで町を一、二周して――いや、それでもまだどうしていいか分かんないだろうなあ」

「上の娘が生まれたときも、まったく同じ気持ちだった」

「は？」

「すごく嬉しくて、だけど同時に、すごく怖かった。自分が人の親になってしまったなんて、とても信じられなかった。それで、自転車で外を走り回る代わりに、仕事に没頭していたんだ。ちょうど仕事が面白くなってきた頃だったからな。現実逃避みたいなものだよ。君は自転車、僕は仕事ってわけだ」

分かんないっすねえ。孝志朗は息を吐いた。

「そんなら最初っから子供なんか作んなきゃよかったじゃないすか」

「子供は欲しかった。人の親になりたいとも思った。だけど、それが現実になったら怖《お》じ気《け》づいた。自分でも驚いたよ。子供が生まれれば勝手に親になるもんだと思ってた」

分かんないっすねえ。もう一度口に出す。

「一つ、頼みがあるんだ」

鈴村の声が、硬度を増した気がした。

「学校に行くように言ってくれないか、あの子に」

孝志朗は、ペットボトルを持ち上げる手を止めた。

「あの子も四月で三年生になった。来年は受験だ。本人は、東京の、絵やデザインなんかを勉強できる高校を受けて、向こうで上の子と一緒に暮らすと言ってる。それに反対するわけじゃない。やりたいことがあるのはいいことだし、好きなようにすればいいと思ってる。でも、いまのままで向こうに送り出すのは、正直に言って心配なんだ。なにが理由で学校に行けなくなったのか、あの子自身にも明確には分かってないみたいだが、中学で行けなかったものが高校で急に行けるようになるとは思えない。そうやって、このまま中学、高校と社会から離れていったら、将来困るのはあの子自身だ。そうだろう？　幸い、と言うのはよくないかもしれないが、いまはちょうど休校中だ。休校明けからまた仕切り直せばいい。最後の一年だけでも元気に学校に行ってくれれば、僕も安心して東京にやれる」

鈴村が一つ、息をつく。

「この二年、同じ家に暮らしていながら、僕はあの子になにもできなかった。でも、あの子は、君には心を開いてる。ここに通うことを心の支えにしてる。それがよく分かるよ。だからきっと、僕よりも君が」

「言いませんよ、俺は」

孝志朗は、鈴村をまっすぐに見据えた。

「俺は言いません。だって俺、あいつに嫌われたくないんで」

口にすると、なんとも言えないむず痒《がゆ》さが体の中を這い上がってきた。そうか、俺はあいつに嫌われたくなかったのか。

「あいつが俺に心を開いてるのかどうかは分かりませんけど、もしそうだとしたら、それはたぶん、俺が、あいつにとって耳の痛いことを一度だって言わなかったからです。それを、学校行けなんて言おうもんなら、あいつは一瞬で心を閉ざしますよ。一瞬で嫌いになりますよ、俺のことなんて」

まるで、店のオープンクローズの札をひっくり返すみたいに、簡単に。孝志朗は、もう一度ドアに目をやった。そこにかかった札は、もう一ヶ月近くクローズのままだ。

「でも、あなたは違う。どんなことを言ったって、あいつはあなたを嫌いにならない。父親だからです。どんなに未熟でも、どんなに不甲斐ないとしても、あなたはあいつの父親だからです」

無事に帰ってきた娘を見て涙を流す父親なら、その姿になにかを感じとれる娘なら、きっと。

「なにもできなかったって、さっき、言ってましたよね。なにもできなかったんじゃなくて、なにもしなかっただけじゃないですか。自分が変わろうとしなかっただけじゃないですか」

さすがに怒るだろうか。びくびくしながら窺うと、鈴村は追いこまれた小動物のように身を縮こまらせていた。悪いな、鈴村さん。でも俺には、あなたよりあいつのほうが大事なんだ。あいつには、文具屋の店員より、父親のほうが必要なんだ。

「自分で言ってください。それはあなたのやるべきことです。自分の子供を宝くじなんかに例《たと》えてかっこつけてる場合じゃないですよ。自分が親になりきれてないと感じるなら、いまから必死こいて親になってください。何度も言うようですけど、あいつの親はもう、あなたしかいないんです」

柄にもないことを喋りすぎた。洗い流すようにペットボトルの緑茶を飲む。

「俺はこれからも、とことんあいつを甘やかしますよ。だって俺は、ただの文具屋の店員なんで」

二〇二〇年十月

⑩

けろりとした顔で、絵美がまた店に来るようになった。

「父ちゃんは知ってんのか。もうごめんだぞ、青い顔で駆けこまれんの」

素知らぬ顔で訊く。

「うん。その代わり、臨時休校が明けたら学校行けって」

「父ちゃんが言ったのか」

絵美が含みのある笑い方をした。

「がつんと言われたんだってさ、誰かさんに」

「へえ、なかなか骨のあるやつだな、そいつ」

「うん。ちょっと見直した」

店の改装は佳境に入っていた。物の運び出しに店の大掃除、山場だった棚の塗り直しは、絵美の家出という大事件で中断しつつも、なんとか四月中に終えることができた。

「いいね。前よりも断然、こっちのほうがいい。明るくなったし、なんか広くなった気がする。孝志朗にこんな才能があったとは」

店の中央に立って百八十度をぐるりと見回し、絵美がめずらしくストレートに孝志朗を褒めた。

「だろ。俺も今回は、なかなかやるなって自分で思った」

壁一面にあった棚のうち西側の二台をなくし、残りをすべて、少しだけ灰色を混ぜた白に塗り直した。もとの焦げ茶よりも圧迫感がなくなったし、床の薄い茶色とも合っている。長きにわたった自分の仕事を達成感とともに眺め、孝志朗は両手を打った。

「さて、まだ終わりじゃねえぞ」

いったんダンボールに入れて避難させていた在庫のうち、今後も店に置く商品を選び出し、塗料が乾いたばかりの棚に並べていく。絞ったとはいえ、よく考えて配置しなければ収まりきらないほどの品数だ。見た目よく、かつ無駄なく。そのあたりに関しては、やはり二十代の男よりも中学生女子のほうがうまかった。絵美は基本的に、試し書きコーナー——そこだけは改装中もそのままにしておいた——にいて絵を描いているのだが、声をかければペンを置いて手伝ってくれた。

「そういえばおまえ、みやげはないのかよ、小倉みやげ」

「あるわけないじゃん、旅行じゃないんだから」

「もったいねえなあ、せっかく小倉まで行ったのに。あ、関門海峡にびびってそれどころじゃなかったか」

「うるさい。ゆりちゃんとの対戦が楽しすぎて、孝志朗のことなんて思い出しもしなかったし」

「ふざけんなよ。スマホの電源まで切りやがって」

店ではあるものの営業中ではない、という気楽さのせいか、以前より会話が弾んだ。絵美の家出事件もすぐに笑い話になった。

あの家出を経て、絵美はどこか吹っ切れたようだ。ぎこちないながら、店を覗きに来た近所の人とも積極的に言葉を交わしている。差し入れも鶏めしおにぎりも、自らすすんで口にするようになった。

「なんだよ、店と一緒におまえもリニューアルする気かよ」

孝志朗が冗談めかして言うと、絵美は得意げな顔をした。

「だって、もうすぐ終わりでしょ、緊急事態宣言。そしたら学校も再開するかもしれないから」

少し考えて意味が分かった。「休校中も糸原文具店に行っていい、その代わり休校が明けたら学校に行く」という父親との約束のことを言っているのだ。

「なに、おまえ、学校行くつもりなのか」

「だって約束だし。それに、教室じゃなくて保健室でもいいって言うから」

そばにいると、絵美の変わろうとする気持ちが伝わってくる。実際、少しずつ変わっていることも分かる。それに引き換え、自分はどうだ。近頃の絵美の変化に、孝志朗は焦りを募らせていた。


店の改装が落ち着いたら、次はいよいよ雑貨の仕入れだ。そもそも、雑貨を置くために店の大改装に着手したのだから、これがうまくいかなければ元も子もない。だが、伝手《つて》、仕入れのノウハウ、営業の経験、交渉術、そんなものが孝志朗にあるはずもない。家の書斎で、父親の横にくっついて、パソコン画面を睨んでは電話をかける修業の日々が始まった。

お客さんが来たよ、と絵美に聞かされたのは、棚を撤去して空けた西側のスペースの広さを測りに店に戻ったときだった。そこに、雑貨を並べるための大きなテーブルを置くつもりだった。

「お客さん？」

孝志朗は眉をひそめた。店を出るときは鍵をかけているが、窓は換気のために開けたままにしている。絵美を一人にしておくことに不安はあった。

「どんなやつだった？　なに言われた？」

「なんか、女の人。孝志朗に用があるみたいだった」

「俺に？　言ったとおりにしただろうな？」

糸原文具店は現在休業中です。再開の時期は未定です。御用の方は表に貼ってある番号に電話してください。自分の留守中に誰かが来たらそう対応するように伝えている。

「うん。あとで電話してみるって言ってた。それよりさ」

孝志朗の心配をよそに、絵美は笑いをこらえるようにして言った。

「孝志朗って、友達に『いとっち』って呼ばれてるの？」

＊

（やっほー、いとっち。まさか出てくれるとは思わなかった）

なんか、元気なさそうっていうか、深刻な雰囲気だったよ。絵美からはそう聞いていたのだが、その夜、電話をかけてきた前橋かすみは、まったくもっていつもどおりに思えた。

「だから、店には来るなって言っただろ」

（だって、いとっち、最近あそこに来ないんだもん。言ったじゃん、来なかったらおうちかお店に行くって）

「チャンスセンターが開いてないからだよ。それに俺、ここんとこ忙しいんだ」

（みたいだね。棚の色、よかったよ）

前に店に来たときと今日で棚の色が違っていたことに気づいている。絵美と窓越しに言葉を交わしたわずかな時間で。まったく恐れ入る。

「で、なんの用だったんだ？」

ああ、そうだった。かすみが居住まいを正すのが分かった。

（いとっち、一ノ瀬《いちのせ》先生って覚えてる、世界史の）

「……ああ？　ああ、はいはい、一ノ瀬先生。思い出した、イッチーね」

（そうそう、イッチー。イッチー、いま入院してるんだって。例のあれに感染して）

「……まじで？」

反応が少し遅れた。例のあれ、というのがなんのことかは訊き返さずとも分かる。いまや、日本中、いや世界中がそれに振り回されているのだ。最近、店に置く雑貨のことで方々に連絡を取っているが、どこの誰とやりとりをしても、時候の挨拶より先にその話題が出る。

「ただの噂じゃないの？　店の取引先の人も言ってたぜ、親知らず抜くために二、三日入院しただけなのに、退院して戻ってきたら、感染したんじゃないかって噂が流れてて驚いたって」

なんというか、ほんと、生きづらい世の中になっちゃいましたよね。疲れの滲む彼の声がよみがえり、自《おの》ずと声に咎《とが》めるような色が混じってしまう。

（それがどうやら、ほんとみたいなんだよね）

だが、かすみの声は低いままだった。

（イッチーって、一組の担任だったでしょ？　イッチー、いまは別の高校で教えてるんだけど、一組だった子たちはSNSとかでいまでもつながってるらしくて、何日か前、そこにイッチーの家族

が投稿してたんだって。わたしもさくらちゃんから見せてもらったんだけどね）

かすみが実際に見たとなると信憑性《しんぴょうせい》は高い。孝志朗も引っぱられるように声を低めた。

「まじかよ。どんな感じなの、病状っていうか」

（それが、けっこうやばいみたい。高齢者とか基礎疾患のある人とかは重症化しやすいって言うじゃん。イッチー、もうかなり歳だろうし、もともと呼吸器系が弱かったから。ほら、イッチーがセンターの直前に入院して、途中で対策クラスの先生が代わったの覚えてる？）

「そんなこともあったな、そういえば。……やっぱり面会とかはできないんだ？」

（うん、家族でも駄目みたい。しかも、もし万が一のことがあっても、最後のお別れもできないんだってさ。お骨《こつ》になってからしか会えないって）

「うわあ、それは……」

やりきれない話だ。ニュースなどで耳にしたことはあったが、ここまで身近に迫ってきたとなると、さすがに薄ら寒さを覚える。まさか、あのイッチーが。

「――でも、いとっちがイッチーを覚えてるとは意外だったな。いとっちって基本的に人に興味ないから、三年のときに教科担任だった、ってくらいしか接点のない先生のことなんて忘れてると思ってた」

「まあ、そうだよな」

孝志朗は素直に同意する。だが、孝志朗には、この一ノ瀬という世界史教師に関して、ささやかな、しかし特別な思い出があった。

それは、高校生活最後の定期考査でのことだった。孝志朗は世界史で、高校三年間で初めて、クラス一位を取った。特に世界史が得意というわけではなかったが、どうやら試験の内容が多少難しかったらしく、全体的に点数が伸び悩んだようだ。九十点台はクラスで孝志朗ただ一人だった。

一ノ瀬はいつも、試験の解答用紙に、点数に加えて一人ひとりにコメントを書いて返してくれた。〈今回はしっかり対策したようですね。グッジョブ！〉〈大問三の暗記ミスが痛かった。資料集を見直しましょう〉〈君の能力からすれば本当はこんなものではないはず。次回、期待しています〉といった具合に。授業中は厳しいのにコメントは妙に優しいので、生徒たちには陰で「ツンデレ」と噂されていた。

〈自分の好き嫌いや周囲の動向に左右されず、そのときやるべきことに対して正しく努力できるのが君の才能です。だからこそ、本当に好きなこと、やりたいことを見つけたときの君は、きっともっと強い。いつか君がそういうものに出会えることを祈っています。おめでとう！〉

これが、クラス一位になった孝志朗への、一ノ瀬のコメントだった。担任ならまだしも、週に数回、世界史を教えに来ているだけの教師になにが分かるというのだ。そう思って、いつもは読み流していたコメントだったが、このときは妙に心に響いた。人生初のクラス一位を取った記念すべき答案ということもあり、それはいまも、綺麗に折り畳んで高校の卒業アルバムに挟んでいる。これまで誰にも話したことはない。深い穴の底に落としたマッチのような強さと温かさを保って燃え続けている、孝志朗だけの記憶だ。

「あのイッチーが……」

押し入れの天袋に目が向く。そこに卒業アルバムをしまっていた。

「イッチー、死ぬのかな……」

言わないほうがいい、と分かっていても、口にせずにはいられなかった。いつか君がそういうものに出会えることを祈っています。

俺、まだ出会ってねえよ。まだなんにもできてねえよ。

限りある命。かけがえのない人生。二度とない今日。それはなにも、老人や病人だけの話ではない。ずっとそこにあったはずの砂時計を、孝志朗はそのとき初めて認識した。

逃げたり、はぐらかしたり、茶化したり。そういうのは、もうなしだ。

「俺ってね、ほんとにクズなのよ」

(そうだね)

「いや、そこは否定してくれよ」

(だって事実だもん)

うなずかざるを得ない。

「……好きなこととか得意なこととか、なんにもなくてさ。唯一、なぜか昔から女子には人気あったから、高校に入ってからは、女子と見れば片っ端から声かけまくってた。それが自分の強みなんだと思いこんでさ。人として特筆すべきものがないっていうコンプレックスを、俺に告白されて喜んでる相手を見て解消してたんだな」

(あ、その話、ついに聞かせてくれるんだ?)

「最低だよな、いま考えると。でも、そんときは俺も俺で必死だったからさ、自分のつまんなさから逃げるのに」

自分の容姿が優れていると思ったことは一度もない。だが、容姿だけが、自分の持てる唯一の武器だとは自覚していた。告白すれば十中八九、という具合だったが、もともと好きでもなく付き合う気もなかった相手と続くはずもない。孝志朗にとっては、告白して、それが相手に受け入れられるまでが重要なのであり、そのあとのことにはまったく関心を持てなかった。だが、相手にとっては、むしろ「そのあとのこと」のほうが本題なのだ。

誰かに自分を好きになってもらうことが容易だったからこそ、反対に、孝志朗のほうから誰かを好きになるということは人生で一度もなかった。その歴史が塗り替えられたのは高校三年生の春だ。孝志朗は恋に落ちた。

相手は、毎朝電車で一緒になる女の子だ。一目惚れだった。その華やかな顔立ちは当然のことながら、その凛《りん》とした表情や佇《たたず》まい、つり革を持って立っているときの立ち姿、シートに座って本を読んでいる姿、友達と言葉を交わすときに見せる柔らかな笑顔、すべてに心を奪われていた。その制服から、孝志朗と同じ高校の、しかも同学年の生徒だということは分かったが、彼女を校内で見かけたことはなかった。

だが、クラスと名前とを知り、彼女を彼女として認識するようになると、これまで見かけなかったのが不思議なほどその姿が目に留まるようになった。売店、食堂、移動教室の廊下。見かければ目で追っているし、そこにいなくても無意識のうちに探している。いつしか、孝志朗の頭は彼女のことでいっぱいになっていた。

一方で、大勢の女子に対する見境のない告白も相変わらず続けていた。それとこれとは別物だった。それまで告白というものをあまりにも気軽に捉えてきたために、孝志朗の中で、「告白」と「好きな人に気持ちを伝えること」とが結びつかなくなっていたのだ。孝志朗にとって告白とは、承認欲求を満たし、自己肯定感を高めるための行為だった。そんなふうにべとべとに汚れてしまったものを、初めて心から好きになった彼女にだけは差し出せない。そう思っていた。

結局、孝志朗が気持ちを伝えられたのは、三月の終わり、彼女に一目惚れして一年近くが経ってからだった。

いつもは行きの電車でだけ一緒になる彼女と、その日は帰りも一緒になった。彼女は一人だった。孝志朗も一人だった。卒業直前。帰り道。近くに同じ高校の制服も見えない。ここしかないと思った。

彼女に続いて孝志朗も電車を降りた。改札階への階段を上りかけていた彼女を呼び止め、ホームで告白した。いや、それは「告白」ではなく、この想いを伝えたい、という一切の混じりけのない気持ちだった。

ありがとう。でも、ごめんなさい。そう言われた瞬間、孝志朗は、いまの季節も、自分が立っている場所も、呼吸の仕方すらも分からなくなり、酸欠の金魚のように口をぱくぱくさせていた。気づけば彼女は立ち去ってしまい、電車の発着ベルだけが孝志朗を何度も何度も揺さぶっていた。

齢《よわい》十八にしてやってきた孝志朗の初恋は散った。清々しいまでの失恋だ。

振られたこと自体もさることながら、なにより、自分の唯一の武器だと思っていたものが通用しなかったことがショックだった。どれだけたくさんの異性がこの顔に好感を持とうが、本命の相手に通用しないのなら、それは武器でもなんでもない。孝志朗が立ち直るのに一ヶ月かかった。三日寝こみ、一週間抜け殻で、あとの二十日で考えた。そして決めたのだ。外見で戦うのはもうやめだ、中身で勝負できる男になろう、と。

そう言いつつも、卒業式の日には水戸あおいを家に招き入れているのだから、つくづくどうしようもないやつだと自分でも呆れてしまう。

しかも、その後も、孝志朗は中身を手に入れられなかった。進学した公務員専門学校だって、たった二ヶ月でやめてしまった。大した動機も理由もなく選んだのだから当然の結果だろう。好きでもなくやりたくもないことは頑張り続けられない。人生は世界史の試験とは違う。

それにしても、あのとき、どうして自分はあんなにあっさり振られたのだろうか。いまでも、幾度となく考える。そもそも孝志朗のことを知らなかったのかもしれないし、反対に、孝志朗が流した浮名のことをよく知っていたのかもしれない。だが、孝志朗はあえてこう想像するのだ。彼女は、孝志朗が中身のない、つまらない人間だということを見抜いていたのではないか、と。

彼女は魅力的だった。友達もたくさんいたし、もちろん男にも人気があった。孝志朗と同じように付き合っては別れ、を繰り返していたが、彼女が選ぶ男たちは、みんな中身があった。生き方に芯があった。自分を全力で生きていた。孝志朗はそうではないと、見かけに反して中身は空洞の張りぼてのようなものだと分かっていたのだ。そう考えるのは彼女を買いかぶりすぎだろうか。

いつか君がそういうものに出会えることを祈っています。

糸原孝志朗の好きなこと、やりたいこととは、いったいなんなのだろう。どうしたらもっと自分に、自分の人生に全力になれるのだろう。あの初恋と初めての失恋以来、孝志朗は考え続けていた。果たして、父親の店でスクラッチを削っているだけの人生でいいのか。つまらない人間のままで、クズのままで終わっていいのか。誰も正解を示してはくれない問いに、自分なりの答えを見つけ出すのは簡単ではない。

（で、答え、もう見つかったの？）

長い一人語りのあと、久しぶりに聞いたかすみの声は、なぜか楽しそうに弾んでいる。

「見つかってないけど、もう探すのやめた」

（どういうこと？）

「最近、俺って好きなもんはないけど、好きなやつならいっぱいいるよな、って気づいてさ。持ってないもんのために躍起になるんじゃなくて、もう持ってるもんに目を向けてみよう、って思ったんだ。そうやって、自分の周りの、自分の好きなやつらを全力で大事にすることで、俺、もしかしたら自分にも全力になれるんじゃねえかな、って」

父親の優しさ。糸原文具店。絵美。生まれ育った場所の温かさ。一ノ瀬の言葉。孝志朗はすでに、持ちきれないほど多くのものを抱えていた。

(え、待って、それってもちろん、わたしも入ってるよね？　その、いとっちの好きなやつらリストに、わたしも)

「……まあ、卒業してからも俺にこんなに構ってくるやつ、他にいねえし」

(え、じゃあ、わたしを彼女にしようよ。そのほうが大事にできるよ。ね、試しに、ちょっとだけでもいいから)

なんなんだ、最後は絶対そこに持っていこうとするのは。喉の奥で苦笑しながら、孝志朗は口にした。

「いいよ」

無音。

(え、いいの？)

「だから、いいって」

(いいんだ……)

「うん」

(ほんとに？)

「ほんとだって」

かすみが何度も吸ったり吐いたりする強い息が受話口に当たっている。

「付き合ってもいいと思ってるやつに過去の失恋話するような男でもよければ、だけど」

あ、と孝志朗は声を高くした。

「でも、あいつらには言うなよ」

(あいつら？　糸原孝志朗被害者の会のこと？)

「そう、それ。水戸なんかに知られたら後ろから刺されそうだから」

(やっぱりクズだねえ、いとっち)

かすみはなぜか嬉しそうだ。

(でも大丈夫。たぶんみんな、わたしを胴上げする勢いで大喜びしてくれるはずだから)

「……そういうもんなのか」

(うん、そういうもんなの)

よく分からない世界だ。

「あ」

(今度はなに？)

「そういえばさ、その、俺の被害者の会ってのに、ゆりちゃんってやついる？」

(ゆりちゃん？　いないと思うけど。ていうか、いとっち、相手の名前も知らないで数多の女子たちをたぶらかしてたわけ？　あ、いちいち覚えてらんないのか、数が多すぎて。ほんと、クズだねえ)

容赦なく攻撃してくるかすみに対し、防戦一方の孝志朗。まったく、先が思いやられる。孝志朗は、スマートフォンを顔から離してため息をついた。

(で、そのゆりちゃんがどうかしたの？)

「いや、ちょっと伝えたいことあったんだけどさ。いないならいいんだ」

残念ではあるが、ほっとしてもいる。複雑な心境だ。

(なに？　誰？　あ、もしかして、二重の意味で孝志朗をノックアウトした初恋の君？)

「違えよ。あとうまいこと言わなくていいから」

(えー、気になる。教えてよ、彼女の名前)

「ゆりちゃんじゃなくてそっちかよ。嫌だよ、言っても知らねえだろうし」

(聞いてみないと分かんないじゃん、それは。ねえ、さっきの初恋エピソードを聞いてるときのわたしの気持ち、想像できる？　好きでもなかったたし付き合う気もなかった人に告白してた、って聞いたときのわたしの気持ち、想像できる？　それ、そのとき告白した当の本人に言うかね、普通)

「……分かったよ」

孝志朗は観念し、天井を仰いだ。いまもかすかに胸に灯るその名前を、少しでも高いところに放つように、口にする。

「千尋。鈴村千尋だよ」


鈴村絵美。その名前を初めて聞いたときは、ただの偶然だろうと思っていた。「鈴村」というのは、よくいるとまでは言わないが、そうめずらしい苗字でもない。まだ明るい胸の奥の灯火《ともしび》が下手に揺らめかないよう、それ以上、その疑念を追いかけないように意識していた。

六つ上の姉。菓子作り。東京の洋食店。絵美はめったに家族の話をしない。だがそれでも、なにかの折に絵美の口から「姉」の話が出ると、そのたび孝志朗の心臓は銃声でも鳴ったかのように大きく跳ねた。そして、それらを一つひとつつないでいくうちに確信した。絵美は、千尋の妹だ。父子家庭で、年の離れた妹がいること。料理研究部だったこと。卒業後に上京したこと。絵美から聞く「姉」の話は、孝志朗の知っている千尋の情報と大きく違わない。

千尋は自分を覚えているのだろうか。それが気になって仕方なかった。絵美は頻繁に姉と電話しているようだ。その会話の中で、自分が一日の中で最も長い時間を過ごしている場所のことを、そこにいる人間のことを、まったく話さないということはないだろう。果たして千尋は、それが孝志朗だと気づいただろうか。妹が通う文具屋の店員の名前を、高校を卒業する直前に自分に告白してきた男と結びつけるだろうか。鈴村、という名を聞いた孝志朗が、瞬く間にあの日、あの場所に舞い戻ったように。

姉ちゃんの名前、なんて言うの？　それがどうしても訊けなかった。返ってくる答えは分かっているのに、分かっているからこそ、訊けなかった。いま自分が向き合っているのは絵美であって、千尋ではない。千尋は関係ない。そう言い聞かせている時点でもう関係なくはないのだと、自分の心がいちばん分かっていた。

〈千尋〉。鈴村のスマートフォンの画面に表示されている登録名が見えたときは心が掻き乱された。いまはそれどころではない。そんなことができるわけもない。そう分かっていてもなお、鈴村からスマートフォンを奪いとり、俺のこと覚えてますか、と叫びたいという衝動がちくちくと胸を突いた。絵美がいなくなったことを焦りに駆られた口ぶりで伝える鈴村の隣で、孝志朗は、その衝動を抑えこむのに必死だった。

孝志朗は千尋と、その父と妹とを間に置いて、いまもつながっている、と言えるのかもしれない。だが、そのつながりを辿ることは、至極簡単そうで果てしなく難しいことだった。

だが、時は流れていく。否応《いやおう》ない世の中の激変に半ば強引に押し流されるようにして、ここ最近、ようやく古びた流木から手を離せたような実感もある。近頃は、自分と千尋との、ただそこにあるだけのつながりを愉快だと思えるようになっていた。たまに千尋を思い出すことに宝箱を覗き見るような楽しみすら覚えはじめていた。

それなのに。それなのに、どうしてここにいるんだ。

十月のある日のことだった。それが鈴村千尋だと、店に入ってきた瞬間に分かった。高校時代よりも、髪がずいぶん短く、そして明るくなっている。だが、まだ卒業して二年、その顔立ちや表情や佇まいは高校時代のままだ。見間違うはずもない。

他に客はいない。店には孝志朗と千尋の二人きりだった。千尋は、真っ赤な、大きなスーツケースを引きながら、店の中を静かに、丁寧に見て回った。よかったら、お荷物、こちらでお預かりしましょうか。たったそれだけの台詞が声にならなかった。

どうしてここにいるんだ。本来は声が、言葉が、酸素があるべきスペースを、その疑問が埋め尽くしていた。今日、千尋がこの街に帰ってくることは絵美から聞いていた。絵美の高校受験のこと、進学してからのこと、今後の家族のこと。これまで先延ばしにしていたことを家族で顔を突き合わせて話し合うために、久々に帰ってくるのだと。本当なら夏に実現するはずだったのだが、東京に第二波がやってきたために延期になった。今年は四月の帰省もできなかったし、三度目の正直ってやつだよ。数日前から絵美がそわそわしているのを見て、孝志朗も少しだけそわそわしていた。だが、この店に寄るとは思ってもいない。

絵美の差し金だろうか、それとも千尋の意思だろうか。後者だとしたら、それは単にいつも妹から話を聞いていたからなのか、それとも千尋自身に孝志朗に関する記憶があったからなのか。だが、後者であれば、こんなに自然にふるまうことはできないはずだ。孝志朗の心模様は荒れに荒れていたが、千尋のほうにはレジを窺う素振りすらない。

千尋は、まるで順路でも示されているかのように正しく、美しく店内を歩いた。時折はたと足を止め、レターセットをためつすがめつ眺め、トラベルノートをぱらぱらとめくり、びっしりと画材の詰まった棚を仰ぎ見た。筆記用具コーナーでは試し書きノートを手に取った。孝志朗には、その絵を見て千尋が微笑んでいるように見えた。

俺のこと覚えてますか。その言葉が喉に貼りついていた。

千尋が、文具雑貨を並べた、大きなテーブルの前で足を止めた。緊急事態宣言下、孝志朗が一から作り上げたその一角は広く評判を呼び、いまや糸原文具店の商売の中核と言っていいほどだ。展示販売を始めておよそ五ヶ月、取り扱う作家の数や作品の種類は日に日に増え、テーブルの上はいまや、おもちゃ箱をひっくり返したような賑やかさになっていた。

千尋は、ずいぶん長い時間そこにいた。作品の概要やそれを作った作家のコメントが書かれたカード（すべて絵美が作ってくれた）をじっくりと読んでは、実際にその作品を手に取ってみる。それを一つひとつについて繰り返していた。孝志朗は、混乱と緊張、砂糖水の中で溺れているかのような甘く苦しい気持ちとともに、その様子を見つめていた。

気づくと千尋がレジの前に立っていて、言葉が貼りついたままの孝志朗の喉がひゅっと鳴った。

「これ、お願いします。これだけそのままで、あとはまとめて包んでもらえますか？」

差し出されたのはポストカードだった。筑後《ちくご》に住む若い男性イラストレーターが描いている、彼の家族をモチーフにした七人のキャラクター。それらと、どんたくや山笠《やまがさ》、とんこつラーメンや明太子といった福岡の名物とを組み合わせたイラストが描かれた、七種類のポストカードだ。そのなんともいえない緩さと分かりやすい福岡っぽさが受けているのか、このキャラクターのシリーズは、店でも一、二を争う人気商品だった。

ポストカードを包む孝志朗を千尋が見つめていた。

「これ、人気なんすよ」

言葉を交わすなんて無理だ。だが、商品を包み、レジに代金を収め、釣り銭を渡す、その間ずっと沈黙が続くほうがもっと無理だ。やっと出た声は、水気のない絵筆でキャンバスに擦りつけた絵の具のように掠れていた。

「そうなんですね。やっぱりそうですよね。わたしもかわいいなと思って、特にこの、仏頂面の〈次男くん〉が」

覚えていないのだ。彼女は俺を覚えていない。そのとき孝志朗は、雷に打たれたように悟った。彼女の微笑みはあまりに柔らかく、その口調はあまりに優しかった。それはまったく同じだった。高校時代、孝志朗が遠くから眺めていた頃の千尋と。

喉に貼りついていた言葉がべろりと剝がれて、腹の底に落ちていった。

「わたし、普段は東京に住んでいるんですけど、向こうに似てる友達がいるんですよ。顔もだけど、このシャツの着こなしとか、ちょっと陰がありそうな感じとかが。これは、その友達に送ろうと思ってて。旅先からはがきが届くと嬉しいじゃないですか」

孝志朗は、カウンターに残ったバラ売りの一枚を見た。千尋が、これだけそのままで、と言ったその一枚には、〈次男くん〉一人のイラストが大きく描かれていた。

友達なんかじゃない。千尋の声が、口調が、表情が、全身がそう言っていた。いま、彼女にはいるのだ。自分を全力で生きている、このキャラクターに似た、特別な誰かが。

そのわずかな時間で、孝志朗は、まるでたったいま宇宙まで行って戻ってきたかのような疲労を感じていた。ようやく意識が現実に戻ってきたとき、閉店時間はとっくに過ぎていて、窓から入りこんだ夜が店をも呑みこんでいた。

孝志朗はゆっくりと立ち上がった。店を閉めて、うちに帰ろう。そしてまた明日、店を開けよう。そこにまた絵美が、多くの客が来るはずだ。俺は糸原文具店のエプロンをかけ、文房具を売る。それがどんなものであれ、現在は、過去になり続けているのだから。

二〇二〇年九月

どん、と右足に衝撃が走って、祥司は顔をしかめた。走ってきた子供が祥司にぶつかったのだ。子供のほうはぶつかったことにも気づかず、テーブル席の両親のもとに駆け寄り、母親の懐に飛びこんでいる。その若い母親が千尋に似ている気がして、祥司の心臓はきゅっと縮んだ。思わず背を向けたが、かえって不審に映るかもしれないと思い、向き直る。食事のためにマスクを外した彼女の顔は、千尋とは似ても似つかなかった。

日曜日のショッピングモール、3Fフードコート。手洗い場の周りや床に飛び散った水滴を拭きとり、ペーパータオルのごみを回収し、アルコール消毒液を補充する。祥司は何食わぬ顔で作業を続けながら、ばくばくと鳴っている心臓をどうにかなだめようとした。胸の内では、安堵と後ろめたさが入り混じっていた。

三月、自身の誕生日をともに過ごして以来、千尋とは一度も会っていなかった。

あの日、あの場所で起こったことを、祥司は心から悔いていた。もうここまでにしよう。あれほど自分に言い聞かせてもなお、そしてそれを思い知らせるような二月の出来事を経てもなお、千尋を断ち切れなかった。また、一時的な幸福のほうへ流されてしまった。それだけは、それだけは絶対に避けなければならなかったのに。自分という人間の弱さと身勝手さにつくづく嫌気が差す。だが——。

あの日の、あの、とろけるようなひととき。それまでの人生において、あれほどの快楽と幸福を感じたことはなかった。あれ以来、脱衣所の鏡の前で化け物の体と向かい合うたび、あれは本当にこの体で経験したことなのだろうか、と少し怖いような気持ちになるほどだ。あのとき自分がどんなことを言い、どんなことを言われたか。どんなふうに触れ、どんなふうに触れられたか。どんな顔を見せ、どんな顔を見たか。祥司は、千尋が導く先々から振り落とされないよう必死だった一方、そこで交わされた台詞や動き、表情の一々を鮮明に記憶してもいた。

湧き上がる欲求のまま、ありのままの身と心で、純粋かつ素直に他者を求めたこと。それ以上ないほど強く求めたこと。それが思ったとおりに満たされた充足と安堵、それまで知らなかった自分の一面を見てしまった戸惑いと羞恥。それらは時折、たとえばこうして一人で作業をしているときなどに顔を覗かせ、祥司の体の芯をつついては甘く震わせる。

ああいうことになった以上、これまでどおり、というのは難しいし、不誠実なことに思えた。早いうちに、きちんと話をしなくてはならない。これまであまりにも曖昧だった二人の関係の輪郭を、そろそろくっきりさせなくてはならない。

マスクを鼻まで引き上げながら、祥司はあたりを見渡した。緊急事態宣言が解除され、営業が再開してから一ヶ月半。フードコートは座席を間引き、各専門店もできるかぎりの対策をとって営業していた。だが、常時一〇〇〇人近い従業員が働き、それ以上の一般客が出入りするショッピングモールである。感染者をゼロに抑え続けることはやはり難しく、第二波が噂されはじめた今月に入り、ちらほらと従業員の感染が報告されている。

専門店の従業員に陽性者が出た場合、その店舗は営業を停止し、店内を一斉消毒する決まりになっている。実際に作業を行うのは専門の業者なのだが、現場にはショッピングモール側の人間も立ち会う必要があり、その仕事を一手に担っているのが祥司だった。

知らないうちに人にうつしちゃう危険性もあるし、だからしばらくは千尋さんとも会わないほうがいいのかな、って。そうですね。寂しいですけど、仕方ないですよね。会えない間は、たくさん電話しましょう。

毎日の電話で千尋が口にする、祥司を気遣う台詞や、祥司との未来の話。当然ながら、その口ぶりに疑念や不安の色は一切ない。同じトーンで相槌を打つたびに、千尋を騙しているような気がして、祥司の胸は強く痛んだ。

ご飯、ちゃんと食べてますか。免疫力を上げるには、よく食べてよく寝るのが一番です。お忙しいときは言ってください、いつでも作って持っていくので。そういえば、これネットで見つけたんですけど、すごく綺麗なところだなと思って。落ち着いたら一緒に行きませんか――。

千尋が三月の出来事について触れないのも、二人の関係の進展を急がないのも、祥司を信じているからだと分かっていた。時が来れば、祥司はきっと自分が欲しい答えをくれるはずだと、彼女はそう信じているのだ。

　だが、祥司が化け物である以上、彼女にそれを与えることはできない。互いにとっての唯一の存在として同じ未来に向かうことはできない。最初から、二人が出会った瞬間から決まっていることだ。

　それでも、彼女との現在を断ち切る覚悟が、どうしても決まらない。現在は未来につながっている。そう分かっていてもなお、いまはまだ、夢を見ていたいと思う。彼女との素晴らしい未来を、ともに思い描いていたいと願ってしまう。

　電話が鳴ったときの天にも昇るような気持ち。電話を切ったあとの地に突き落とされたような気持ち。二つの間で激しく揺さぶられながら、祥司は、だんだんと大きくなる未来の足音に怯《おび》えていた。


　今日はこれで上がりだった。掃除用具や回収したごみをまとめて清掃員控室に戻る。部屋には鮫島だけがいた。お疲れさまです、と会釈をすると、難しい顔をした鮫島が、ちょっとそこ座れ、と言った。

　テーブル越しに鮫島と向かい合う。二人の間には、鮫島の、口の開いた青い缶コーヒーが置かれている。祥司はひとまず、そこに視線を固定することにした。

「おまえ、今日は三時までだったよな」

「はい」

「どうだ、最近」

　鮫島のことは嫌いではないが、こういうふうに、なにが目的なのかはっきりしない質問をしてくるところは苦手だった。

「……普通です」

なんの足しにもならない返答をする。

「崎田とはどうだ？　うまくやってるか？」

「……普通です」

「そうか」

それでも鮫島は、満足したように繰り返しうなずいた。

「あんまり時間をとるのも悪いから単刀直入に言うが」

テーブルの上の缶コーヒーに手を伸ばす。しかし、手前に引き寄せただけで飲もうとはしない。

「崎田のことだ。あまりにも勤務態度が悪すぎる。サボり、遅刻、無断欠勤、問題行動。もう何回やってる？　ちゃんと教育しとけって、おまえにも何度も言ってるよな」

やはり、と思った。この一年半ほどで、祥司は、崎田に関する話か否かを、鮫島の顔を見ただけで判断できるようになっていた。

「他のやつらも迷惑してるし、お客からのクレームも一度や二度じゃない。俺もうんざりだよ、あいつがなんかやらかすたびに上から絞られんのは」

目印にしていた青い缶コーヒーがなくなっていて焦り、たったいま鮫島が動かしたのだった、と気づく。仕方なく、鮫島のシャツの、いまにも取れそうな二番目のボタンを見つめた。鮫島の制服は祥司たちと同じものとは思えないほど色あせていて、袖や裾も擦り切れてしまっている。清掃員の現場リーダーの鮫島は、確か、祥司が中学生の頃からここで働いていたはずだ。いま着ているものは三代目だと言っていたが、そろそろまた新調したほうがいいのではないか。

「俺もずいぶん我慢してきたつもりだ。このまま改善されないようなら、やめてもらうことも考えないといけなくなる――こんなことは言いたくなかったが」

祥司は思わず鮫島の目を見た。崎田については幾度となく小言を言われてきたが、そういう話が出たのは初めてだ。

「……どうして崎田を雇ったんですか」

「ん？」

「いずれこういうことになるって、そんなの、鮫島さんなら見た瞬間に分かったでしょう。それともあいつ、面接のときは猫被ってたんですか」

「おまえが自分から発言するとはな。珍しいこともあるもんだ」

鮫島は毛羽立った不織布のマスクを摘まんでずらし、今度こそ缶コーヒーに口をつけると、喉を鳴らすようにして笑った。コーヒーと煙草が混じったような口臭が祥司の鼻を突いた。鮫島が、テーブルの上に置いていた腕を胸の前で組み、午後になって伸びはじめたひげを気にするように顎を撫でる。

「俺は最初から、こいつは続かないだろうなと思ってたよ。だが、上が、どうしても採用しろと言って譲らなかったんだ」

どうして。視線で問う。先に目を逸らしたのは鮫島のほうだった。白いものの混じりはじめた頭を触り、マスクの鼻部分のワイヤーを触り、赤褐色に日焼けした顔を触り、ようやく重い口をこじ開ける。

「あいつは、崎田はな――」

崎田が来ない。祥司は一人、清掃員控室のテーブルの上で両手を揉み合わせていた。今日の専門店街2Fのフロア清掃は、八時から十五時まで祥司が担当し、十五時からは崎田が担当することになっている。すでに十五時七分前。着替えや引き継ぎの時間もあるから、遅くとも十五分前には来いと、いつもうるさく言っているのに。

——このまま改善されないようなら、やめてもらうことも考えないといけなくなる。

鮫島に言い渡された言葉が祥司の胸をざわつかせる。

十五時五分前。祥司はたまらず崎田に電話をかけた。意外にも崎田はすぐに出た。

(なんだよ)

「今日、三時からだぞ。いま何時か分かってんのか」

分かってる、分かってる。崎田があしらうように返事をする。

(大丈夫だって。もう着いてんのは着いてんだ)

「着いてるなら早く来い。急いで来い」

舌打ちの音。

(——っせえな。ちょっと遅れるくらい許せよ、いつものことなんだから。とにかく、いまいいところなんだ。邪魔すんじゃねえよ)

〈こちらは北駐車場、ドッグラン入口です——〉

電話が切れる直前に聞こえたアナウンス。祥司は一つ息を吐くと、控室を飛び出した。

——おまえの走り方ってポニーそっくりだよな。

いつかの崎田の言葉が頭をよぎって、祥司は北駐車場の手前で速度を落とした。

崎田の姿が見えていた。屋内駐車場ゆえに暗くて分かりづらいが、確かに崎田だ。ドッグラン入口のそば、駐輪スペースの、チェーンロックをつなぐためのポールの前に屈《かが》みこんでいる。息を整え、わずかに近づく。犬がいた。赤い首輪をつけた、薄い茶色の、毛の短い中型犬がポールにつながれている。ドッグランに来た客のものだろう。

崎田は犬と戯れているようだった。なにか声をかけながら、しきりにその頭や体を撫でている。祥司は、その光景に見覚えがあるような気がした。どこで見たのだろうか。記憶を探っていると、突然、崎田がすっくと立ち上がった。おもむろにポケットに手を入れ、じっと犬を見下ろす。

それは、痛みに似た感覚だった。針で貫かれたような痛みが、そのとき、祥司の頭の中を貫いた。

——蹴る。

祥司は駆け出した。化け物丸出しの走り方で一心不乱に走った。

寸前で崎田を突き飛ばす。崎田がよろめき、祥司の姿を認めて驚いた。だが、その驚きはすぐに怒りに変わる。

「——つぶねえな！　なにすんだよ！」

「おまえ、いま、蹴ろうとしただろ」

「なに、駄目なわけ？」

「駄目に決まってるだろ」

崎田が、口を歪めるようにしてかすかに笑う。

「なんで？　首輪がついてるから？」

祥司は答えられなかった。野良犬だろうが飼い犬だろうが蹴ってはいけない。当然のことだ。だが、そうやって崎田がバランスを取り戻そうとしているのだとしたら。

「虫はどんだけ殺したっていいのにな」

ふいに、崎田が右足を振り上げた。考えるより先に体が動いていた。

咄嗟に出たのは右手だった。自分の右の拳が、崎田の頬の骨にぶつかる確かな感覚があった。だが崎田は、殴られたことに気づきもしなかったような顔で立っている。

長い前髪の下で、崎田がその目を大きく見開いた。真っ黒な瞳が爛々と光っている。そうだ、分かった。中学のプール脇だ。崎田が、その持て余した暴力的なエネルギーを発散させていた中学のプール脇。この状況は、あのとき、あの場所でのそれと似ている。

崎田が辛うじて聞こえる声でささやいた。

「――邪魔すんじゃねえ」

飛んできた拳を、祥司は咄嗟に摑んでいた。まさか自分が崎田を止められるとは思わなかった。人を殴ったことでアドレナリンが出ているのかもしれない。

「殴ってもいいんじゃなかったのかよ」

「――右手」

大きく息を吸う。

「右手、また痛めるぞ」

祥司が摑んだ、崎田の右の拳。出っ張った手の甲。曲がった指。それはまるで岩のように変形していた。

あの日、鮫島が告げた事実は衝撃的なものだった。

「あいつは、崎田はな、うちの障害者雇用枠に応募してきたんだ」

障害者雇用枠。

「うちみたいな大きい会社じゃ、全従業員のうちの何パーセントかに相当する人数の障害者を雇わないといけないって、そういう法律があるらしい。だが、実際のところ、障害者雇用枠での応募ってのは滅多になくてな。だから、ハローワーク経由で崎田が応募してきたときも、身体障害者ってことだが、問題なく業務をこなせるようなら即採用で、って上に言われてたんだ」

そんな――まさか。

「右手は基本的に手袋で隠れてるし、清掃の仕事なんて片目が見えてりゃ十分だ。重いもん持ったり素早く動いたりなんてのは、俺の齢になりゃ誰だって無理だしな」

どういうことだ。なにがあったんだ。

「俺たちはだいたい二人一組で動いてるから、できないことは相棒にやってもらえばいい。人間性はちょっと引っかかるが、ベテランのおまえとセットにしておけば仕事のほうは問題なさそうだ。そういう判断で崎田を採用した。障害のことは、必要ならあいつが自分で言うだろうと思って、俺からは特に説明しなかったんだ」

おまえは、毎日きっちり仕事してくれるのにな。同い年でこうも違うもんかね。だけど、正直、おまえがここまで続くとは予想してなかったよ。大学卒業で一気に人がいなくなっただろ、あそこで一緒に辞めるもんだと思ってた。ほら、おまえってもともと、大学の友達かなんかと一緒に入ってきたからさ。それが、まさか正社員になっちゃうとはなあ。分かんねえよなあ。そう考えると、崎田のことも長い目で見てやるべきなのかなあ。

その後も鮫島は喋り続けていたが、もはや祥司の耳には入っていなかった。なにかの間違いではないか。だって、崎田はボクシングをやっていたのだ。中学時代からジムに通っていて、高校ではプロテストに向けて――待てよ、もしかして。

――好きなだけ人を殴りたくてボクシングを始めたんだ。

崎田の名前で検索をかけた。動画サイトに、崎田のラストマッチの映像がアップロードされていた。祥司が崎田の試合を見るのはそれが初めてだったが、まさにあの言葉どおりの凄《すさ》まじい内容だった。

序盤は崎田の圧倒的有利に見えた。その衝撃が画面越しに伝わってきそうなほど強烈な崎田のパンチが、相手の顔面に、ボディに、面白いようにヒットする。だが、疲れからか、しだいに崎田の動きが鈍くなりはじめると、それまで防戦一方だった相手が一気に攻撃に転じた。じわじわとコーナーに追い詰められていく崎田。もともと守備は苦手なのだろう、相手のパンチを受けるたびにガードが下がっていき、ついに、頭を突き出すようにしてうずくまってしまった。

ファイティングポーズの下で相手の目の色が変わったのを、祥司は見た。画面越しにもはっきりと分かった。レフェリーは止めない。そして、「その瞬間」がやってきた。

後頭部への攻撃――ラビットパンチ。当然、相手は失格負けとなったが、それで崎田の体がもとに戻るわけではない。崎田のプロボクサー人生は、たった一年余りで、最悪の形で幕を閉じることとなった。意識を失い、担架で運ばれていく画面の中の崎田。祥司は思わず顔を覆った。

祥司の予想は当たっていた。頭部に強い衝撃を受けたことによる脳の損傷。左半身には麻痺が残り、すでに網膜剝離を起こしかけていた左目は、その一発で完全に失明した。

崎田はハードパンチャーだった。ガードを下げてでも倒しにいく。判定勝ちは負けと同じ、どんな状況でもＫＯを狙う。まさに肉を切らせて骨を断つようなそのファイトスタイルは、多くのファンから熱烈な支持を集めていた。しかし、それゆえ崎田は、アマチュア時代から、いわゆる「ボクサー骨折」を幾度となく繰り返していた。関係者によると、その頃にはすでに右手の変形がみられていたというから、いずれにせよ選手生命は長くはなかったのかもしれない――ネットの記事にはそう書かれていた。ふざけるな。スマートフォンを握る祥司の手は震えた。起こってしまったことと、起こるかもしれなかったこと。両者は違う。まったく違う。

自分の入れ物が壊れたときのことを思い出した。四角くて白い病室。そこかしこに染みついた薬品の匂い。ざらざらとした洗いたてのシーツの感触。あれを、崎田も知っている。やるせない気持ちになった。崎田こそは、あの絶望から最も遠い存在であるべきだった。そうあってほしかった。

摑んだ崎田の拳を、その指を、そっと開いていく。その手を、自らの両手で包みこむようにする。

――手の甲がぼこっとなってて、指も曲がってて、とにかくすげえ変な形なんだよ。

分かってはいた。だが、そうなった原因を知り、実際に見て、触れると、やはりどうしようもなく胸が詰まった。いびつで硬い、しかし確かに温かい――。

「離せ」

ゴム手袋をしていない裸の右手を、崎田はズボンの右ポケットに突っこんだ。拳を摑んだ瞬間に見えた焦燥や動揺は、すでに消えている。

「――大丈夫なのか」

尋ねた声は掠れていた。

「痛みはあるのか？　動かしづらいのか？　いまもちゃんと医者には――」

「鮫島が言ったのか」

太く強い、直に鼓膜を揺さぶるような声。

「……いまどき、調べればいくらでも出てくる」

崎田が舌打ちをした。

「──目は、体は、どんな具合なんだ」

「嬉しいか」

祥司の言葉など聞こえていないかのようだ。

「あの頃、散々おまえをダシにして、仲間内でもいきがってたやつが、いまはこのざまだ。どうだ、嬉しいか」

自虐しているわけではない。それはあくまでも冷静な問いかけだった。

「……そんなこと、思ってもみなかった」

「まさかおまえ、俺に助けてもらったなんて思っちゃいねえよな？　言っとくけどな、俺は、おまえを助けてやろうなんて思ったことは一度もない。助けてやってるような顔して、こっちの都合のいいように使ってだけだよ」

「……分かってるよ。分かってたよ」

そんなことは百も承知だった、だが、そのうえで、やはり祥司は救われたのだ。人と関わることなく、人に自分を晒すことなく。頭ではそう思っていても、心ではいつも他者を求めていた。自らが張りめぐらせた頑丈な壁さえも突破してくれる存在を待ち続けていた。たとえそれが自分を利用するためであっても、自分に利用価値を見出《みいだ》してくれたということそれ自体が、祥司にとっては純粋なよろこびだったのだ。どんなやり方であれ、どんな下心があれ、崎田のおかげで祥司は人の輪に戻ることができた。再び人とつながることができた。

俺、ほんとに無理なんすよね、あいつ。実際、誰もいないでしょ、あいつとまともにコミュニケーションとれるやつなんて。あいつ見るとさあ、なんかいらいらすんだよね。やることなすこと、いちいち癇に障るっていうか。もう、どやしつけたくて仕方ねえもん――。

崎田に対する陰口にはずっと気づいていた。気づいていながら、祥司は、陰口の中に割って入ることも真実を確かめることもできずにいた。ただ、ロッカールームの隅で気配を消し、トイレの個室で身を縮めていただけだ。崎田は祥司を救ってくれた。いま、あの頃と同じものを返せないでいる自分が、心から情けなく、不甲斐なく、もどかしかった。

足もとの犬が吠《ほ》えた。崎田の視線がそちらに動いた。

「蹴るなよ」

視線が祥司に戻ってくる。

「蹴ったら、おまえ、クビだぞ」

「いいさ、別に。俺、どうせ終わってるし」

少しも表情を変えずに、崎田が言う。

「……終わってる?」

「あの試合で俺の人生は終わった。ここは墓場だ」

車のドアを閉める音。エンジンがかかる音。自動ドアが開くたびに聞こえてくる機械音声のアナウンス。それらの隙間に滑りこませるようにして、祥司は強く声を出した。

「俺は」

前髪の隙間から覗いている崎田の目を、祥司はまっすぐに捉えようとした。

「俺は、ボクサーとしてのおまえを知らない。おまえはあの試合でなにかを失ったのかもしれないけど、俺はそもそも、それを持っていたときのおまえを知らない。だから俺には、おまえはなにも終わってないように見える。中学の頃から、なにも変わってないように見える」

目は逸らさない。絶対に逸らさない。

「ここが墓場なら、もう他に行くところはないはずだろ？」

家族。夫婦。親子。祖父母と孫。カップル。友人同士。その人生を祝福された人々が、光に満ちたショッピングモールの館内に吸いこまれていく。その直前、そこに佇む二人の男を一瞬だけ見やる。

「放り出すなよ、どれだけひどい人生でも」

声が裏返りそうになって喉を締める。隙間から少しずつ息を漏らすようにする。

「墓場で会えてよかったよ」

そのとき、崎田の目が動いた。

祥司を通り過ぎ、その向こうのなにかを見る崎田。つられて祥司も振り返った。そして、崎田が見ているものを視界に捉えた。

千尋は、辛うじて彼女だと分かるくらいの距離に立っていたが、祥司と目が合うと、自分からこちらに近づいてきた。

「――少し話しませんか？」

うなずく以外に選択肢はなかった。

着替えを済ませ、タイムカードを押して、千尋と川に向かった。ショッピングモールから駅までの道に沿って流れる川。祥司が日に二度、早朝と夕暮れ時に通っている川だ。冬ならすっかり闇にとけてしまっている時間だが、いまはまるで昼間のような太陽の光が川面《かわも》に反射している。

歩いている間、どちらも一度も口を開かなかった。それぞれが進行方向を見つめて、時折、川のほうに視線を外しながら、並んで歩いていた。二人の間には、他人が見て二人が知っている者どうしか否か判断に迷う程度の距離があった。

どんどんと河川敷に下りていった千尋が、草の濃いあたりにスキニージーンズの白い膝を抱えるようにして座った。祥司はその隣に自分のバックパックを下ろし、財布だけを持って自動販売機に向かった。ホットコーヒーを二つ買って戻り、無言で一本を千尋に渡す。

「……ありがとうございます」

久しぶりに間近で千尋の顔を見た。記憶にあるより少しやつれた気がする。祥司と目が合ったとき、その顔に緊張が走ったのがマスク越しにも分かった。

祥司は、寝かせたバックパックを挟んで千尋の右隣に腰を下ろし、自分のコーヒーのプルタブを引いた。マスクを外し、半分近く飲む。

「そのマスク」

バックパックの上に畳んで置いた祥司のマスクを、千尋が目で示した。

「まだ、使ってくれてたんですね」

「ああ、これ」

三月、千尋が誕生日プレゼントにと贈ってくれたマスクだった。ブラック、グレー、ホワイト。毎日ローテーションして使っている。今日はグレーだ。

「丈夫だし、耳が痛くならないし、すごく気に入ってます」

「もう半年くらいになりますよね、そのマスク、わたしがプレゼントしてから」

「そうですね」

「何回も洗って使えるとは言いましたけど……あの、さすがにそろそろ買い替えたほうがいいかもしれません」

「あ、はい。そうですよね……」

テンポの悪い会話が、この場の緊張感をより強く意識させた。

「……コーヒー」

間が持たなくなって再びコーヒーを持ち上げると、千尋が口を開いた。

「飲みましたっけ、祥司さんって」

「――いえ。だけど、こういうときはやっぱりコーヒーかな、って」

祥司は、自分が手にしている缶コーヒーを見た。深い青を基調としたパッケージ。鮫島がいつも清掃員控室で飲んでいる銘柄だ。

「微糖にしたんですけど、やっぱり苦いです。潔くカフェラテにすればよかったなあ」

千尋が小さく噴き出した。それでいくらか二人の間の空気が緩んだ。

「……お会いするの、久しぶりすぎて、ちょっと緊張してます」

「僕もです。だから、格好つけてコーヒーなんて」

会話はどこかぎこちなかった。二人でいるとき、自分はどんな声で、どんな速さで話していただろうか。うまく思い出せない。

千尋が周囲を見渡した。

「ショッピングモール、けっこう賑わってましたね」

「そうですね、土日なんかは、むしろ休館前よりも忙しいくらいで。従業員としては嬉しいですけど、また感染者数が増えるんじゃないか、って心配にもなりますよね」

千尋につられるように祥司も周囲を窺う。どこかに崎田がいるのではないかと疑ったが、さすがにここまで追ってくることはなかったようだ。

コーヒーをすすりながら新たな会話の切り口を探していると、ふいに空気が変わったのを感じた。

「――実はわたし、帰ることにしたんです、地元に」

唐突な報告だった。

よかった、これで終われる。勝手に離れていってくれれば、こちらから突き放さなくてすむ。栓が抜けたような解放感は、しかし一瞬だった。心臓がすっと冷え、そうと思えば、急に鉄球のように重くなった。そんなの嫌です。絶対に駄目です――。喚き出そうとする喉を塞ぎ、わずかな隙間から、どうして、の一言だけを出してやる。それでも、わずかに声が揺れた。

「お店、閉めることになって」

「お店って、千尋さんが働いてる？」

「はい。四月からテイクアウトも始めて頑張ってたんですけど、なかなかうまくいかなくて。七月の半ば頃から、ちょっともう厳しいかもしれないって話になって」

確かに、ああいう小さい飲食店には、いまの社会情勢は厳しいものがあるだろう。テレビのニュースでも、街中でも、同じような形でシャッターを下ろした店をよく見聞きする。同じく四月から持ち帰り営業を始め、それがうまく軌道に乗った太呂さんの店などは、本当に数少ない例なのだ。

だからといって、地元に帰る、という結論を出すのは性急なんじゃないですか。千尋さんの経験と技術を生かせる飲食店は他にもあるだろうし、なにも飲食業や菓子作りにこだわる必要はないですよ。大丈夫、千尋さんなら、事務でも接客でも、どこでもじゅうぶんやっていけます――。まくしたてたくなるのをこらえる。

「――だけど、ここだけの話、わたしとしては、むしろいいタイミングだったな、って思ってるんです」

「いいタイミング？」

「実は、四月の終わり頃に妹が家出したんです。あの二人があんまりうまくいってないってことは、祥司さんにも前に話しましたよね。四月の緊急事態宣言で、ついに妹が爆発しちゃったんです。何事もなく帰ってきたからよかったですけど、こういう時期だし、父から連絡が来たときはわたしも気が気じゃなくて。今年は妹が受験生ってこともあるし、いろいろ考えたら、やっぱりわたしが帰るべきなのかなって」

そんなことない。千尋さんは千尋さん、家族は家族じゃないですか。なによりも千尋さんの気持ちを優先すべきです。それに、千尋さんがいなくなったら僕はどうすればいいんですか。僕は家族の比にもならない存在ということですか。こんなに一緒にいて、いろんなところに行って、いろんな話をして、あんなに幸せなひとときだって共有したのに――。

「大事にしたほうがいいですよ、家族は」

帰らないで。行かないで。僕を一人にしないで――。押し寄せる確かな想いがあるのに、出てくるのは正反対の言葉ばかりだ。

「一緒にいられるなら、そうしたほうがいい。――お父さんと妹さんは、なんて？」

「ほっとしてるみたいでした、二人とも。いまの部屋は今月いっぱいで引き払う予定です」

「それはまた――急ですね」

「無職の身で東京に家なんて借りておけないですし、冬になったらまた帰省しづらくなるかもしれないので、その前に帰っちゃおうと思って。インフルエンザとの同時流行、なんて恐ろしいですよね」

そうだ、自分が千尋についていこうか。仕事を辞め、アパートを引き払い、千尋とともに福岡に行く。千尋や彼女の家族に迷惑がかからないような場所に部屋を借り、これまでのように電話をしたり会ったりする。二人きりになりたいときは祥司の部屋に呼べばいい。自分には捨てるに惜しい人間関係はないし、東京という場所にこだわる理由もない。

それは、このうえなく素晴らしいアイデアに思えた。だが、すぐに頭から消す。

「そうですね。これからどうなるか分からないですし、動けるときに動いておいたほうがいいかもしれません」

引き留める権利なんてない。なにかを主張する権利なんてない。当然、追いかける権利だってない。だって、自分は千尋にとっての何者でもないのだ。これまでも、これからも——。

「帰る前に、会って話をしておかないといけないと思って」

缶コーヒーを包む両手に力が入った。帰郷の準備に追われているはずの千尋が、わざわざ自分に会いに来た理由。

「——すみません。本当は僕のほうから会いに行くべきだったのに」

千尋は返事をしなかった。代わりに、開けてすらいない缶コーヒーを脇に置き、尻をずらして祥司のほうに体を向けると、三角座りの前でしっかりと手を結んだ。

「わたしは祥司さんと、きちんとお付き合いしたいと思ってます。しばらくは、東京と福岡で離れてしまいますけど」

体が、頭が固まった。川の流れる音も、鳥の鳴き声も、下校する子供たちの声も、そのときだけは消えた。どうして、と頭を抱える思いだった。あなたは福岡に帰る。僕は東京に残る。そのうちあなたは僕を忘れ、また別の誰かと出会う。僕は、あなたとの瞬くような思い出を宝物にして、このあとの日々を静かに消化していく。それでいい、それでじゅうぶんだ。それなのに、どうして――。

それはまさに祥司が欲しかった、ずっとずっと欲しかった言葉だった。だが、それは同時に、祥司がどうしても受けとれない言葉でもあった。心の内側で大きくなる風船。祥司はそれをじっと見守り、膨らみきったところで、その表面に自ら針を突き立てた。

「ごめんなさい」

遠ざかっていた周囲のざわめきが、音量の摘まみを回すように徐々に戻ってくる。

「それは、できません」

千尋がなにか言おうとした。それを押しとどめるように口を開く。

「この半年、ずっと考えてたんです。あの日は千尋さんのおかげで、すごく楽しかったし、幸せでした。だからこそ、真剣に向き合うべきだと感じました。千尋さんという、他にはいないくらい立派で、素晴らしい人と。それから、僕自身と」

缶コーヒーを置く。

「僕は、走ることができないし、重いものを持つこともできません。海にも山にも出かけられないし、温泉も難しい。それに、もし火事や地震が起きても千尋さんを守れない。反対に僕のほうが守ってもらうことになるかもしれません。きっと他にも、できないことがたくさん出てくる。僕と一緒にいると、千尋さんは僕に縛られてしまいます。千尋さんの人生が、なんというか……狭まってしまうと思うんです。千尋さんには、もっと自由に――」

急に胸が詰まる。それでも、ここで止まるわけにはいかない。

「――それに、千尋さんが想像するよりずっと、現実は、世間の目は冷たいんです。わざわざ僕のような人間を選んで、千尋さんまで嫌な思いをする必要はない」

「……わたし、前にも言いましたよね、人のことを見える部分だけで決めつけたくないって。わたしはずっと、祥司さんの中身を見てきたつもりです。なによりもまず祥司さんの中身を好きになったつもりです」

「それは分かってます。僕だってそうです。だけど、いま僕が言いたいのは、僕らの気持ちじゃなくて現実的な問題のことです」

千尋と会っていない間、アパートの部屋で考え続けていたこと。実際に言葉にするうちに、やはりこれで正しいのだ、という確信が深まっていく。

「――千尋さんに迷惑をかけるばかりで、千尋さんから奪うばかりで、僕から与えられるものはなにもない。僕では千尋さんを幸せにできません。それどころか、きっと不幸にしてしまう」

不幸って。乾いた声で短く笑って、千尋は乱暴に髪を掻き上げた。

「どうしてそれを不幸だと決めつけるんですか」

穏やかな口調だが、その唇は細かく震えていて、目は真っ赤に充血していた。

「わたしの幸せ、不幸せを決めるのはわたしです。祥司さんの体のことで不自由な思いをしたり辛い目に遭ったりすることを不幸と言うなら、わたしはむしろ不幸になりたい。祥司さんと一緒に不幸になりたいです」

この世界に、ここまで自分に執着してくれる存在がいる。温かい液体のような感動が、祥司の体の隅々までを浸した。しかし、だからこそ、祥司は千尋を突き放さなくてはならないのだ。

千尋の両腕を、祥司の理性と感情とが力ずくで引き合っていた。化け物の体からは引き離し、祥司の心だけに引き寄せる。そんなことが可能ならどんなに救われるだろう。だが現実には、二つはどちらも祥司という人間の中にある分かちがたいもので、それゆえ祥司はいま、自分が真ん中から裂けてしまいそうなほどの痛みに悶《もだ》えている。

「——いえ、千尋さんは幸せになってください。誰が見ても、どこから見ても幸せだって断言できるくらいの、無敵の幸せに」

「……祥司さんはどうなるんですか。祥司さんはそれでいいんですか？　幸せなんですか？」

「僕のことはどうだっていいんです——僕なんかのことは」

千尋が絶句した。

「どうして——どうしてそんなこと言うんですか」

千尋は、いよいよ声を上げて泣き出した。ひくひくとしゃくり上げる隙間を縫って、それでも千尋は喋り続ける。

「——わたしは祥司さんのことを大事に思ってます。自分の大事な人が、その人自身のことを大事に思っていないなんて悲しいです。ものすごく悲しいです」

涙と化粧が混ざって汚れた顔に、川風が好き勝手に乱していった髪が貼りつく。声は裏返り、いきなり大きくなったり小さくなったりした。

なにも憚《はばか》らずに泣く千尋を、祥司はじっと見ていた。声をかけることも、手を差し伸べることもせず、ただ、見つめていた。

もう——もう、もうやめてくれ。心は悲鳴を上げていた。千尋が祥司の感情のほうに近づいてくれば、理性が反対側から同じ力で引き戻そうとする。千尋も痛いし、祥司だって痛い。答えは決まっていたのだ、最初から。出会った瞬間から。こんなのはお互いに苦しいだけだ。だから、もうやめにしよう。

もうほとんどちぎれかかっている心を支えながら、祥司は最後の力を振り絞った。

「別に、恋人同士じゃなくてもいいじゃないですか。なんでも話せる飲み友達でも、いつでも好きにできる都合のいい男でも、寂しいときに横に置いておける置物でも、なんでもいいんです、僕は。飲み友達でも金づるでも置物でも、なんでもいい。僕はずっと、ここで待ってますから」

千尋のためならなんにでもなれる。なんでもやれる。千尋の、一人につき一つしかない枠を奪うこと以外なら。

「――どうか、僕じゃない、他の誰かと幸せになってください」

千尋はなにも言わなかった。魂の抜けたような顔で川を眺めながら、涙が止まるのを気長に待っていた。祥司もやはり黙って、端のほうから暮れはじめる空を見ていた。

「――幸せと言えば」

再び右隣から聞こえてきた声は、憑《つ》き物が落ちたように軽やかだった。

「あのとき、わたし、ものすごく幸せでした」

「あのとき？」

「ものすごく気持ちよくて、満たされて――誰かと抱き合って、幸せだなあ、と感じたのって、あのときが初めてでした」

まさか、このタイミングでその話が出るとは思っていなかった。どんな顔をすればいいか分からなくて、祥司は、手もとの地面の土が抉れている部分をさらに指でほじくってみたりした。

「祥司さん、化け物、って言ってましたよね、自分のこと。それがどういうものなのか完璧に理解できてるわけじゃないけど、それってなんとなく分かるなあ、と思ってて。似たような感覚が、わたしにもあるんです――」

中学生のとき、クラスの男子が自分について性的な噂話をしているのを聞いてしまったこと。それが理由で、一時期、性的なものに対して恐怖に近いまでの嫌悪を抱いていたこと。それから時が経ち、すっかり忘れたつもりでいたのに、彼氏に初めて求められたとき、中学時代の一件がフラッシュバックしたこと。それからというもの、誰と付き合ってみてもどうしても体を委ねることができず、結局、うまくいかなくなってしまうこと。彼女が出会い、傷つけられてきた男たちの話。二月のあの夜、祥司の足に触れるのをためらってしまったのは、自分にそういう経験があったからで、決して祥司の傷のせいではなかったのだということ。

ぽつぽつと話す千尋の目から、せっかく止めた涙が、またあふれだす。

「誰かを好きになって、付き合って、愛し合って、結婚して――。そういう道はわたしには用意されてなかったんだ、もう諦めようって思ってました。だからあのとき、自然に祥司さんを求めた自分が嬉しかった」

涙に濡れた顔で千尋が笑う。

「このことを、ずっと話したかったんです。話して、あの夜のこと、ちゃんと謝らないといけないな、って。やっとすっきりしました」

転がっていた自分のぶんの缶コーヒーを拾い上げる。

「祥司さんのこと、もっと分かりたかったし、わたしのことも分かってほしかった。祥司さんだけじゃない、わたしの中にもわたしの化け物がいて、できれば、それを二人で分かち合いたかった」

ほとんど真上を見るようにして、千尋は冷めた缶コーヒーを飲んだ。その飲みっぷりは、太呂さんの店での千尋を彷彿《ほうふつ》とさせた。なにかうまくいかないことがあった日、千尋はいつもこんなふうに酒をあおっていた。

「わたしには、他の誰かなんていないんです。祥司さんじゃないと駄目なんです。だけど、それはわたしのわがままだから――」

その痛々しい笑顔に、祥司は、ここまでなんとか持ちこたえていた心が散り散りになる音を聞いた。千尋にも、千尋の化け物がいる――。それは祥司にとって衝撃的な気づきだった。

化け物を抱えているのは自分だけではない。姿形は違えど、千尋の中にも、同じような場所に、同じように厄介な化け物が巣くっているのかもしれない。どうしてそれを想像できなかったのだろう。耳を塞ぎたくなるような千尋の過去の話を聞きながら、祥司は自分を恥じ、責めていた。しょせん、自分が見ていたのは千尋の外身だったのだ。優しくて、大人びていて、家族思いで――。そんな千尋の見えない部分になにがあるかなんて、見ようともしていなかった。

自分の人生なんてどうだっていい。自分の幸せなんてどうだっていい。それならば自分は、千尋のための自分になれたはずだ。千尋の幸せのために自分を変えられたはずだ。

どうにかしたかった。いますぐに、どうにかすべきだった。だが、なにもかもがぐちゃぐちゃになっていて、どうすることもできなかった。

千尋は、マスクを外すと、思いきり鼻をすすり、ブラウスの袖の内側で涙の残りを強く拭った。よし、と声に出して、立ち上がる。

「じゃあ――行きますね。お仕事のあとでお疲れなのに、お時間いただいてしまってすみませんでした」

いまここで、千尋を抱き寄せられたら――。千尋の、その美しい顔を見ていると、真っ白な頭の中にそんな想像が浮かんだ。その柔らかさに、体温に、香りに、この身も心も埋《うず》められたなら。いつかどちらかが消えてなくなるその瞬間まで、ここで、いつまでも抱き合っていられたなら——。

「いままで、ありがとうございました」

だが、祥司は動かなかった。動けなかった。千尋の姿がなくなり、日が沈みきっても、一人、生ぬるい地面の上に座っていた。

二人が出会ってから一年が経っていた。

二〇二〇年十月

福岡行きの便は予想以上に空いていた。平日の早朝ということもあり、乗客のほとんどがスーツ姿のサラリーマンで、明るい色の服を着ているのは千尋くらいのものだ。

千尋は、自分の座席を見つけて腰を下ろすと、ハンドバッグから緑茶のペットボトルを取り出して一口飲んだ。

スマートフォンには、昨夜遅くに裕子さんからメッセージが届いていた。ごく短い別れの挨拶だ。店の閉店が決まってからというもの、裕子さんとは毎日のように長電話をし、大事なことから些末《さまつ》なことまで、たくさん、いろいろな話をしてきた。いまさら伝えるべきことは思い浮かばない。読んだ、という事実を伝えるだけの返信をし、スマートフォンの電源を落とした。小さな窓から外を見る。

祥司と河川敷で別れてから、千尋は泣きに泣いた。次の日も、その次の日も泣いていた。もう終わったのだ、と言い聞かせてもなお祥司への想いは尽きることがなくて、やり場のないその想いを発散するようにして千尋は泣いた。

愛ならいくらでも与えられた。それがどれだけ途方もない道のりでも、いつかはこの広大な砂漠を潤し、植物が育つほどの土地に変えてみせると思っていた。それだけの自信があったのだ。だが千尋は、あの河川敷で、強固な決意と覚悟の前になす術をなくしてしまった。祥司の孤独の深さをあらためて思い知った気がした。それらをすべて包みこめるような言葉一つも持たない自分が不甲斐なかった。この一ヶ月、千尋が流していたのは、そういう涙だった。

残してきたもののことと、向かう先で待っているもののこと。さまざまな問題が脈絡なく頭の中を渦巻いていた。体の中身が急に居所をなくしてしまったかのような不安感は、なにも飛行機に乗っているからというだけではない。千尋は、いますぐには答えの出ない問いから意識を逸らすように目を伏せた。自分の毛先が視界に入ってきた。

髪が伸びたな、とふと思った。外出自粛の影響で美容室に行けず、その後もそのまま伸びるに任せていたら、いつの間にか毛先が胸のあたりまで届いていた。色も、ずっと濃い茶色を保ってきたが、春先に自分で黒く染めて以来、ずっとそのままになっている。

飛行機が動き出した。ふと、髪を切ろう、と思い立った。いまの千尋には、なにか背中を押してくれるものが必要だった。いろいろなことを、もっと単純に、軽快に、前向きに捉えるためのトリガーが。ばっさりと短くして、色も明るく染め直す。やっぱり茶色に、それも、赤に近い、明るい茶色にしよう。

万一に備えて早朝の飛行機をとったおかげで、父親に伝えておいた時間までは余裕があった。髪を切る。着いたら、まず空港でなにか腹に入れて、それから美容室を探すのだ。そう決めると、とたんに気分が晴れた。

やがて、飛行機が離陸した。窓いっぱいに主翼が見えた。飛行機は雲の上を飛んでいた。

故郷に戻ってきた千尋を歓迎するかのような秋日和だった。空港から地下鉄に乗り、中心部に出て、さらにJR線に乗り換える。ほんの少し前まで自分自身も暮らしていた街に降り立つ。去年の妹の誕生日以来だ。改札を出た瞬間、一年と数ヶ月分の懐かしさが千尋を包んだ。

美容室の軒数はコンビニエンスストアや歯科医院よりも多いと聞いたことがあるが、本当にそうかもしれない。きょろきょろと左右を見て歩きながら、千尋は純粋に感心していた。中心部から少しばかり外れたこのあたりでも、駅から少し歩いただけで何軒もの美容室に遭遇する。これほど密集していたら、競争もさぞ激しいことだろう。

美容室自体はいくらでもあるものの、飛びこみで入れる店はなかなか見つからなかった。最近の美容室はどこも洒落ていて、こんな大荷物の人間がふらりと立ち寄れるような雰囲気ではない。千尋は、傷だらけの三泊四日用の真っ赤なスーツケースをごろごろと引っぱりながら、駅前の通りを駅とは反対の方向に歩き続けた。

その路地に入ったのは単なる気まぐれだった。そのまま行くと大通りに合流してしまうと分かり、その少し手前の道を入ってみることにしたのだ。そこに看板が見えた。内照式のスタンド看板だ。ミントグリーンに白抜きのゴシック体で、〈BARBER　VALLEY　VALLEY〉とある。谷、谷、とはどういう意味だろうか。訝《いぶか》しみながらも、そろそろと店に近づいてみる。

道の反対側から店の様子を窺っていると、ちょうど中から人が出てきた。看板と同じミントグリーンのワンピースを着た、ちょっと驚くほどに大柄な女性だ。店先に置かれたアルコール消毒の容器を拭いている。彼女が持つと、1Lのアルボナースが缶ジュースほどの大きさに見える。

開け放たれたドアの向こうに、クリーム色のセットチェアが一台だけ見えた。人の姿はない。どうやら、彼女一人で切り盛りしている美容室のようだ。

なかなかいいかもしれない、と思っていると、ふいに彼女と目が合った。狭い道を挟んで、千尋と彼女は見つめ合う。寄ってく？ とでも言うように、彼女が眉をくいっと上げた。

「旅行帰り？」

「いえ、そういうわけじゃないんですけど」

スーツケースを預け、店の隅の椅子に座って、千尋は急な客に慌ただしく支度を整える彼女の様子を観察した。

おそらく、年齢は三十代の半ばから四十代くらいだろう。なかなかの肥満体型ではあるものの、不健康とか不潔といった感じはなく、むしろ、身なりは人並み以上にきちんとしている。肌は膨らみ切ったマシュマロのように白くて張りがあり、緩いパーマのかかったショートカットがよく似合っていた。そのあたりのセンスのよさは、さすが美容師といったところだろうか。ころんとした体型のせいか、一つひとつの動作が愛くるしく感じられる。

「スーツケースを引いて髪を切りにくる人なんていませんよね」

シャンプー台に移動し、フェイスガーゼとケープをかけられながら、千尋は自分から彼女に話しかけた。

「そうねえ。でも、ご覧のとおり、うちは店も店主もちょっと特殊でしょ？　だから、どうしてもうちでないと、って物好きが県外にもけっこういて、そういう人は遠出したついでに寄ってくれたりするのよ」

「……お店の内装は、店長さんの趣味ですか？」

先ほど、待っているときにざっと見回した、店主に勝るとも劣らないほど強烈な店内。

「あ、やっぱり気になっちゃった？　好きなのよ、あたし。北欧、特にムーミンがね」

そう、ムーミンなのだ。いわゆる北欧インテリアで統一された店内、そのいたるところから、ムーミングッズが顔を覗かせていた。レジカウンター、隅のテーブル、棚の上、鏡の縁、壁のポスター、天井のライト、ハサミやクシやドライヤーを収納しているワゴン、目につく場所には必ず、ムーミン谷の仲間たちが顔を覗かせている。

「人生の大半は仕事してるわけだから、やっぱり、仕事中も好きなものに囲まれていたいじゃない？　それで、ちょっとずつ増やしていったら、見てのとおりよ。でもいいの、あたしの店なんだから」

店内に流れているBGMも、きっと北欧の民族音楽かなにかなのだろう。大きな音ではないが、自然と耳を傾けてしまう。あまり耳馴染みのないリズムとメロディで、なんの楽器を使っているのかも分からない。美容室のBGMとして適しているかはさておき、店主の北欧愛は伝わりすぎるほどに伝わってくる。そういえば、この店の名前は〈BARBER　VALLEY　VALLEY〉だった。この少し変わった店名も「ムーミン谷」から来ているのかもしれない。

「ここを始めたのは十年前なんだけど、もともとは、いたって普通の、よくも悪くも普通の美容室だったのよ。こんなふうになっちゃったのは最近のことでね、いまじゃすっかり、九州全土の北欧マニアたちの溜まり場よ。もう、髪を切りに来てるんだかムーミンを見に来てるんだか分かりゃしない」

彼女は、その体型にふさわしく豪快に笑い、その拍子にずれてしまったマスクを直した。もちろんマスクもムーミン柄だ。

「あなたはでも、そっちの筋の人じゃなさそうね。初めて見る顔だし。どうしてまた、こんな癖の強い店に入ろうと思ったの？」

自分で言って、また、わっはっはと笑う。最初から分かってたら違う店にしてました、と言うわけにもいかない。

「髪、切りたいな、って、飛行機の中で急に思って」

「飛行機？」

「実は、ついさっき着いたところなんです、東京から」

「あら、東京から」

彼女が、手芸用ビーズのような小さな目をいっぱいに広げる。

「それはお疲れさまね」

「実家がこっちで、しばらく向こうにいたんですけど、いろいろあって帰ってくることになって。新たな出発ということで、心機一転、ばっさりいってみようかと」

「なるほど、ばっさりね」

「髪の毛って、切りたい、って思ったら、すぐ切りたいじゃないですか。でも、こっちには行きつけの店もないし、もちろんどこにも予約なんて入れてないし、どうしよう、って思いながら歩いてたところに看板を見つけて」

「そう！　そうなのよ。髪ってそうなのよね。だからうちは、逆に、予約は受けてないのよ。来てもらって、空いてたら切る、埋まってたら待っててもらうか、あとでまた来てもらうってことにしてるの」

はきはきと話しながら、彼女は、千尋の髪に思いきりよくハサミを入れていく。

「こっちに帰ってくることになったのは、やっぱり、例のことがあって？」

彼女が少し声のトーンを落とす。

「まあ、そうですね、決め手になったのは。でも、それより前から考えてはいたんです。それで、世の中の雲行きがまた怪しくなる前に、と思って帰ってきたんですけど、ちょっと、向こうに、思い残し、みたいなものがあって……」

この明るく陽気な美容師に、自分の話を聞いてもらいたいという気持ちになっていた。

「男ね」

彼女の目が光った。鏡の中の千尋にしたり顔を向ける。

「ふふふ。図星でしょう？」

「分かるんですか？」

「そりゃ分かるわよ。あなたくらいの歳のときは、あたしも、そういうことばかり考えてたもの。楽しみといえば男のこと、悩みといえば男のことってね。こう見えて、あたし、昔はもっとスリムでかわいらしかったんだから。信じられないでしょ。あたしにも信じられない」

笑うときの顔が、オーブンの中で膨らんでいる途中のマフィンに似ている。ひとしきり笑うと、彼女はすっと顔を引き締めた。

「で、どんな男なのよ。東京に残してきたのは」

どうせこれっきりなのだ。自分は北欧好きでもムーミン好きでもないのだから。彼女だって、たった一度だけ来た客の身の上話など、きっとすぐに忘れてしまうだろう。そう思うと、自然と口が動いていた。

「いい人、なんですけど……」

「借金があるとか？」

ハサミを動かす手を止め、興味津々といった様子で鏡越しの千尋を見つめてくる。ほんの二十分ほど前に出会ったばかりとは思えない遠慮のなさだが、なぜかそれほど嫌な気はしない。

「いえ、そういうわけじゃなくて」

「じゃあ、酒癖が悪いとか？」

「そういうことでもないです。なんというか、自分も他人も信じてないような人で……」

障害者、という言葉は、どうしても口にできなかった。

「やっぱりあれは、振られたのかなあ。わたし、失恋したんですかね」

千尋は唇を噛んだ。最後に会ったときのことを思い出す。

「最後に、ずっと待ってるって言ってくれたんですけど」

「――あなたの参考になるか分からないけど、少し、あたしの話をしてもいい？」

しばらく考えこむように口をつぐんでいた彼女が話しはじめた。

「あたしには、もうすぐ高校生になる息子が一人いるんだけどね、息子は喋れないの。一度も言葉を発したことがないのよ、生まれてから一度も」

返すべき言葉が浮かばず、千尋は、黙って鏡の中に収まっていた。

「体はいたって健康なのに、なぜか言葉だけが出ないのよ。息子を連れて、数え切れないくらいの病院や相談機関を回ったわ。いろんな専門家に助けを求めて、思いつく限りの方法を試したけど、やっぱり息子は、いくつになっても喋るようにならないの。もう、絶望よ。息子に問題があるの、それともあたしの育て方が悪いの、って思いつめて、息子に厳しく当たったり、反対に気持ち悪いくらい優しくしてみたり。悪い母親よね。だけど、息子の父親とはとっくに別れちゃってたし、あたしもまだ若くて世間知らずだったから、仕方ないといえば仕方なかったのよ。母一人子一人、しかも、その子は口がきけない。これからどうやって生きていけばいいんだろう、って、この世の終わりみたいな気分だった」

ハサミは、かすかな音を立てながら軽やかに動き続ける。

「自分の気持ちや考えを人に伝えられないってことは、友達を遊びにも誘えないし、好きな女の子に告白もできないってことでしょ。いまはいいけど、これから成長していくにつれて嫌な思いをすることが増えるかもしれない。わたしはそっちのほうがいいと思って息子を普通学級に入れたけど、特別学級に行かせたほうが息子のためだったのかもしれない。受験とか就活とか、人生の大事な選択に影響を及ぼすかもしれない。あたしが死んだら息子は生きていけないかもしれない。次から次に心配事が湧いてきて、毎日泣いてばかりだった。いっそ息子と一緒に死んでしまおうかしら、と思ったことも一度や二度じゃないわ」

いまより痩せている彼女が涙する姿を想像するのは難しかった。人は見かけによらないものだし、みんないろいろあるものなのだな、とつくづく思う。

「でもね、考えが変わったの」

千尋の、黒く長い髪の毛の束が、ばさり、と床に落ちた。

「一年くらい前だったかしら、晩ご飯の時間に息子を部屋に呼びに行ったら、息子が、あたしが入ってきたことにも気づかないくらい集中して机に向かってたの。なにしてるのかと思ったら、手紙を書いてるのよ。楽しそうな、嬉しそうな、ほんとに幸せそうな顔して。いままでに一度も見たことない、あたしの前では見せたことのない顔よ。ああ、誰か大切な人ができたんだな、ってすぐに分かった。あたしの知らない間に、息子はこんな表情をするようになってたんだ、こんな表情をさせてくれる誰かに出会ってたんだと思うと、もう泣けて泣けて。息子がお腹から出てきたとき以来の嬉し涙よ」

彼女が情感たっぷりに話すので、彼女の息子の横顔や丸まった背中、部屋の様子までもが、つぶさに見えるようだった。

「それでね、毎日、誰かのために一生懸命に手紙を書いてる息子を見てたら、喋れるか喋れないかなんて大した問題じゃないのかもしれない、って思うようになったの。喋れないっていうのは、数学が苦手とか、持久走が遅いとか、そういうことと変わらないんじゃないか、って。あたしだって、喋るのは大得意だけど、長ったらしい文章を毎日のように書くなんてまっぴらごめんだもんね」

大きな身振りで、その幅の広い肩をすくめる。

「あたしは、喋れないとなにもできない、喋れないと幸せになれない、って思いこんでたけど、息子はそうじゃなかった。自分なりの方法で、精一杯、周りの人たちとコミュニケーションをとってた。喋れないなら書けばいい。苦手なことがあるなら、得意なことでカバーすればいい。考えてみたら簡単なことよね」

自分なりの方法で、精一杯。

「だからもう、あたし、息子を喋らせようと躍起になるのはやめたの。いまの一番の願いは、たくさんの人に息子という人間を訪れてほしい、ってこと」

「訪れる？」

不思議な言葉選びだった。

「自分が店をやってるからか、人と建物って似てるなあ、ってよく思うのよね。うちって、どこもかしこも北欧とムーミンだらけだから、初めての人は絶対に入りづらいじゃない？　だけど、それでもあたしはこのままでいきたいし、この店を面白がってくれる変わり者の常連さんも何人かいる。そういう人たちのおかげで、うちは今日までやってこられた。

人も同じじゃない？　万人受けはしなくても、きっと一人くらい、好きだって言ってくれる存在がいるはず。息子の場合、ドアの形はちょっといびつかもしれないけど、入ってみれば、家の中は案外よそと変わらない気がするの。むしろ、よそよりいいところもあるかも。だから、もし、息子という家を見つけてくれた人がいるのなら、ためらわずにドアをノックしてみてほしい。それで、せっかくならちょっと上がって、お茶でもしていってくれたら嬉しい。迎える側にできることは、家の中を常に清潔で快適にしておくとか、ノックの音に耳を澄ませるとか、誰かが来たら快くドアを開けてあげるとか、せいぜいそのくらいよ。これって、当たり前のことだけど、すごく大事なことじゃない？　そういう考えに辿り着いたときに、あたし、ふっと楽になったの。ああ、他になにがなくたって、人として当たり前のことができれば大丈夫だ、あたしは息子を、ただ普通に育てればいいんだ、って」

壊れた入れ物、という表現が、妙に強く頭に残っていた。祥司が口にしていた言葉だ。自分は壊れた入れ物で、不良品なのだ、と。そこには、いまの彼女の話と共通するものがあるような気がした。彼女が言う「いびつなドア」と祥司の言う「壊れた入れ物」とは同じような意味のことなのかもしれない。

「あたしは息子を誇りに思う。自分の家に誰かを迎え入れた息子を。それから、息子の手紙の相手にも感謝してる。息子の家のドアをノックしてくれてありがとう、ってね。それが男の子なのか女の子なのか、どんなきっかけで出会ったどういう関係の人なのか、あたしはいまだにまったく知らないんだけどね」

千尋のカットは仕上げに入っていた。焼きたてのパンのような彼女の手が、千尋の髪の上を滑るように動く。

「もし、いつか、どこかで二人の道が分かれるとしても、それを、家やドアの形のせいにはしてほしくない。息子にも、相手にもね。いまはわたし、それだけを願ってる」

ドライヤーを切ったあとの濃い静寂の中、彼女が唐突に、愛よ、と言った。

「人は、どこに生まれつくか自分では選べないし、一度そこに生まれついたら移動できないでしょ。そこが、人と家の違いよね。その家がどんなにボロでも、どんなに合わなくても、一生そこに住み続けるしかない。自分にはこの家しかないんだって、受け入れて、折り合いをつけるためには、やっぱり愛しかないのよ。どんな困難や試練にぶつかったって、揺るぎない愛があれば乗り越えられるものよ」

愛について語ることが、彼女にはよく似合っていた。彼女の言葉は、千尋の心との間に少しの摩擦も生まなかった。

「だから、もし、あなたがいま誰かのドアの前に立ってるんだったら、思い切ってノックしてみてほしい。すぐには開かなくても、諦めないでノックし続けてほしい。だって、人が訪ねてきてくれると嬉しいでしょ。きっとみんなそうなのよ」

じゃ、このままカラーリングに行っちゃうわね。そう言ったきり、彼女は、今度はまったく喋らなくなった。彼女の話と、祥司と過ごした日々。カラーリングの間、千尋の頭と心は、その二つの間を忙《せわ》しなく往復していた。愛は必要だった。もちろん、千尋にも。

「オッケー。鏡を見て」

そう言われて正面を向く。冬の手前の紅葉を連想させる髪色と、しっかりと両耳の出たベリーショート。生まれ変わった自分が、そこには映っていた。

彼女は、大きな体をゆさゆさと揺らしながら、店の外まで見送りに出てくれた。やっとく？ と、千尋の手にアルボナースをワンプッシュしてくれる。よく見ると、アルボナースの下にもムーミン柄のミニタオルが敷かれている。見上げた徹底ぶりだ。

千尋はふと、そのミニタオルを覗きこんだ。端のほうに、油性ペンで名前が書いてあった。中谷清正《なかたにきよまさ》。かなり滲んでいるが、辛うじて読みとれた。

「これ、もしかして、息子さんの？」

「ああ、それ。息子が幼稚園のときに使ってたミニタオルよ。最近はもう、ムーミンがついてるのは嫌がるようになっちゃって。昔は喜んで持ち歩いてたのに」

清正くん。きっと物心ついたときからスマートフォンがあった世代だろうに、誰かに想いを伝える手段として手紙を選ぶ粋な男の子。母親に似て大柄なのだろうか。どうか、母の愛を一身に受けて育つ清正くんの恋が実りますように。そもそも、それが恋なのかどうかも分からないけれど。

彼女に見送られ、千尋は角を曲がる。二年前の、上京した日の朝のことを思い出した。あの日も、ちょうど今日のような晴天だった。季節は違うが、こんな青空から、こんな日差しが降り注いでいて、こんな風が吹いていた。そして、同じように、この真っ赤なスーツケースを引いていた。あの日と同じような今日を、あの日とは正反対の心模様で歩いている。

店があの様子なら、家はもっとすごいのかもしれない。ムーミンだらけの家で、美容師の母親とその息子が暮らしている。そこに声の往来はなくとも、二人の毎日はきっと愉快だ。

千尋は、ジャケットのポケットからスマートフォンを取り出した。通知を確認して思わず立ち止まる。祥司からの着信だ。慌てて道の端に寄り、かけ直す。

「もしもし、祥司さん？　ごめんなさい、電話、出られなくて」

（こちらこそ、すみません、突然……。あの、なんだか……声が聞きたくなって）

千尋はスマートフォンを握り直した。そんなまっすぐな台詞を祥司が口にするのは初めてのことだ。

「……なにかあったんですか？」

（いえ……ただ、声が聞きたくなって）

「気にしないでください。わたしも嬉しいです、祥司さんの声が聞けて」

受話器に息が当たる音がする。

（千尋さん、いま、なにしてたんですか？）

「わたしですか？　髪を切ったところです。思いっきり短くして、色も赤っぽく染めてもらいました。たまたま目についた美容室に飛びこみで入ってみたんですけど、これがなかなかユニークなお店で。美容師さんもすごく強烈なキャラクターで」

へえ、どんなふうに？　いつもの祥司ならそう促してくれる。ちょうどいま吹いている風のような声で、心のひだをそっと撫でていくように。耳もとで子守唄でも歌ってくれたら、どんな夜でもすっと眠りにつけそうな気がしていた。

だが、この日の祥司は黙ったままだった。

「……祥司さんはなにしてたんですか？」

（僕は……一人で家にいます。やることもないので、ぼーっとしてました）

もう、一人は嫌です。

ふいにこぼれた小さな声。たった一言が、大きく波打っていた。

（千尋さん）

祥司が息を吸うのが分かった。強いノイズが混じる。

（千尋さんの幸せって、何ですか？）

千尋のそばを風が通っていった。マスクの内側で冷えた水滴が顎に当たっていた。

（僕は、千尋さんを幸せにできますか？）

打たれるように気づいた。これは、あの日の続きだ。

（千尋さんは、僕と、どうなったら幸せですか？）

なにかに急き立てられるような、切実な祥司の問いかけ。

「——わたしは」

出てきた声は頼りなく揺れていた。仕切り直すように、腹に力を入れて、わたしは、と繰り返す。

「祥司さんが生きていてくれれば、それでじゅうぶんです。できれば元気で、楽しく生きていてくれれば。祥司さんの幸せが、わたしの幸せです」

長い沈黙のあと、千尋さん、と祥司が呼んだ。その声は、ほとんど涙だった。

（戻って来てくれませんか。お願いします。会いたいんです。あの川で話したところから、もう一回、やり直させてくれませんか。自分勝手だって分かってます。だけど、あんな終わり方じゃ駄目なんです。今度は泣かせたりしません。だから、戻って来てください）

自分にとって、東京は、戻るべき場所になったのだ。そのとき、千尋はふいに思った。自分をこんなにも待っていてくれる人がいる、戻るべき場所に。

「必ず戻ります。すぐに戻ります。待っててください」

(ほんとですか。ありがとう――ありがとうございます)

「こまめに連絡しますね。いろいろ、こっちでのこととか。祥司さんからの連絡も待ってます。たまにはこうやって声も聞けると嬉しいので、夜、電話できそうな日は教えてくださいね」

(待って)

じゃあ、また――。切りかけたスマートフォンから声が飛んできて、千尋は慌ててそれを耳に当てなおした。

(――お願いがあるんです)

「なんですか?」

(大好きだよ、って言ってくれませんか)

泣きじゃくっているせいで、それはほとんど言葉になっていなかった。祥司が千尋の前で泣くのは、三月のあのとき以来だ。あのときと同じように祥司を抱きしめ、その髪を撫でてやれないことがもどかしい。千尋は、電話の向こう、わずかに感じる祥司の気配と温《ぬく》もりを、できるかぎり手繰り寄せた。大きく息を吸い、ゆっくりと吐く。

「――大好きだよ」

その響きは、千尋自身の胸をも震わせた。ようやく伝えられた、やっとここまで辿り着いた。これまでのいろいろなことが頭を駆け巡り、思いがけず涙が滲んだ。

沈黙は長く続いた。

「――人に言わせておいて、自分は言わないつもりですか？」

やはり反応はない。

「あの、祥司さ――」

（愛してる）

まるで、空白から転がり出たような。その言葉が耳から頭に伝わった瞬間、急に全身から力という力が抜け、千尋はへなへなとしゃがみこんだ。長いコートを着た営業マンが、不審そうな一瞥をくれながら追い抜いていく。そのベージュの背中が遠ざかり、角を曲がって見えなくなるのと、涙が堤防を乗り越えるのとは、ほぼ同時だった。

体から涙が流れているのではなく、涙の海に体が浮かんでいるかのようだった。千尋はなす術もなくその大波に身を任せていた。自分がなぜこんなに泣いているのか、分からないふりをしながら、本当は分かっていた。ずっと、もうその始まりを思い出せないくらい長い間、この言葉を与えてくれる存在を千尋は待っていたのだ。外身ではなく中身を、美しさではなく醜さを受け入れてくれる誰かが現れるのを。

心が、ようやく現在に追いついた。祥司が引っぱり上げてくれた。

いびつなドアをノックしよう。いつかではなく、いますぐに。そして、その向こうで震えているなにもかもを、強く、強く抱きしめるのだ。この、ぴたりと重なった体と心で。

いつか再会を果たした自分と祥司の姿を想像して、千尋は一人、小さく笑った。

どうにも落ち着かなくて、孝志朗は朝からうろうろと店内を歩き回り、陳列の乱れを細かく直したり品薄になっている商品を繰り返し確認したりしていた。棚やランプシェードやレジ周りにはたきをかけ、床や窓を水拭きし、バックヤードの片づけまでした。途中で顔を見せた父親が「恋人に出ていかれた男みたいな有り様だなあ」と笑った。いよいよやることがなくなり、諦めてレジに戻ってくると、そこに絵美が立っていた。

「……おう、来たか」

いつものように脚立に座る。絵美と目の高さが合う。いつもより表情が硬い。きっと自分もそうなのだろう。

「行くのか」

「いま、お父さんとお姉ちゃんが話してるから、それが終わったら」

「なに、姉ちゃん来てんの？」

「うん。さすがに一人では行けないよ、東京なんて」

絵美がぎこちなく歯を見せた。あの家出事件ももう一年前のことだ。

「お姉ちゃん、孝志朗のところにも挨拶に来たいって言ってたんだけど、わたしが阻止しといた。とても人様に見せられるような代物じゃないから、って」

「人を失敗した絵みたいに言うんじゃねえよ」

鼻で笑いながらも、孝志朗は心底ほっとしていた。千尋が店を訪れたあの日から半年が経とうとしているが、孝志朗はいまだに、あのポストカードを直視できない。

「代わりに、これ」

絵美が、小さな紙袋を差し出した。

「なんだよ」

「クッキー。お姉ちゃんが作ったやつ」

「俺に？」

「うん」

少し戸惑いながらも受けとる。青色のカラータイをほどき、英字柄の透明のフィルムから、チョコチップクッキーを取り出す。

「うまっ」

孝志朗の反応に、絵美の表情がようやく緩んだ。

「でしょ。それが仕事だもん」

孝志朗は、店の前の自動販売機で三五〇mlの紅茶を二本買い、一本を絵美に投げた。

「おまえも食えよ」

絵美が、レジカウンターの中に入ってきて、固定電話の横に立てかけられているパイプ椅子を自分で広げる。二人は並んでクッキーを食べた。

「あのさ」

「あのさ」

顔を見合わせる。

「なんだよ」

「そっちこそ」

「おまえが先に言え」

「孝志朗から言ってよ」

「じゃあ、じゃんけんで決めようぜ」

「いいよ」

絵美が、紅茶を一口ぐいと飲み、孝志朗のほうに体を向けた。

「じゃんけん、ぽん」

孝志朗がグー。絵美がパー。

「孝志朗、じゃんけん弱っ」

孝志朗は舌打ちをし、わざと大きな音を立てて脚立から降りた。裏から、糸原文具店の紙袋を持ってくる。

「やるよ」

そこには、大量のコピックが入っていた。いつもの、黒のマルチライナーではなく、コピックスケッチというマーカータイプのものだ。

「え、なにこれ。どうしたの？」

絵美が、紙袋の中を覗きこみ、中身をがさがさと掻き回す。

「おまえ、前に言ってたじゃねえか。三万もありゃコピックが何本買えることか、って。一本、税込み四一八円。三万を四一八で割ると、だいたい七十一。コピックマーカー七十一本、もちろん俺のポケットマネーだ」

絵美は、目をぱちぱちとさせ、それから弾かれたように笑いはじめた。

「え、ほんとに買ってくれたんだ。でも、きっちり三万円分、しかも税込みってところが孝志朗だよね。どうせなら、全色セットとかにしてくれたらよかったのに」

「なに厚かましいこと言ってんだ。全色セットは税込み十五万近くもするんだぞ」

「あ、一応検討はしてくれたんだ」

絵美は、レジカウンターの上で紙袋を逆さにし、適当に一本手に取っては、わあ、とかおお、などと言っている。

「おまえとももう長いけど、今日初めて見たかもな、おまえが試し書きノートに試し書きしてるとこ」

「確かに。いつもは好き勝手に絵を描いてるだけだもんね。最後の日に、初めての試し書き。ぐっとくるものがあるねえ」

最後の日。気を逸らすようにクッキーを口に入れる。

「色は俺が選んだ。とりあえず、人の顔を描くのに使いそうな色、適当に選んどいたから。足りねえもんは自分で買え」

「いや、じゅうぶんだよ。嬉しい。ありがとう」

孝志朗は顔を背け、クッキーの最後の一枚を口に放りこんだ。クッキーがあってよかった、と思った。

「ん？」

空になった紙袋を雑に丸めようとして、孝志朗は、その中にまだなにか入っていることに気づいた。二つ折りになった、小さなメモだった。ただの白い紙に、濃い青の、味のある罫線。孝志朗は、絵美から隠れるように、レジカウンターの下でメモを開いた。

糸原孝志朗さま

絵美の姉です。いつも妹と父がお世話になっています。本当は直接ご挨拶に伺いたかったのですが、妹がダメだと言うので、今回はお手紙とお菓子で失礼させていただきます。わたしは東京で、洋食店のデザート担当として働いていたのですが、差し上げたクッキーは、そこでわたしが作っていたものです。お口に合うか分かりませんが、よかったら召し上がってください。

今回は妹に止められてしまいましたが、実はわたし、十月に帰省したときに、お店に伺ったんです（妹には内緒です）。ポストカードを購入させていただきました。と言っても、孝志朗さんは覚えていらっしゃらないと思いますが……。その場でお声がけしなくてごめんなさい。なんだかタイミングが摑めなくて。

とても素敵なお店でした。きっと、孝志朗さんも素敵な人なのだろうな、と思いました。妹は福岡を離れますが、なにかの折に戻った際には、ぜひまた、お店に寄らせてください。今度は家族全員で！

孝志朗さんのご健康とご活躍、そして糸原文具店のご発展を心よりお祈りしています。

鈴村千尋

きっと、孝志朗さんも素敵な人なのだろうな、と思いました。

一瞬、揺らいだ。心がぐらついた。クズだねえ。目を閉じると、前橋かすみに笑われた気がした。あのとき、あの場所で、この手紙と同じことを言われていたら。そう思わないことはない。だが、どうしたって、あの場面はもう過去だ。

おせーよ。

孝志朗は心の中でつぶやいた。目を開いたときには、心はもう元通りだった。

自分はこれからも、絵美を間に置いて、千尋と向かい合う。きっと、それくらいがちょうどいいのだ。

メモを畳んで尻のポケットに入れ、絵美に目を戻した。

「それで、おまえのほうは」

ああ、と声を上げ、絵美が、背負っていた紺色のリュックサックから小さな正方形の色紙を取り出した。

「これ、描いてみた」

机のようなものに、鼻先が触れるほど顔を近づけている男。片手は大きく肘を張り、反対の手に持ったコインで一心不乱にスクラッチを削っている。一目でそうと分かるほどの躍動感だ。スクラッチを押さえる汗ばんだ手。力のこもる指先。乱れた髪に歪んだ眉。鼻には皺が寄り、唇を強く噛みしめている。その眼差《まなざ》しは真剣そのものだ。当たれ。絵全体が揺れるように叫んでいる。

「俺……」

「そう、孝志朗だよ。え、分かんない？　さすがにそこまで下手じゃないと思うんだけど」

似ていないのではなかった。むしろ、よく似ていた。そこに描かれていない、目には見えていない部分までもが似ているように感じた。大げさに言ってしまえば、そこには、孝志朗の魂のかたちが描かれていた。糸原孝志朗という人間の丸ごとが、大きな愛と温かさをもって、少しも取りこぼすことなく描かれていた。たった一枚の似顔絵に、孝志朗そのものが映し出されていた。絵美が、いつもとはまったく違うタッチで描いてみせた孝志朗。それはまさに、孝志朗が来る日も来る日も嫌というほど突きつけられている孝志朗自身だった。

自分を、ここまで理解してくれている。そういう存在が、明日からは、ここにいないのだ。

「ここが営業再開してから、実は、こっそり描いてたんだよね。描いてて思ったけど、孝志朗って、やっぱりイケメンだよね、悔しいけど」

紺色のリュックサックの、色紙を出して空いたスペースに大量のコピックを詰めていく。絵美は、孝志朗のほうを見なかった。

「――なんていうかさ、おまえはいいよ。ものすごくいいよ」

「どうしちゃったわけ、急に」

「だから向こうでは、そのまんまのおまえでいけ。そしたら絶対、全部うまくいくから。大丈夫だから」

「……うまくいかなかったら？　大丈夫じゃなかったら？」

「そんときは、さっさとこっちに戻ってこい」

色紙の中の孝志朗は優しい顔をしていた。絵美の前で、自分はいつもこんな顔をしていたのだろうか。

だがいまは、どうしても顔が歪んでしまう。体のどこか一ヶ所でも力を抜こうものなら、すぐに最初の涙がこぼれそうだった。

こいつより先に泣いてたまるか。いろいろなものがぐちゃぐちゃに混じり合っている心の中で、その気持ちだけが、まだはっきりとしていた。

そのとき、店のドアが開いた。誰だ？ ドアの札はクローズにしておいたはずだ。千尋との話を終えた鈴村だろうか？

だが、そのシルエットは、鈴村のものより二回り小さかった。

入ってきたのは少年だった。

絵美が顔を上げる。そこに少年の姿を認めた。少年は、揺れる瞳で、しかしまっすぐに絵美を見据えていた。絵美も、その視線を真正面で受け止めていた。

父親との約束どおり、五月の休校明けから登校しはじめた絵美だったが、教室にはついに一度も入ることができなかった。出会わないまま卒業するってのもオツだよね。卒業式の日、久しぶりに店に来た制服姿の絵美は、自分を励ますように笑っていた。

二人は、それぞれの場所で固まったまま、互いを見つめ合っていた。そこだけ時が止まったかのようだった。

「……清正くん？」

少年が、こくりとうなずいた。

「来て、くれたんだ？」

少年がまた、うなずく。

孝志朗は、その様子を、固唾をのんで見守っていた。

少年はなにも言わなかった。なにも言うことができないのだった。ただ、ズボンの太腿のあたりを破れそうなほどに握りしめ、薄い唇をちぎれそうなほどに嚙みしめて、ただそこに立ち尽くしていた。

ふいに、少年に表情が戻った。自らの過ちを恥じるように背を向け、慌てて店から出ていこうとする。

「待って……！」

絵美が呼び止める。だが、言葉が続かない。なにを言うべきなのか自分でも分からないようだった。

ただ、行かないで、ここにいてほしい。その潤んだ瞳が叫んでいた。

「おまえ」

孝志朗は絵美に呼びかけた。

「おまえ、こいつのこと、描いてやれよ。少年、おまえはこっち来て、そこに座れ」

魔法が解けたかのように二人が動き出した。絵美が再び紺色のリュックサックを探る。少年は、のろのろと歩いてきて、孝志朗が広げたパイプ椅子に腰を下ろした。どこか虚ろな目をした少年の肩を、孝志朗は抱きかかえるようにして揺すった。一つうなずき、少年がマスクを外す。そして、覚悟を決めたように、まっすぐに正面を、絵美を見た。

少年の真向かいに座り、使い慣れた細いペンを淀《よど》みなく走らせていく絵美。大きく見開いていた目は、ひとたびペンを持ちスケッチブックを開けば、ただ静かに少年を捉えるだけだった。

孝志朗は外に目をやった。空は明るかったが、細い雨がまっすぐに落ちてきていた。アスファルトがしっとりと濡れている。

「どんな人かなあ、どのくらいの大きさで、どんな顔してるのかなあ、って、もらった手紙を読みながら想像してた」

絵美が、まるでスケッチブックに、そこに現れる線の少年に語りかけるように言った。

「想像どおりだったって気もするし、全然違ったって気もする。なんでだろうね」

よし、とつぶやき、絵美が立ち上がる。

「できた」

絵は二十分足らずで仕上がった。

「早えな」

「これでもまだ遅いよ」

くるりと色紙の向きを変え、少年に手渡す。

「どうぞ。あんまり上手じゃないけど。気に入るか分かんないけど」

少年が慌てて立ち上がり、それを仰々しく受けとる。まるで、数日前に受けとったばかりの卒業証書を、もう一度授与されているかのようだった。

少年が色紙を小脇に挟み、ズボンのポケットに手を入れる、その指先は細かく震えていた。それが孝志朗の位置からも分かった。おそらく、絵美にも見えていることだろう。

しっかりしろ。頑張れ。孝志朗は祈った。雨の音が聞こえていた。

少年が、取り出したメモ帳になにか書きつけ、絵美に見せた。

「こちらこそ、いつもありがとう。助かってたし、嬉しかった」

絵美は、孝志朗の予想どおり、戸惑い七、微笑み三、くらいの表情を浮かべていた。問うように、助けを求めるように自分を見たその顔を、孝志朗は黙って見つめ返した。

わずかな、しかし不自然な沈黙。少年が孝志朗を振り返る。不安と怯えが半々の、血色の悪い顔をしていた。黒目は細かく揺らぎ、ぼんやりと開いた唇が白く乾いている。孝志朗は、その顔も黙って見つめ返した。伝えるかどうかは自分で決めろ、という意味だ。

少年が、メモ帳の新しいページを開いた。ペンを走らせる音がいやに大きく聞こえた。長い時間をかけて書き、それと同じくらいの時間、書いたものを見つめて、それからおずおずとメモ帳を絵美のほうに向けた。

絵美がメモに目を走らせる。頼むぞ。孝志朗は、胸の中で両手を固く組み合わせていた。みんなが幸福に包まれる、そんな結末を願っていた。頼むぞ。絵美が次に声を発するまでの間、孝志朗は固く目を瞑っていた。

ああ、と絵美が声を漏らした。

「ああ、だから」

ゆっくりと顔を上げる。

「だから、書くのが得意なんだ。いつも、こうやって書いてるから」

少年の肩がゆっくりと上がり、ゆっくりと下がった。そして、腰を折り、深々と頭を下げる。下げたまま、なかなか上げようとしない。こうして並んでみると少年と絵美とは同じくらい小柄で、くの字に体を折っていると、むしろ少年のほうが小さく見えた。

おい、もういいんじゃねえか？　孝志朗が、そう声をかけようとしたときだった。下げた頭の内側から、すすり泣く声が聞こえてきた。やがて、そこに嗚咽が混じりはじめる。

孝志朗も絵美も、なにも言うことができなかった。少年は話すことができない。そのことを自然に受け入れつつ、その苦悩や苦労も自分なりに理解しているつもりでいた。だが、孝志朗と少年とは他人であり、他人の理解など、どこまで行っても想像の域を出ないのだ。深く頭を下げたまま涙する少年の姿に、孝志朗は、そのことを痛感していた。綺麗な字を手に入れ、温かさに溢れた文章を紡げるようになった一方で、きっと、諦めたものや失ったものも数多くあるのだろう。話すことができない。そのために生まれ、そこにあり続けた傷口を、絵美の一言が、たった一度の他者からの承認が、洗い流したのだった。そのことは、きっと、これからも少年を支え続けることだろう。綺麗になった傷口が、また汚れてしまうのだとしても。

そのとき、三人を現実に引き戻すように、絵美のスマートフォンが鳴った。

「――もしもし、お姉ちゃん？」

うん、うん、うん……。細かく相槌を打ちながら、その目は少年から離さない。

「うん、分かった。あと……あと三十分したら戻るね。うん、大丈夫」

通話を切り、スマートフォンをポケットに入れる。絵美は、まっすぐに少年を見た。

「……ちょっとだけ、二人で話さない？」

■

ちょっと、ひとっ走りしてくるわ。

あまりにも分かりやすすぎる気の遣い方で孝志朗が出ていくと、糸原文具店には絵美と少年の二人だけになった。表にはクローズの札。全開にした窓からの自然光が店内を照らしている。窓の近くは眩しいくらいに明るく、奥にいくほど、まるで異世界のように暗くなる。二人は、その明るさと暗さの境目あたりに椅子を並べ、窓の方を向いて座った。

「……ありがとう、来てくれて」

ひとまず礼を口にすると、少年は、前を向いたまま顎を引いた。その仕草を見て、絵美はふと、この一年間のことを想った。中学最後の一年。「保健室でもいいから登校する」という父親との約束は守れたが、教室には結局、一度も足を踏み入れることができなかった。同じ建物の中にいながら、二人はついに、一度も顔を合わせることなく卒業した。

「……ごめんね、時間とっちゃって」

少年が、今度は首を横に振る。絵美の胸に不安と緊張が渦を巻いている。

〈会えてうれしいよ〉

すっ、と目の前に差し出されたメモが、その渦をぴたりと止めた。メモを見せるために少年がこちらに体を寄せたとき、ふわりと柔らかい匂いがした。牧場で食べるミルクアイスのような匂い。少年からの手紙を開封するときにも同じ匂いがしていたが、いまは、それよりもずっと濃く香っている。

会えたのだ、やっと。ようやく実感がこみ上げてくる。思わず少年の顔を見た。少年も絵美を見ていた。少年がふいに上の歯を覗かせた。笑ってみせているのだ、と少し遅れて理解した。そのぎこちなさに笑ってしまいそうになり、絵美は、顔を背けるようにしてリュックサックを探った。

「実は、渡したいものがあって。……これなんだけど」

中学三年間で絵美が描き溜めた、計五冊の試し書きノートを少年に差し出した。

「いつも、お手紙を書いてくれてたでしょ。そのお返事をね、このノートに描いてたの。わたしは清正くんみたいに文章が上手じゃないから、絵で」

少年はノートの束を自分の膝の上に置き、一番上の〈No.1〉を手に取ってめくりはじめた。だが、すぐにその動きが止まる。

〈知ってたよ〉

「え?」

〈前に、あの店員さんが見せてくれてさ。四冊目までは見たことがあるんだ〉

「なんだ、そうなんだ。そうだったんだ」

四冊目。去年の春、緊急事態宣言の頃まで使っていたものだ。孝志朗のやつ、案外、やるときはやるじゃん。いまごろ、どこかそのあたりで、鼻歌まじりに愛車のジオスブルーを走らせているのだろう。

〈ごめん、勝手に見ちゃって〉

「ううん、全然。むしろ嬉しい。ずっと知っててくれてたんだ、って」

〈どの絵もすごく素敵だ〉

どうだった? 訊けずにいる絵美の心を覗いたように、少年がペンを走らせた。

〈きれいじゃないけど、美しい絵だ〉

そこに記された文字を追う。美しい、という言葉にどきりとした。口にすれば赤面してしまうような言葉。だが、文字として、とりわけ少年の端正な筆跡で書かれると、純粋な嬉しさだけが心を満たす。だが、綺麗じゃないけど美しい、とはどういうことだろう。

〈例えば〉

少年がペンを置き、〈No.1〉のノートを後ろからめくっていく。

〈これ。僕が一番好きな絵なんだけど〉

広げて見せたのは、赤ん坊をおんぶした母親を描いた絵だった。おんぶ紐を肩に食いこませ、額に汗を浮かべながら、バス停でバスを待っている。

「……これかあ」

予想外のチョイスに絵美は頭を掻いた。綺麗でも、美しくもない一場面だ。

〈うーん、なんていうのかな。ちょっと待ってね〉

窓の外を見つめながら、右手のペンを小さく弄ぶ。自分が持つ語彙の中から、適切な言葉を探し当てようとしているのだ、と分かった。絵美は待っていた。時折、思い出したように瞬きをする少年の瞼の、その長い睫毛を眺めながら、静かに待った。

ふと、あのときのことを思い出した。クラスの男子に、豚に似ている、と言われたときのことだ。思いつくと同時に投げつけられたあの言葉を、絵美はいまでも忘れられずにいる。少年からは、絶対に、そんな言葉は出てこない。探し、選び、検討し、そうしてようやく記される言葉は、きっと、いつだって優しい。だから、安心して待っていられた。いくらでも待っていられた。

〈このお母さんの顔、一見、すごく辛そうに、なにかに耐えてるみたいに見える。でも、ずっと見てると、だんだん、それだけじゃないように思えてくるんだ。背中の子供は自分が守る、っていう決意とか覚悟、母親としての強さみたいなものを感じるよ〉

絵美が最後まで読んだのを確認して、少年がメモ帳のページをめくる。

〈そんな母親の背中で、すやすや眠ってる赤ちゃん。この背中を放しさえしなければ大丈夫だ、っていうような、すごく幸せそうな寝顔だよね。僕、これは、命とか愛をたたえてる絵なんじゃないかと思ったんだ〉

驚いた。そんなこと、描いているときも、描いたあとも、考えもしなかった。

〈きれいじゃないけど、美しい絵だ〉

少年との「会話」は、とてもゆっくりと進んだ。だから絵美は、少年と話しながら、同時に自分自身とも話すことができた。

「――これを描きはじめたときね」

なんのためらいもなく、すっと声になる。

「お姉ちゃんがいなくなって、家のこと一人でやらなきゃいけなくなって、学校にも行けなくなって、かなりやられちゃってたんだよね、気持ちが。お母さんの夢もよく見るようになって、お母さんのところに行きたいなあ、なんて考えることもあってさ。そんなときに、その絵のお母さんと赤ちゃんを見かけたの」

ちゃんと聞いているよ。そう示すように、少年は少しだけ首を傾げていた。

「そういうときだったから、っていうのもあって、なんか、すごくぐっときちゃってさ。わたしも赤ちゃんの頃はこんな感じだったのかな、短い時間だったけど、お母さんが育ててくれたから元気なわたしがいるんだな、とか思うと、すごく力が湧いてきたんだよね。わたし、もうちょっと頑張れるのかも、って思った。うん、だから、これって確かに『美しい』絵なのかも」

少年がペンをとる。

〈僕は、話せないから〉

続けてペンを走らせる。

〈きっと、お母さんは大変な思いをして僕を育ててくれたんだと思う。いまはもういないけど、お父さんも〉

絵美は、先を促すようにうなずいた。

〈僕はずっと、自分のことが好きじゃなかった。自分が話せないせいで、両親や、他にもいろんな人に迷惑をかけるから。ずっと、僕なんて生きてても意味ない、要らない人間なんだって思ってた。だけど、鈴村さんの絵を見てると、ちょっとずつ自分を好きになれる気がするよ〉

そこで、少年が、はっとしたようにメモの最初のページに戻った。そこに現れた文章。

書くの、遅くてごめん。

絵美は、首を強く横に振った。遅いなんて感じない。むしろ、少年と話すときだけの、この独特な、穏やかな時間の流れ方が心地よかった。

書くの、遅くてごめん。少年はずっと、その言葉から、新しいメモの一ページ目を始めてきたのだ。ごめん、から始まる他者との交わり。そんなのあんまりだ。

〈そんな気持ちにさせてくれる鈴村さんの絵が、僕は好きだ。そういう絵を描ける鈴村さんのことも。僕の下手な文章をこんなに優しい絵にしてくれる鈴村さんは、すごく想像力のある、優しい人なんだと思う〉

こんなに優しい絵にできる、のできる、の部分が二重線で消され、してくれる、に書き換えられていた。すごく想像力のある、優しい人。その言葉を、そのまま少年に返したいと思った。

優しい言葉をあげたい。これまで少年が告げてきたごめん、を残らず消し去るくらいの優しい言葉を、たくさん。

「――わたしも、清正くんのことが好きだよ」

どうしたら伝わるのだろう、と考えていた。まだ、全然、これっぽっちも伝えられていない。絵美には声があったが、少年のほうがよほど言葉に自由だ。

「生まれてきてよかったな、生きててよかったな、って思わせてみせる。わたしが絶対、思わせてみせるから」

勇気を振り絞って少年を見た。

メモなんて要らない。言葉なんて要らない。ほんのひとかけら、だが、確かに伝わった。そして、伝わってきた。そうと分かる少年の表情だった。


別れ際、晴れ晴れとした顔の少年が、絵美にノートを手渡した。例の試し書きノートではない。B5サイズの、ごく普通のキャンパスノートだ。薄いピンク色の表紙に、今日の日付と、少年の氏名だけが記してある。

「……くれるの？」

絵美の問いかけに、少年がメモ帳をめくった。

〈休校中に書いてた小説なんだ。よかったら読んでみて、下手だけど〉

その文言は、少年があらかじめ書いてきていたものだった。絵美がそのノートを開いた。後ろから孝志朗も覗きこむ。すっかり見慣れた少年の字が、いつもの便せんよりさらに几帳面《きちようめん》に並べられていた。印刷されているのかと思ってしまうほどだ。文字は、最初のページとまったく同じテンションで、最後のページまで続いている。

〈原稿用紙に書いてたのを清書したんだ。それは鈴村さんにあげる〉

「でも、これ、一つしかないんだよね？」

少年が首を縦に振る。

「じゃあ、もらえないよ。こんなに大事なもの」

少年が首を横に振る。有無を言わせぬ力強い動きだった。

「分かった」

絵美が、ぱたん、とノートを閉じた。

「じゃあ、もらうね。すぐ読む。読んで、感想送る」

リュックサックの一番大きなポケットの背中側に、差しこむようにしてノートを入れる。途中で折れ曲がらないように、慎重に滑らせていく。


ぱんぱんに膨らんだリュックサックを背負い直し、絵美は、孝志朗と少年の顔を順に見た。孝志朗と目を合わせ、少年と目を合わせる。その二つの目に焼き付けるように、たっぷりと時間をかけて。孝志朗は、その姿に千尋を見た。ホームで、自分に背を向ける直前の、千尋だ。

「行くのか」

「うん」

絵美が、こぼれかけた涙を引き戻すように天井を仰ぐ。

「いままで、お世話になりました」

まっすぐな雨が降りしきる明るい空の下に、絵美は出ていった。


少し余裕を持って保安検査場を通過し、搭乗口で搭乗案内のアナウンスを待っていた。トイレに行っていた姉が、近くの売店のレジ袋を手に戻ってきた。

昨年の十月、働いていた店がなくなったからと言って、姉は突如、絵美のもとに帰ってきた。嬉しい反面、進路のことが気になった。ずっと第一志望にしていた、東京の、デザイン科のある高校。姉のところに行けるから、という理由だけで決めた進学先だったが、合格に向けて勉強し、高校生活について調べるうちに、どうしてもここに行きたい、という気持ちが芽生えていた。父親と姉に自分の想いを伝えると、二人ともうなずいてくれた。絵美の行きたい学校に行けばいい、と。姉は結局、絵美に付き添って、たった半年で東京に戻ることになった。ごめんね、ありがとう。そう頭を下げた絵美に、姉は笑顔で首を振った。「今度は一緒に行こうね」――。ちょうど一年前の、あの春のことを思うと、それは夢のような一言だった。

自分だけ総菜パンをかじりはじめた姉が、二人の間に置かれた、いびつに膨らんだリュックサックに目をやる。

「だいたい、それ、なにが入ってるの？」

大きい荷物は送っておいてって言っといたのに。姉が眉をひそめる。

「コピック七十一本。孝志朗がくれたの」

眉間の皺が深くなる。

「……なんか、孝志朗って、やっぱり変わってるね」

「うん、変わってる。普通、出発の日に、こんなにかさばるもの渡さないよね。でも、すごく孝志朗って感じがする」

「でも、悪い人ではなさそう。他人に興味ないような顔して、ほんとは、人、好きなんだよね。無愛想だけど、実はちゃんと優しい人だと思う」

「え、お姉ちゃん、孝志朗に会ったの？」

「あ、いや、想像」

メロンパン食べる？　という問いかけに首を振り、絵美は、いま文句をつけられたばかりのリュックサックを開いた。ついさっき苦労して入れたキャンパスノートを取り出す。少年の初めての小説。まだタイトルのない小説。空港までの車の中でも、このノートのことばかり考えていた。ぱらぱらとページをめくる。いまここで読みはじめるか、それとも向こうに行ってから読むか。

姉は、リュックサックに詰めこまれたコピックを興味深げにまさぐっている。

「ねえ、おんなじ色がいっぱいあるよ」

「おんなじに見えるけど、おんなじじゃないの」

絵美はノートから目を離さずに答えた。

「これは何色っていうの？」

「んー、難しいなあ。コピックって、あんまり色の名前で呼ばないから。それは……V15だ。ほら、ここに書いてあるでしょ」

姉が、スマートフォンを取り出し、検索窓に「コピック　V15」と入れた。

「『植物の「ゼニアオイ」を意味する。薄い紫色に濃いピンク色の線が入った花をつける』……」

なにが面白いのか、姉は、V15のコピックを考えこむようにして見ている。

「ねえ」

まるでコピックに呼びかけるように、姉が言った。

「ん？」

「いろいろ落ち着いたらでいいんだけどさ、会ってほしい人がいるんだよね」

絵美は、姉のほうに顔を向けた。

「わたしに？」

「うん」

「ふうん。別にいいけど」

絵美は返事をして、すぐにノートに意識を戻した。表紙を見て、裏表紙を見て、また表紙を見る。一呼吸おいて表紙をめくり、その長い長い物語を、一番初めから読みはじめた。

装丁　大久保伸子
装画　中島花野

黒田小暑（くろだ・しょうしょ）

黒田小暑（くろだ・しょうしょ）
1994年生まれ、福岡県出身。2019年、「春がまた来る」で第20回小学館文庫小説賞を受賞。受賞作を改題し、『まったく、青くない』でデビュー。今作が第2作となる。

本書は書き下ろしです。

編集　室越美央
庄野　樹

ぼくはなにいろ

二〇二三年一月二十二日　初版第一刷発行

著者　黒田小暑
発行者　石川和男
発行所　株式会社小学館
〒一〇一－八〇〇一　東京都千代田区一ツ橋二－三－一
編集　〇三－三二三〇－五七二〇　販売　〇三－五二八一－三五五五
DTP　株式会社昭和ブライト
印刷所　萩原印刷株式会社
製本所　株式会社若林製本工場

造本には十分注意しておりますが、印刷、製本など製造上の不備がございましたら「制作局コールセンター」（フリーダイヤル〇一二〇－三三六－三四〇）にご連絡ください。
（電話受付は、土・日・祝休日を除く九時三十分〜十七時三十分）

ISBN 978-4-09-386667-5